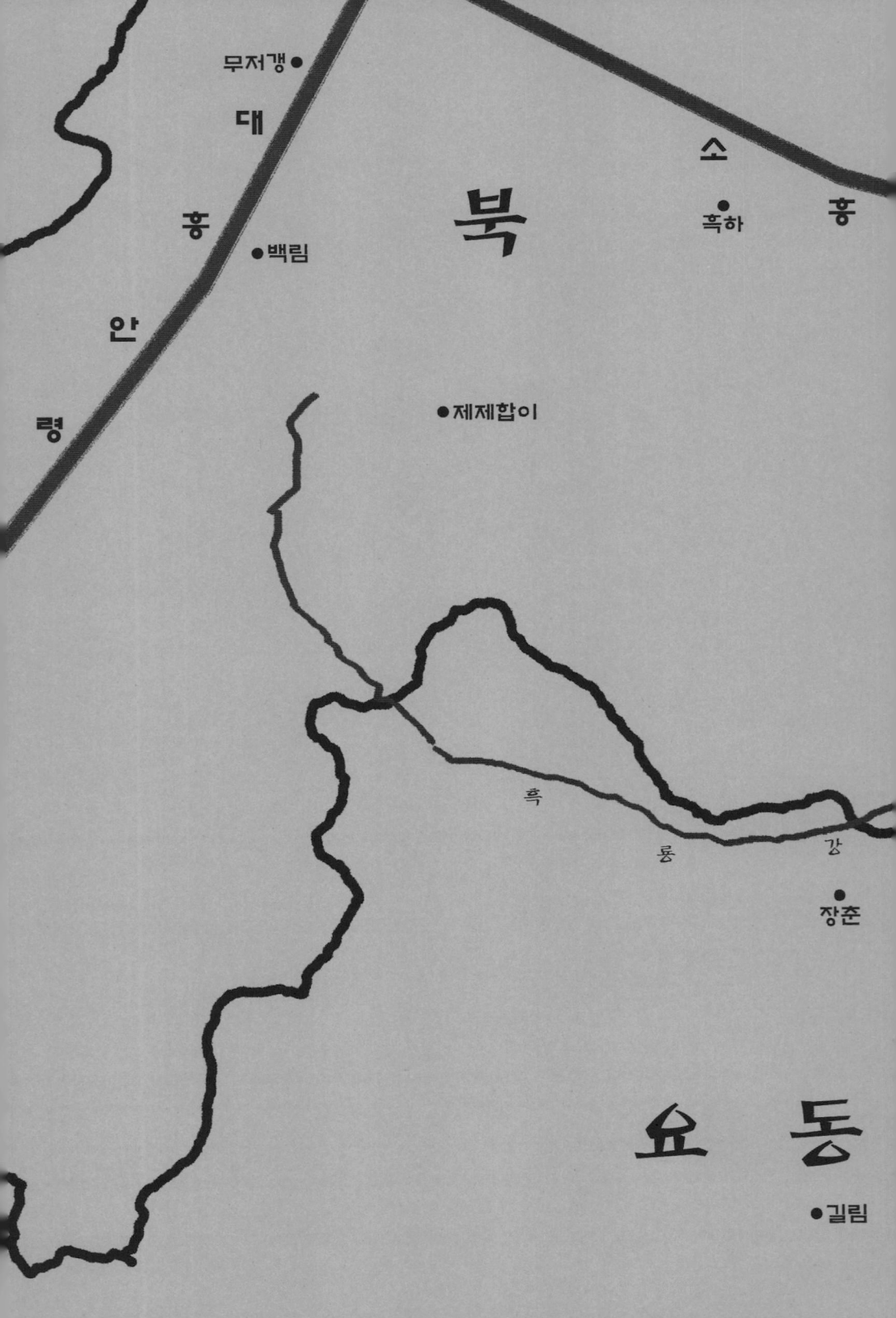

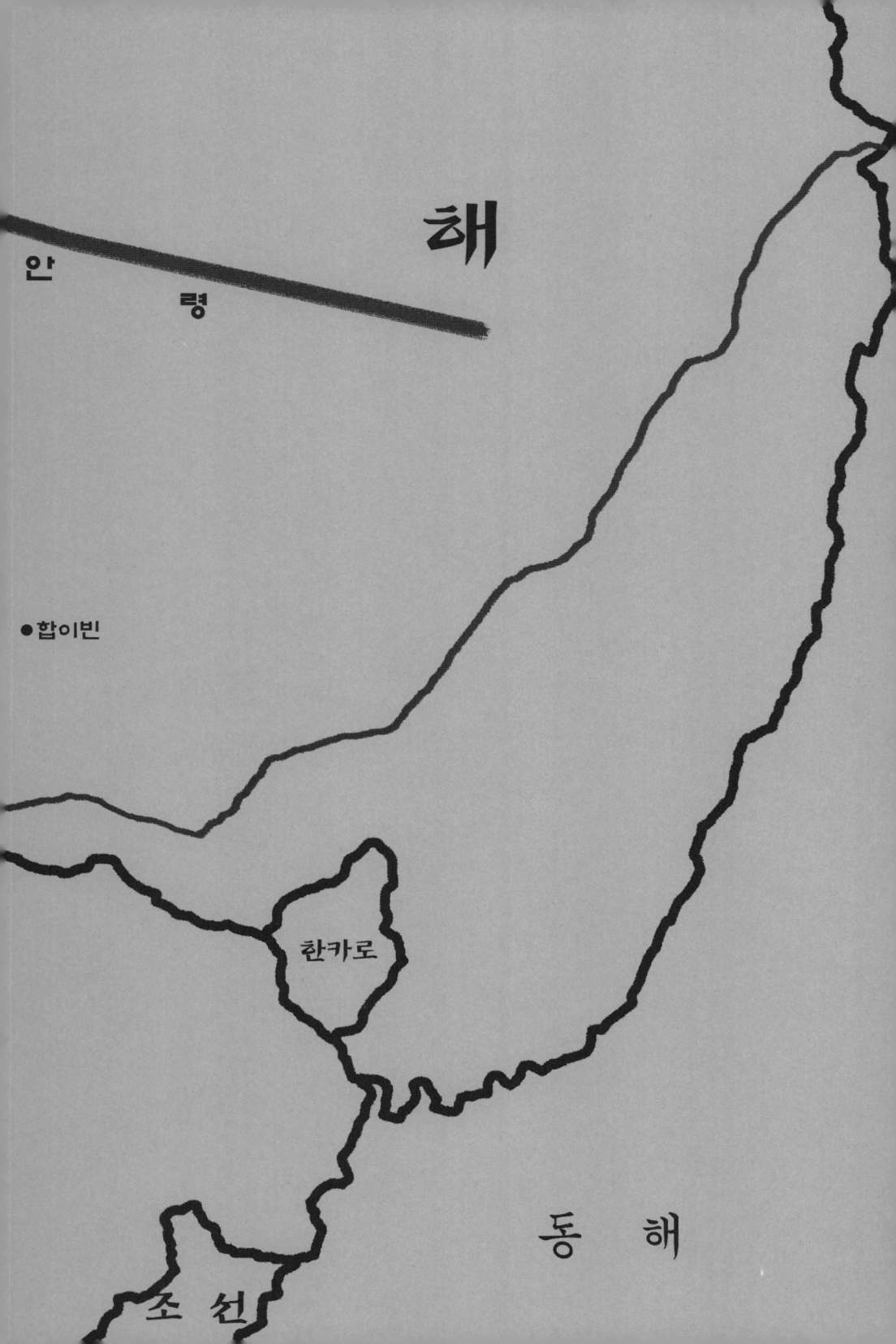

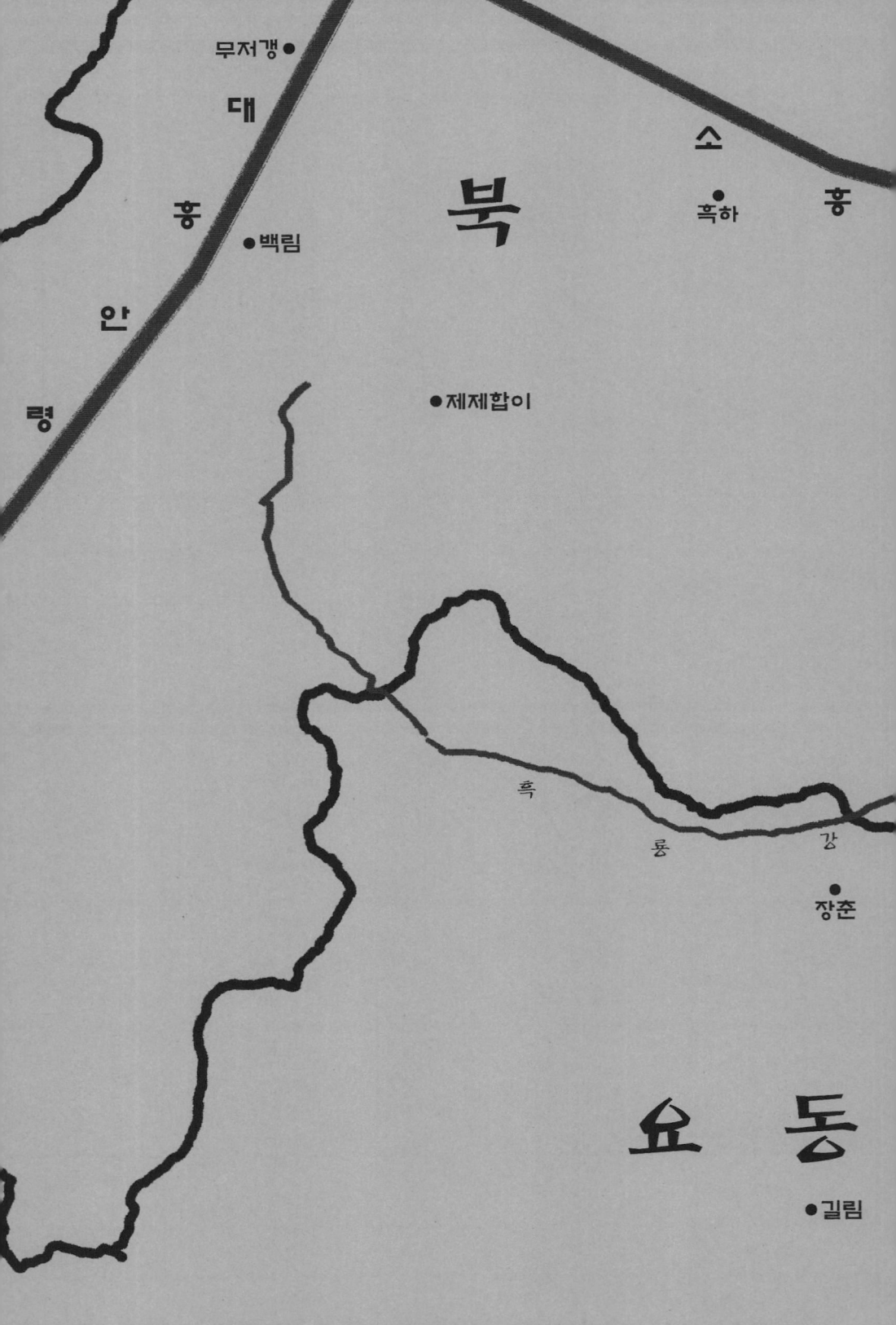

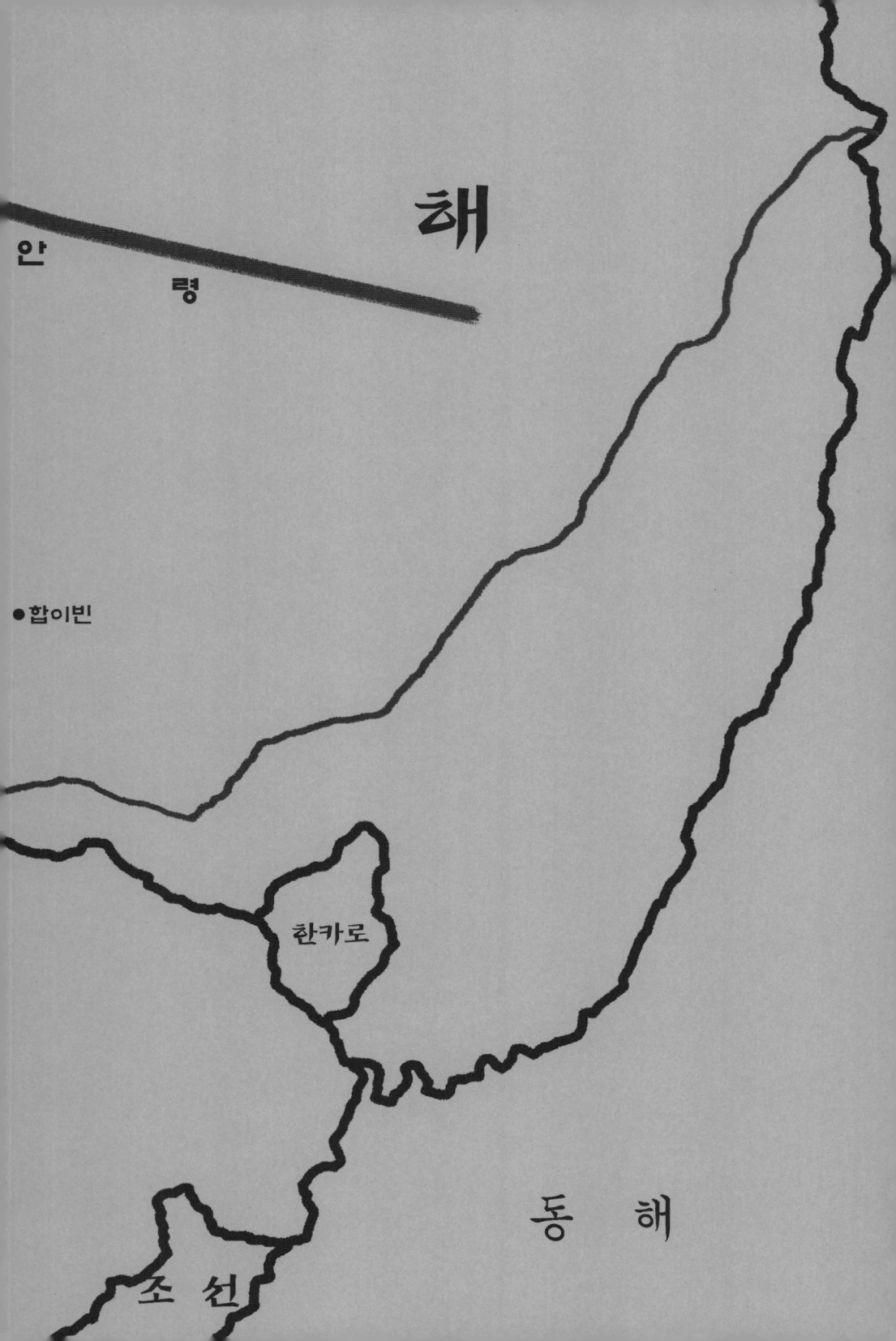

천
마
군
림

천마군림 3
좌백 新무협 판타지 소설

초판 1쇄 찍은 날 § 2003년 2월 20일
초판 1쇄 펴낸 날 § 2003년 3월 2일

지은이 § 좌백
펴낸이 § 서경석

편집장 § 문혜영
편집 § 장상수 · 권민정 · 이종민 · 유경화
마케팅 § 정필 · 강양원 · 이선구 · 김규진 · 홍현경

펴낸곳 § 도서출판 청어람
등록번호 § 제1081-1-89호
등록일자 § 1999. 5. 31
어람번호 § 제2-0188호

주소 § 경기도 부천시 원미구 심곡1동 350-1 남성B/D 3F (우) 420-011
전화 § 032-656-4452 팩스 § 032-656-4453
http://www.chungeoram.com
E-mail § eoram99@chollian.net

ⓒ 좌백, 2003

값 7,500원

ISBN 89-5505-595-1 (SET)
ISBN 89-5505-598-6 04810

※ 파본은 본사나 구입하신 서점에서 교환하여 드립니다.
※ 저자와 협의하여 인지를 붙이지 않습니다.

천마군림

좌백 新 무협 판타지 소설

3 천해편

天魔君臨

목차

第三卷 흑풍단

제21장 패도 천왕문	7
제22장 전진 구현기	33
제23장 수해 대혈투	59
제24장 흑하 대수림	89
제25장 무적 흑풍단	121
제26장 흑풍 무쌍도	147
제27장 달단 광풍사	177
제28장 백림 태양궁	207
제29장 북해 여행기	245
제30장 극광 아래에	279

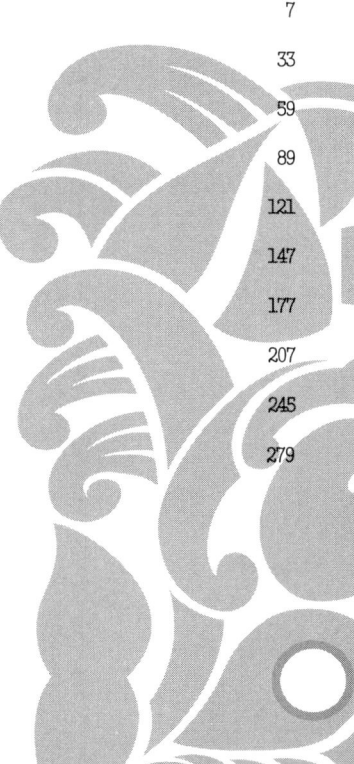

제21장
패도천왕문

칼바람은 패도적인 울림으로 부르짖고,
칼 그림자는 서리를 켜켜이 세워놓은 듯 살벌했다

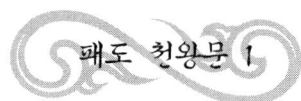

패도 천왕문 1

 마교가 천하를 지배하기 전, 그러니까 마도천하가 되기 전 마지막까지 마교와 싸운 문파 중 하나로 천왕문(天王門)이라는 곳이 있었다. 패도(覇刀) 천왕문이라고도 불렸는데, 이는 천왕문이 칼로, 그것도 패도(覇道)적인 위력의 칼 쓰기로 이름 높았다는 것을 의미했다. 여제사장은 그곳 출신이었다.
 간단한 설명을 마치고 그녀는 무영의 손에서 칼을 건네받았다. 그녀가 칼을 뽑자 검은 도갑에서 하얀 칼날이 빠져나왔다. 묵염흔의 거무튀튀한 색깔과는 달리 백옥을 깎아 만든 듯 하얗고 윤기 흐르는 칼날이었다. 묵염흔의 투박한 모습과 달리 세련된 곡선을 가지고 있는, 그러면서도 다른 칼들처럼 예리하기만 해서 어딘지 기형적으로 보이는 그런 부분이 없는 잘생긴 칼이었다. 묵염흔이 거칠고 야만적인 전사의 느낌이라면 이 칼은 잘 교육받은 귀공자 같은 기풍을 풍겼다.

여제사장은 그 칼을 들고 한바탕 칼춤을 추었다. 그리 넓지 않은 방 안이 칼바람과 그림자로 가득 찼다. 성의의 넓은 소매와 치맛자락이 꽃잎처럼 펄럭이고, 하얀 칼날은 향기처럼 떠돌며 방 안을 메웠다.

무영은 넋을 잃고 그 모습을 바라보았다. 잠시 시간이 멈춘 것 같았다. 여제사장의 칼춤은 아름답고 우아했다. 칼날의 움직임은 방 안을 가득 메우고 미치지 못하는 곳이 없는 것 같았지만 가구도, 제단도, 무영의 머리카락 한 올도 건드리지 않았다. 정교하고, 또 세련된 칼춤이었다.

그러나 그녀의 춤은 아름답기만 하지 아무런 위력도 없어 보였고 살기도 느껴지지 않았다. 그저 선녀의 춤처럼 넋을 빼놓을 뿐이었다.

끝나는 기색도 없이 부드럽게 한바탕 칼춤이 끝나고 여제사장은 마치 아무 일도 없었던 것처럼 고요히 서 있었다.

"제대로 보았느냐? 한 번 더 해볼까?"

우아하지만 격렬한 동작을 마치고도 그녀의 이마에는 땀 한 방울 흐르지 않았다. 무영은 경탄의 눈빛으로 보았지만 단지 그것뿐이었다. 그는 말했다.

"위력없이 보기만 좋은 칼춤은 싫다."

여제사장은 웃었다.

"위력없이 보기만 좋은 칼춤이라고? 너도 아직 멀었구나. 보는 눈부터 키워야겠어. 다시 한 번 보거라."

그녀가 다시 칼을 세워 들었다. 무영은 소름이 끼치는 것을 느꼈다. 단지 칼끝을 약간 움직였을 뿐인데도 머리카락이 곤두서는 듯한 느낌을 받았다. 웅크린 고양이처럼 긴장하지 않고는 견딜 수 없는 살기가 칼에서부터 뻗어 나왔다.

여제사장이 움직였다. 그녀의 칼춤은 조금 전과 똑같은 동작으로, 한 치의 오차도 없이 똑같은 길을 가고 있었지만 그 위력은 전혀 달랐다. 칼바람은 패도적인 울림으로 부르짖고, 칼 그림자는 서리를 켜켜이 세워놓은 듯 살벌했다. 여제사장은 여전히 선녀처럼 아름다운 동작을 하고 있었지만 그 선녀는 지금 갑옷을 입고 있었다.

무영은 깨달았다. 아까 전엔 일부러 살기를 죽인 채, 그 패도적인 기상을 갈무리한 채 칼춤을 추어 보였던 것이다. 아무나 할 수 있는 일이 아니었다. 적어도 그는 그렇게 할 수가 없었다. 그는 보기만 좋은 칼춤이라고 했던 자신을 부끄러워하며 여제사장의 동작에 빠져들었다.

춤이 끝났다. 방 안에 떠돌던 살기가 고요히 내려앉았다. 여제사장은 살기없는 춤을 추었을 때와 마찬가지로 조용히 서서 무영에게 말했다.

"요결을 설명해 주마."

그녀는 천왕패도위진천하(天王覇刀威震天下)라고 부르는 그 도법, 과거 정도 속가에서 수위를 달리던 천왕문 최강의 도법을 원리에서 응용, 주의할 점까지 자세히 일러주었다. 그리고 무영에게서 이해가 안 되는 부분을 듣고 그것을 다시 자세히 설명해 주었다.

그녀는 말했다.

"이 도법은 여덟 부분으로 구성되어 있어. 초식이라고 해도 좋겠지. 오늘은 일단 첫 초식만 배우고 앞으로 칠 일간 더 찾아와서 나머지 초식들도 배우도록 하거라. 네가 이 방에서 연습하는 건 사양하겠다. 제단을 망치긴 싫거든."

그녀는 살짝 웃고는 도갑에 칼을 다시 꽂아 넣고 도갑째 그에게 넘겨주려다가 문득 도갑에 새겨진 '천왕'이라는 두 글자를 보았다. 그녀는 그 글자를 손가락으로 쓰다듬으며 말했다.

"한때는 이 두 글자가 세상의 모든 것인 줄 알았었지. 이젠 필요없는 이름이 되었구나."

그녀의 손가락 아래에서 글자가 사라졌다. 은으로 새겨 넣은 글자가 그대로 녹아내려 바닥에 작은 은덩이로 고였다. 그녀는 그제야 칼을 넘겨주었다.

무영은 말없이 받아서 허리에 찼다. 그리고 방을 나서려 했다. 여제사장이 말했다.

"왜 그 칼을 주는지, 도법을 가르쳐 줬는지에 대해서는 한마디도 안 묻는구나."

무영이 그녀를 향해 말했다.

"알고 있다, 당신도 구대흉신 중 하나라는 것."

무저갱에서 종리매가 말해 준 이름 중에는 여제사장이라는 네 글자도 있었다. 그녀도 이화태양종을 떠받치는 아홉 기둥 중 하나였던 것이다.

여제사장은 조용히 웃었다.

"구대흉신. 그랬지. 그 이름으로 부르기로 약속했었지. 하지만 아이야, 이걸 아느냐? 그건 원래는 구대신군(九大神君)이라는 이름이었단다."

무영은 묵묵히 서 있었다. 구대흉신이라고 부르건 구대신군이라고 부르건 달라질 건 없었다. 어차피 제강산의 개들이니까. 단지 한 가지, 이렇게 젊은 여인이 노인네 같은 말투를 사용하는 건 제사장이라는 자리 때문인지 아니면 그냥 버릇인지는 궁금했다. 그리고 그 나이에 어떻게 구대흉신의 하나가 될 수 있었을까. 죽영보다도 어려 보이지 않는가.

그는 그 의문을 다른 방식으로 물었다.

"당신 말대로라면 천왕문은 십칠 년 전에 멸문했다. 그곳 최강의 도법을 어떻게 당신이 익혔나?"

잘해봐야 서른밖에 안 되어 보이는 여제사장이었다. 십칠 년 전에는 열셋 정도였을 것이다. 무공은 춤이 아니다. 열세 살 소녀가 눈으로 보고 기억했다고 다 배웠다 말할 수 있는 게 아닌 것이다. 무영의 질문은 그런 뜻이 들어가 있는 것인데, 여제사장은 다르게 받아들인 모양이었다.

"내가 그곳의 마지막 문주였으니까."

그녀는 어슴푸레 미소 지었다.

"문주가 된 지 하루 만에 멸문해 버려서 세상에 소문은 안 났지만 말이다. 세상은 나를 그저 시집도 안 가고 강호를 떠도는 말괄량이 아줌마 정도로만 알고 있었지. 덕분에 이렇게 살아남았지만."

"말괄량이 아줌마?"

무영은 고개를 갸웃거렸다. 그가 말을 엉터리로 하는 편이긴 하지만 제대로 된 말이 어떤 것인지 모르지는 않는다. 말괄량이 아줌마라는 말은 어딘가 이상한 것 아닌가. 게다가 당시에 아줌마였다고?

여제사장은 그제야 무언가 깨달은 듯 웃었다. 그녀는 말했다.

"내가 어려 보이지? 그래서 그렇게 이상하게 봤구나."

그녀는 나직하게 말했다.

"십칠 년 전 그때 나는 이미 서른다섯이었단다. 아이도 있었지."

무영은 그 말을 믿을 수 없었다. 서른다섯 더하기 열일곱이면 쉰둘이라는 정도는 그도 안다. 하지만 여제사장의 얼굴이 쉰두 살 중년 여인의 것이라고는 도저히 믿을 수 없는 것이다. 화장도 하지 않은 그 얼굴이.

여제사장이 얼굴을 만지며 말했다.

"이유가 있단다."

무영은 고개를 끄덕였다. 안 믿을 이유도 없다, 믿을 이유가 없는 것과 마찬가지로. 그에게는 중요하지 않았다. 그는 고개를 숙여 보이고 돌아섰다. 여제사장이 다시 그를 불렀다.

"내게도 물어보고 싶은 게 있느니라."

그녀는 무영의 눈을 들여다보듯 바라보며 물었다.

"의식 때부터 너는 계속 비웃고 있었지. 의식을, 기도를, 송가를, 그리고 우리 교도 모두를 말이다. 왜 그랬을까?"

무영이 잠시 침묵하다가 솔직히 말했다.

"하는 행동과 말이 너무 다르기 때문이다."

그는 다시 침묵하다가 쏟아 붓듯이 생각을 털어놓았다.

"당신들 종교 좋다. 당신들 말하는 대로라면 좋다. 그러나 그렇게 행동하나? 그렇게 사나? 정의, 순수, 겸손……. 당신들 행위 어디에 그게 있나. 제강산의 어디에 그게 있나."

이번에는 여제사장이 침묵했다. 입가에 조용한 미소를 머금고서. 그녀는 잠깐 열을 낸 무영이 진정할 때까지 기다리다가 달래듯 말했다.

"너는 모르겠지만 이화태양종은, 우리의 종교는 정말로 그렇게 되려고 노력한단다. 대부분의 교도들도 그렇지."

그녀는 잠시 숨을 돌리고 말을 이었다.

"그중에서도 종사가 가장 노력한단다. 정의롭고, 겸손하고, 순수하게 되려고 노력하지. 실제로도 그렇고."

무영이 무어라 말하려 하자 그녀는 손을 들어 막고 계속 말했다.

"지금은 못 믿겠지. 하지만 이것만은 기억해 두어라. 종사가 네게 어떻게 보이건, 또 어떻게 대하건 하나는 분명하다는 것, 그건 종사가 지닌 순수함의 발현이라는 걸."

그녀는 손을 저었다.

"그만 가거라. 그리고 오늘 밤 자시에 다시 오너라. 이곳 성전의 북쪽에 작은 문이 있다. 자시 정각에 그 문이 열릴 것이니 안내를 받아 들어오면 되느니라."

무영은 가볍게 고개를 숙여 보이고 밖으로 나왔다. 그는 피식피식 웃다가 성전을 나와서는 참지 못하고 크게 웃음을 터뜨렸다. 간신히 웃음을 그친 그의 얼굴은 불쾌함으로 일그러져 있었다.

제강산이 순수하다니. 그가 정의롭다니. 해가 서쪽에서 뜨는 한이 있어도 그것만은 믿을 수 없었다.

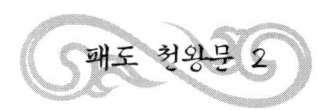

패도 천왕문 2

  집으로 돌아와 그 이야기를 했을 때 매소봉도 웃었다.
  "순수한 악의 화신이라는 것도 있는 거지."
  그렇게 말하고 그녀는 다시 웃었다. 그러나 그녀가 웃음을 그쳤을 때, 그 표정은 무영과는 자못 달랐다. 그녀는 진지하게 생각하는 빛으로 말했다.
  "확실히 종사는 단순한 사람은 아냐. 난폭하고, 권위적이고, 무슨 생각을 하는지 모르게 자신을 가리고 있는 사람이지. 하지만 그런 사람이 아니면 마도천하에서 이 북해를 지금처럼 꾸려 나갈 수 있었을까? 적어도 품 안에 든 사람들을 이렇게 지켜낼 수 있었을까?"
  무영의 표정이 불쾌하게 굳어지는 것을 보며 그녀는 말을 끊었다. 그러나 그녀는 이왕지사 말이 나온 것 평소의 생각을 털어놓겠다고 결심하곤 다시 말을 시작했다.

"여기 온 후 나는 많이 놀랐어. 중원의 다른 곳과는 달리 여기는 사람이 사는 곳 같았으니까. 당신은 중원에 안 가봐서 모르겠지만 나는 거길 가로질러서 여기까지 오면서 봤어."

그녀는 몸을 떨었다.

"정말 끔찍했지. 어린 내가 봐도 거긴 지옥 그 자체였어. 사람들은 굶어 죽어가고, 살육과 약탈이 도처에서 행해지는 일상적인 일이 되었지. 모두가 칼과 쇠스랑을 들고 도적이 되었기 때문에 농사지을 사람이 없어서 버려진 땅은 잡초 밭이 되고, 들짐승만 뛰놀아. 힘없는 여자와 아이들은 그 잡초 밭에서 풀을 뽑아 먹고 살지. 마도천하에선 힘이 최고니까. 당신이 언젠가 말해 준 무저갱의 홍진보가 했다는 말대로 지금은 권력자의 진정한 이득이 이 땅의 가장 아래에 있는 사람에게서 나온다는 것도 모르는 사람들이 권력을 잡고 있는 세상이야. 이래 가지고서는 오래 못 가지. 그런데 종사는 최소한 그건 아는 사람이라는 거야."

그녀는 무영의 눈치를 보고 다시 말을 이었다.

"물론 이곳이라고 지상낙원은 아냐. 색노루나 무저갱처럼 어두운 구석도 있지. 하지만 그건 인간 세상 어디에나 있는 거야. 당신 같은 사람이 있는 반면 우리 아버지 같은 사람도 있으니까."

그녀는 운중룡을 언급하고는 씁쓸하게 웃었다.

무영이 말했다.

"난 당신 아버지, 미워하지 않는다."

매소봉이 무영의 머리를 당겨 품에 안았다.

"그래서 당신이 좋은 사람이라는 거야. 보통 사람은 그런 경우 화낸다고."

무영은 매소봉의 가슴에서 봄 냄새가 난다고 생각했다. 북해의 짧은 봄은 언제 시작되었는지도 모르게 이미 지나가고 지금은 북해에서 가장 살기 좋은 계절이라는 여름이 되었지만 매소봉의 가슴에서는 봄과도 같은 파릇파릇한 부드러운 냄새가 나고 있었다. 그는 말했다.

"할까?"

매소봉이 물었다.

"뭘?"

무영이 말했다.

"내게 준다고 했다, 당신을."

어리둥절해하던 매소봉은 언젠가의 약속을 상기하고 뺨을 붉혔다. 그녀는 무영의 등을 때리며 말했다.

"무슨 이야긴가 했어."

무영은 그녀의 품에서 빠져나와 진지하게 말했다.

"약속 지킬 텐가?"

매소봉이 그를 외면하며 속삭였다.

"대낮부터 부끄럽게. 게다가 상처도 있으면서."

최소한 거절은 아니라고 무영은 생각했다. 그는 매소봉의 어깨에 손을 댔다. 그녀는 흠칫 몸을 떨기는 했지만 물러나진 않았다. 무영은 그녀의 어깨를 당겨 그녀를 품에 안았다.

태양신공을 경지에 다다르도록 익혀서 더 이상 동정을 지킬 필요가 없어진 후에도 그는 여자를, 매소봉을 품지 못했다. 그럴 기회가 없었다. 그날 바로 눈알이 빠졌고, 그 후 며칠 동안은 치료를 해야 했고, 겨우 나은 뒤에는 무공 수련 때문에 정신이 없었던 것이다.

내일부터는 다시 일이, 그것도 엄청난 일이 기다리고 있었지만 일단

큰일은 치른 셈이었다. 긴장이 풀리자 여자 생각이, 그보다는 매소봉에 대한 애정이 다시 솟구치는 무영이었다. 그렇게 생각하자마자 목이 마르고 아랫배에서 열기가 치솟았다. 그는 마른침을 삼키며 매소봉의 옷을 하나씩 벗겼다.

매소봉은 흠칫흠칫 몸을 떨면서도 교묘하게 움직여 무영의 손길이 편하도록 도왔다. 그녀가 알몸이 되자 무영은 손을 떼고 일어났다. 그리고 급하게 옷을 벗어 던졌다. 매소봉은 외면하는 척하면서도 곁눈으로 그 모습을 훔쳐보았다. 그러나 무영의 우뚝 선 남근이 드러나자 두 손으로 얼굴을 가리곤 침상에 웅크리고 누웠다. 수없이 연습을 거듭한 그녀답지 않은 수줍은 모습이었다.

무영이 그녀의 옆에 누워 뒤로부터 그녀를 안았다. 그의 거친 숨결이 매소봉의 목덜미에 닿았다. 그러나 그는 성급하게 굴지 않았다. 그는 가만히 손을 뻗어 매소봉의 팔과 손목을 쓸었다. 그리고 손가락을 만졌다. 매소봉이 긴장을 풀 때까지 기다리는 것이었다. 그의 예상대로 매소봉의 몸에서 힘이 빠져나갔다. 경직된 팔다리가 자연스럽게 풀리는 것 같았다.

문득 매소봉이 말했다.

"날 아내로 맞아주는 거야?"

무영은 그게 무슨 뜻인가 해서 잠깐 멈추었다가 대답했다.

"원한다면."

"내가 원하니까 하는 수 없이 하겠다는 거야?"

"아내가 왜 필요한지 난 모른다. 하지만 당신이 원한다면 그게 뭐든 해준다. 그게 당신과 함께 있을 수 있는 방법이라면 난 그걸 원한다."

"남궁운해는 어쩌고?"

무영이 잠시 침묵하다가 대답했다.

"그녀는 내 은인이다. 나는 그녀를 구해낼 거다. 그러나 그게 애정 때문은 아니다. 예전에는 그런 게 있었는지 모르겠다. 지금은 당신을 사랑한다. 내게 아내가 생긴다면 그건 누구도 아니고 바로 당신이다."

매소봉이 무영을 향해 돌아누워 그의 가슴에 안겼다. 그녀는 눈물을 흘리며 기뻐하고 있었다. 그러나 그녀가 기뻐하는 것이 단순히 무영의 애정 고백 때문만은 아니었다. 그의 말속에 드러난 남궁운해에 대한 감정 때문이었다. 사실 따지고 보면 무영이 은인이면 은인이지 남궁운해가 은인일 이유가 없다. 하지만 그런 식으로 표현한 것은 무영도 혼란스러워하고 있다는 증거였다. 처음엔 남궁운해를 사랑하는 줄 알았을 것이다. 하지만 그 짧은 시간 스쳐 갔는데 사랑을 느낄 시간이 있었을 리도 없다. 그러니 은인이라는 말로 그녀에 대한 집착을 표현한 것이리라. 앞으로도 집착은 여전하겠지만 적어도 그 감정이 여자에 대한 그것은 아니라는 것이 중요했다. 점점 더 그녀에 대한 무영의 감정은 식어가고 다른 것으로 바뀔 것이다.

무영이 그녀의 목에 입을 맞추었다. 매소봉은 그의 품을 빠져나와 침상가에 내려섰다. 그녀는 허리에 양손을 대고 당당하게 말했다.

"맘 바뀌기 전에 못을 박자. 얼른 옷 입어!"

그녀는 먼저 옷을 주워 입고 밖으로 달려나갔다. 무영이 투덜거리며 옷을 입었다. 매소봉이 뭘 하려는 건지 알 수 없었다.

매소봉은 마침 술이 얼큰해서 돌아와 쉬고 있는 월영을 끌고 대청으로 나왔다. 무영이 나가자 월영은 영문을 모른 채 상석에 앉아 있고, 매소봉은 간단하게 상을 봐오고 있었다. 술과 떡만 단출하게 올려져 있는 상이었다.

"그쪽에 서!"

무영이 상 한쪽에 서자 매소봉은 그 반대 편에 섰다. 그리곤 말했다.

"절해!"

무영이 시키는 대로 하자 매소봉도 동시에 무영을 향해 절했다. 그리고는 상 앞에 앉았다. 무영도 따라 했다. 매소봉이 월영에게 말했다.

"술을 따라!"

월영이 눈을 깜빡거렸다. 그러다가 비로소 지금 이 아이들이 무얼 하려는 건지 알아채고 탄성을 질렀다.

"너희들 지금?"

매소봉이 말했다.

"백년가약을 맺어주는 건 월하노인(月下老人)이지만 뭐 아쉬운 대로 달 그림자도 괜찮지. 영광으로 생각하고 진지하게 해."

월영이 말했다.

"이화태양종에선 모든 혼인을 제사장이나 사제가 주관해. 왜 그쪽으로 가지 않고?"

매소봉이 대답했다.

"난 교도가 아니니까."

그녀는 무영을 향해 말했다.

"아버지가 파문제자라서 입교 자격에 좀 문제도 있을 듯하고, 여태 입교하려고 시도도 안 해봤어. 나중에 기회가 되면 입교하지 뭐. 그전에 전통 방식대로 혼례를 치르자. 이건 그냥 약속이니까."

무영이 고개를 끄덕였다. 월영은 픗픗 하며 비웃었지만 어쨌든 매소봉의 뜻대로 혼례를 주관해 주었다. 간단했다. 술을 따라주고, 그 잔을 무영에게, 다음엔 매소봉에게 나누어 마시도록 준 다음 일어나서 '이것으로 끝, 너희는 부부야 한마디만 하면 되었으니까. 그러나 자리를 물러나며 한마디 더 던지는 것은 잊지 않았다.

"백년해로를 하든지 말든지."

이렇게 축하객 하나 없는 혼례식을 마치고 두 사람은 다시 방에 들어갔다. 매소봉이 문을 잠갔다.

"저년은 축하도 안 해줘놓고 반드시 들여다보려고는 할 년이니까."

매소봉은 장난스럽게 웃고는 무영의 품에 안겨들었다. 이렇게 복잡한 절차를 거쳐 겨우 안게 되었지만 일은 짧고도 빠르게 끝났다. 제정신으로는 처음 여자의 안으로 들어가 보는 무영이 급하게 절정에 올라 끝내 버리고 말았던 것이다. 매소봉은 그 짧은 삽입으로도 고통스러워했지만 머쓱해하는 무영의 얼굴을 보고 깔깔거리고 웃다가 나중에는 어깨를 토닥여 주었다.

"괜찮아, 괜찮아. 나중에 더 잘하면 되지 뭐."

그때 월영이 방문을 걷어차는 소리가 들려왔다.

"첫날밤 보여주는 건 신랑 신부의 의무야! 치사하게 문을 잠갔냐!"

매소봉이 소리를 버럭 질렀다.

"지금은 낮이야! 아직 한참 일 보는 중이니까 꺼져!"

"치사치사!"

월영이 두어 번 더 걷어차고 가버리자 매소봉은 키득거리며 웃었다.

"질투하는 거야."

무영의 얼굴에도 가벼운 미소가 떠올랐다. 매소봉이 엉덩이 아래 깔아두었던 흰 천을 걷어냈다. 거기에는 붉은 피가 묻어 있었다. 매소봉은 그걸 곱게 접어서 어딘가에 잘 챙겨두는 것 같았다. 그렇게 하고서야 다시 침상에 올라와 무영의 품에 안겼다. 두 사람은 서로의 팔을 베고 말없이 오랫동안 누워 있었다.

한참 후에 무영이 말했다.

"제사장에게 부탁하겠다. 제대로 혼례식을 할 수 있도록."

매소봉이 고개를 저었다.

"오늘 한 걸로 충분해. 그리고 당분간은 감춰둘 필요도 있고."

그녀는 무영을 정면으로 바라보며 진지하게 말했다.

"난 첫 번째 부인이 된 걸로도 만족하고 있어. 나중에 천하제패의 장도에 오르게 되면 필요상 여자를 취해야 할 경우도 생길 거야. 그땐 주저 않고 해도 좋아."

그녀는 확신을 가지고 강조해서 말했다.

"난 천하제일인의 부인이 되고 싶어. 내가 그렇게 만들어줄 테야."

무영은 미소 지었다. 별로 그런 일이 있을 거라는 생각은 들지 않았지만 매소봉의 즐거운 상상을 깨고 싶지도 않아 그냥 두었다. 그러나 한 가지는 상기시켜 줘야 했다. 지금 그의 머리에 가장 비중있게 자리 잡고 있는 일이었다.

"살아 있을 때의 일이다. 흑풍단이 있다."

매소봉이 그 말에 잠시 침묵하다가 말했다.

"오늘 의식에는 참례하지 못했지만 이야기는 충분히 들었어. 당신은 오늘 잘하고도 못했어. 특히 서천노조 갈맹덕을 자극한 건 정말 잘하고도 못한 일이야. 혈영을 이겨서 교도들 기분을 상하게 한 건 어쩔 수 없는 일이었지. 힘들긴 하겠지만 천천히 풀어가면 되니까. 강렬한 인상을 주며 등장한 셈이기도 하고. 그건 나중에 큰 도움이 될 거야. 하지만 갈맹덕은……."

그녀는 일어나 앉아서 본격적으로 이야기를 시작했다.

"갈맹덕을 놀림으로써 당신은 단번에 혈영을 이겨 상하게 한 교도들의 기분을 풀어줬어. 당신 인기가 단번에 올라갔지. 사람들은 당신이 거리를 지나가면 인사를 하겠지. 당신을 영웅처럼 추켜줄 거야. 하지만 당신 등 뒤에선 시기하고 질투하는 사람들이 음산한 눈빛을 보일 거야. 그중에도 가장 음산한 건 갈맹덕의 눈이겠지. 그 사람은 생긴 것만 봐도 알겠지만 음험하고 간악하고 한번 꽁한 것은 절대로 잊지 않아. 뱀 같은 작자라고 오래전부터 소문이 난 사람이라고."

무영이 짧게 말했다.

"놀리지 않았다. 진심이었다."

매소봉이 고개를 끄덕였다.

"그게 당신의 또 다른 장점이기도 하지. 무모하다는 거."

그녀는 눈을 깜빡이며 말을 이었다.

"난 그런 생각을 해봤어. 당신에게 흑풍단 토벌을 맡긴 건 종사가 당신을 위해 생각해 낸 탁월한 임기응변이 아닌가 하는 거야."

그녀는 손가락을 꼽으며 말했다.

"흑풍단을 토벌하려면 이곳을 떠나야 해. 그럼으로써 백림에서 당신에게 위해를 가하려는 무리들에게서 합법적으로 떨어져 있을 수 있어. 둘째로 그 불가능해 보이는 장정을 나서는 당신에게 역시 합법적으로 도움을 줄 수 있어. 새로운 힘을 보태준다거나, 가령 이번 제사장의 무공 전수처럼 말야. 당신 알아? 그 천왕패도 어쩌고 하는 도법은 마도천하가 되기 전에는 천하칠대도법의 하나로 손꼽히던 거야. 어마어마하게 유명하고 강력한 도법이라구."

무영은 조용히 그녀의 말을 듣고 있었다. 매소봉이 계속 말했다.

"그런 효과도 기대할 수 있지. 갈맹덕도, 두심오도 당신이 나가서 죽을 거라고 생각할 거야. 적어도 살 확률보다는 죽기가 쉽다고 생각하겠지. 그래서 잠시 방심하는 기회가 생긴다는 거야. 그사이에 당신은 임무를 완수하고 지금보다 충분히 더 강해져서 돌아와야 해. 모든 것이 평화로운 백림에 흑풍단은 심복지환이나 다름없어. 그걸 홀로 해결하고 돌아온 영웅이 되는 거지. 그땐 갈맹덕도, 두심오도 당신을 어쩔 수 없어. 그게 종사가 꾸민 일이라는 거지."

무영은 매소봉의 무릎을 슬쩍 만지며 말했다.

"당신은 제강산을 너무 좋게 본다."

매소봉은 고개를 저었다.

"타당한 추측이라고 생각해. 어머, 지금 뭐 하는 거야?"

무릎을 만지던 무영의 손이 허벅지 안쪽으로 슬금슬금 기어오고 있었던 것이다. 그러고 보니 그녀는 부끄러운 줄도 모르고 다 드러낸 채 앉아 있었던 것이다. 중심부로 다가오는 무영의 손을 쳐내려던 그녀는 무영이 어느새 다시 발기하고 있는 것을 보고 얼굴을 붉혔다.

"또?"

무영은 고개를 끄덕이고 그녀를 잡아 눕혔다. 이번에는 오래갔다. 매소봉은 무영의 아래에서 입술을 깨물고 아픔을 참았다. 하지만 행복해했다. 그녀는 무영을 꽉 끌어안고 놓아주지 않았다. 마치 그녀의 품을 떠나면 무영이 작은 새가 되어 날아가 버리기라도 한다는 듯이.

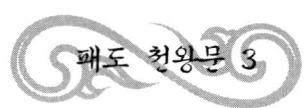

"그릇의 크기란 무엇으로 결정되는 줄 아느냐? 거기 담을 수 있는 양으로도 평가하긴 하지. 하지만 내가 생각하기에 사람의 경우엔 그가 데리고 있는 사람의 다양성으로 결정되는 것 같다. 나 같은 정파의 잔당도 포용할 수 있고, 구자헌이나 담오, 소광정처럼 마교의 적통 세력도 부리고 있으며, 운중룡처럼 한 번 배신한 사람까지 받아서 데리고 있으니 종사의 그릇은 참으로 크다고 할 수 있다는 것이지."

여제사장이 두 번째 초식을 가르쳐 준 뒤 한 말이었다.

"다다익선(多多益善)이라는 말의 유래를 아느냐?"

그렇게 묻고 그녀가 한 이야기는 한고조(漢高祖) 유방(劉邦)과 회음후(淮陰侯) 한신(韓信)에 얽힌 고사였다.

어느 한가한 날 두 사람이 여러 장수들의 품평을 하던 와중에 한고조가 한신에게 자기는 몇 명의 병사를 지휘할 수 있겠는가 묻고, 한신이 거기 대해 폐하는 잘해야 십만 정도를 거느린 장수의 그릇밖에 안 된다고 말하고 자신은 많으면 많을수록 좋다, 몇 명이든 지휘할 수 있다고 말하자 한고조가 웃으며 '그런 사람이 왜 내게 잡혔는고' 하니 한신이 '폐하는 병사의 장은 되지 못하지만 장수의 장은 될 수 있다'고 대답했다는 이야기였다.

"둘 다 대단한 그릇이라고 해야겠지. 백만 대군을 통솔하기도 어렵고, 그런 장수를 데리고 있기란 더욱 어렵다고 생각하지 않느냐. 종사가 그런 사람이라고 하는 건 아니지만 최소한 비슷하긴 하다는 것이야. 백림은 그야말로 와호장룡의 장소라고 할 수 있단다. 범과 용이 한데 엉켜서 웅크리고 있지. 그러니 나 같은 사람도 여기 숨어 있을 수 있는 것이고."

여제사장은 곰곰이 생각하는 듯한 모습을 보이다가 살짝 웃으며 말했다.

"낮에 네게 천왕도를 넘겨주고 무척 후회를 했단다. 어쩌면 너무 쉽게 정체를 드러낸 것인지도 몰라. 네가 어디 가서 실수로라도 그 사실을 밝히면, 그 칼의 정체가 마교의 누구에게, 가령 갈맹덕에게라도 밝혀지면 나는 물론이고 종사까지 큰 위험에 처하게 되는 거니까. 내 목숨이야 마도천하가 오는 그날 이미 끝난 거나 다름없으니 언제 죽어도 상관없다만 종사와 그 보호 아래 사는 사람들에게는 그렇게 미안한 일이 다시 없게 되는 것이지."

그녀는 천왕을 가리키며 말했다.

"그건 공야장청에게 가져가서 모양을 바꿔달라고 하려무나. 아무도 못 알아보게."

무영이 물었다.

"당신은 왜 제사장이 됐나."

그걸로는 부족하다 싶었다. 무영은 질문을 좀 더 자세하게 했다.

"숨는 방법인가, 아니면 정말로 이 종교를 믿나?"

여제사장이 망설이지 않고 대답했다.

"물론 믿기 때문에 하지. 제사장쯤 되는 자리를 믿지 않고도 할 수 있다고 생각하느냐?"

그녀는 아련한 추억을 되새기듯 먼 곳을 바라보는 눈을 하고 말을 이었다.

"난 천왕문의 문주가 되기 전부터 이 종교를 믿었단다. 그래서 종사와 결혼까지 했었지. 종사도 당시엔 종사가 아니라 그냥 장래가 촉망되는 청년 고수의 하나일 뿐이었지만. 그땐 전대 종사, 그러니까 지금 종사의 사부가 교주를 맡고 있을 때였지."

말을 끊고 그녀는 놀란 듯 바라보는 무영을 향해 웃어주었다.

"내가 종사의 부인이라니 놀란 모양이구나. 과거엔 그랬단다, 지금은 아니지만."

그녀의 웃음이 씁쓸하게 변했다.

"반대가 심했지. 정도의 수위를 달리던 천왕문 문주의 딸이 마교로 분류되는 배화교의 교도가 되고, 그 교도 중 핵심 인물이랄 수 있는 사람과 혼인까지 했으니 난 그날부로 파문을 당하고 아버님으로부터는 의절까지 당했지. 척살대를 안 보낸 것만 해도 아버님의 자애가 지극하셨던 덕분이었어. 팔 년쯤 결혼 생활을 했고 아들도 낳았지. 그런데 십칠 년 전 그해에 천왕문이 멸문 위기에 봉착했단다. 아버님과 오빠, 동생이 모두 전사했다는 말을 듣고 난 종사에게 말했지. 당신의 아내이자 당신 아들의 어머니이기도 하지만 그 이전에 천왕문의 딸이에요.

더 이상 당신 아내 노릇을 할 수 없게 되어 죄송합니다. 천왕문으로 돌아가겠어요. 그러고는 절을 했지. 종사는 말리지 않고 날 돌려보내 주었단다. 난 천왕문의 마지막 문주가 되어 분투했지만 이미 기울어진 전세를 되돌릴 순 없었지. 그날 적에게 둘러싸여 죽음을 맞이하려고 할 때 복면을 쓴 누군가가 홀로 적진을 뚫고 들어와 막 자진하려고 하는 날 구해내더구나. 그게 종사였단다. 날 보내고는 나 몰래 뒤를 쫓아왔던 거지."

그녀는 씁쓸하게, 슬프게 웃었다.

"이미 부부의 연이 끊겼는데, 내 손으로 끊었는데 어찌 그 자리로 돌아가겠니. 그냥 죽게 내버려 둘 것이지 하고 원망도 많이 했었지. 하지만 차차 생각이 바뀌었어. 종사의 그릇 안에 남아 나처럼 길 잃은 사람들, 떠도는 마음들을 달래주며 사는 것도 좋겠다는 생각을 하게 되었던 거지. 그게 내가 여기 있는 이유란다."

무영이 다시 물었다.

"아들은 어디 있나?"

여제사장의 눈빛이 묘하게 바뀌었다. 그리움이라고도, 다른 그 무엇이라고도 말하기 힘든 모호함을 담고 그녀는 말했다.

"멀리, 아주 멀리 가 있단다. 언젠가는 만나게 될지도 모르지. 하지만 난 그걸 바라지 않아. 그건……."

그녀는 말을 멈추고 손을 저었다.

"오늘은 말을 너무 많이 한 것 같다. 그만 물러가고 내일 밤 자시에 다시 오너라."

심기가 상한 모양이다 짐작하고 막 나가려 하는 무영을 그녀가 다시 불렀다.

"네게 도움이 될 두 사람을 알려주마. 흑풍단을 토벌하러 떠나기 전에 꼭 만나고 가라. 가능하면 그들이 가르쳐 주는 걸 모두 배우고 나서 가는 게 좋겠지."

그녀는 두 사람의 이름과 처소를 말해 주었다.

무영은 아침이 밝아오자 여제사장이 말해 준 두 사람을 찾아 집을 나섰다. 재미있는 것은 그 두 사람 중 하나는 종리매가 이미 말한 사람, 즉 구대흉신의 후보로 그가 알고 있는 사람인데, 다른 하나는 아니라는 것이었다. 하긴 운중룡만 해도 종리매가 말한 이름 중엔 없었으니─당연히 종리매는 운중룡을 파문제자로만 알고 있었으니 구대흉신의 후보로 꼽을 리가 없었음을 무영은 이해할 수 있었다─그런 사람이 몇 명 더 있다고 해도 놀라운 일은 아니었다.

무영은 태양궁의 문을 나서기 전에 잠시 망설였다. 어느 쪽을 먼저 찾아갈까 생각하는 것이었다. 그러다가 그는 먼저 처리할 일이 있음을 깨닫고 대장간으로 발길을 돌렸다. 여제사장이 말한 것처럼 천왕도를 고쳐야겠다는 생각을 한 것이다.

대장간에서는 여느 때와 같이 망치 소리가 울리고 사람들이 바쁘게 오가고 있었다. 본격적인 농사철이 되어 주로 농기구를 만들고 고치는 작업 중이었지만 공야장청은 다른 일에 몰두하고 있었다. 바로 혈영의 세 날 도끼에 이을 사슬을 고치는 작업이었다. 혈영은 그 바로 옆에 앉아 작업을 지켜보고 있었다.

무영은 혈영의 싸맨 가슴과 어깨를 보고 그냥 돌아갈까 잠시 망설였다. 어제 그렇게 싸우고 이겨 버렸으니 어쩐지 혈영의 얼굴을 마주하기 힘들어서였다. 그런데 혈영이 먼저 그를 보았다. 그는 자리에서 일이나더니 멀쩡한 손을 흔들며 다가왔다. 그리고는 어색하게 서 있는 무영의 어깨를 두드려 주었다.

"어젠 잘 싸웠다. 오랜만에 재미있었어. 내가 낫고 나면 또 싸워보자."

혈영의 눈은 다른 때와 달리 살기 외의 빛으로 반짝이고 입가에는 어울리지 않는 기색이 떠올라 있었는데, 굳이 이름 붙이면 웃음이라고 할 만한 것이었다. 무영은 마음이 놓여 굳어 있던 표정을 풀었다.

"그러자."

두 사람은 어깨를 나란히 하고 공야장청에게 다가갔다. 공야장청은 무영이 풀어놓은 천왕도를 보더니 묵염혼을 보여줬을 때와는 달리 재빨리 칼을 치우고 그냥 알았다는 말로 끝냈다. 거기에 대고 무영이 추가 주문을 했다.

"손잡이 끝에 고리를 달아줘. 큰 걸로."

공야장청이 울상을 지었다.

"그렇게 하면 칼 모양을 망치는데……."

그는 한쪽에 아무렇게나, 혹은 그렇게 보이도록 던져 놓은 천왕도를 보고 슬쩍 혈영의 눈치를 살피고는 한숨을 내쉬었다.

"자네 감각도 참 어지간히 촌스럽군. 하는 수 없지. 그렇게 해줌세."

그는 다시 사슬 고치는 작업으로 돌아갔다. 무영은 혈영의 어깨를 가볍게 두드려 주고 대장간을 나섰다.

제 22 장

전진 구현기

분노해야 할 때 분노하지 않는 건
인내가 아니라 비굴한 것이다

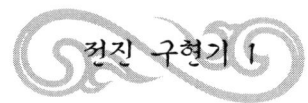

전진 구현기 1

여제사장이 알려준 두 사람의 처소는 모두 태양궁 밖에 있었다. 그중에서 한 사람이 보다 바깥쪽에 있었는데, 바로 이 사람이 종리매가 알려준 명단에 없는 인물이었기 때문에 무영은 그쪽으로 먼저 갔다. 누군지 궁금했기 때문이었다.

백림 거리에서도 가장 바깥쪽에, 숲으로 들어가서야 그를 볼 수 있었다. 그전에 그가 만들어놓은 것들 사이를 지나가야 했다. 수백 개의 돌탑이었다. 순수하게 바위와 자갈만 쌓아서 올린 탑이었는데, 위로 갈수록 쌓은 돌의 수가 적어지고 상단부에는 돌 하나씩만 여러 개 겹쳐 쌓아서 금방이라도 무너질 것처럼 위태로워 보였다.

무영은 그 돌탑 사이를 산책하듯 거닐며 사람을 찾았다. 바로 이 돌탑만 쌓으며 산다는 사람, 왜 그러는지, 원래는 뭘 하던 사람인지도 모르는 사람, 그래서 석탑천왕(石塔天王)이라 불리는 사람이었다.

석탑천왕이라는 이름이야 돌탑을 쌓는다는 것에 수호전의 탁탑천왕(托搭天王) 조개(晁蓋)를 끌어 붙여서 만들어진 것이겠지만 '천왕'이라는 두 글자에는 여제사장의 출신 문파인 천왕문을 연상케 하는 점이 있어서 흥미로웠다. 어쩌면 그쪽으로 관련이 있을지도 모른다는 생각을 하며 돌탑 사이를 거닐던 그의 눈에 한 노인이 들어왔다.

초라한 복색에 깡마른 체구, 산발한 머리는 마치 미친 사람처럼 보이기도 했는데, 허리까지 올라온 탑에 돌을 올리고 있는 중이었다. 아직은 제대로 모양이 만들어져 있지 않고, 그래서 돌 올려둘 곳은 많아 보이는데도 노인은 들고 있는 돌과 쌓고 있던 탑을 신중하게, 오랫동안 살펴보고 있었다. 그러다가 겨우 마음을 정했는지 돌을 올려놓고 한 걸음 물러서서 바라보는 틈에 무영이 말을 걸었다.

"여제사장이 보냈다."

노인은 무영에게 눈길도 주지 않았다. 아니, 말을 들은 티도 내지 않았다. 그는 무영을 없는 사람 취급하며 돌 하나를 더 집어 들어 조금 전과 똑같이 신중하게 내려놓을 곳을 고르고 있었다. 무영은 참고 있다가 한참 만에 노인이 돌을 내려놓자 다시 말했다.

"나는 무영이다. 제사장이 보냈다."

마찬가지였다. 노인은 들은 척도 하지 않았다. 무영도 더 말을 걸고 싶지 않았기 때문에 발길을 돌려 그 자리를 떠났다. 돌탑을 벗어나 백림을 향해 걷다가 그는 마음을 바꾸고 다시 석탑천왕을 찾아갔다. 그리고는 노인이 먼저 말을 걸 때까지 그 옆에 서 있었다. 아무 말도 않고서. 하지만 노인은 끝내 말을 걸지 않았다. 그는 그저 돌을 주워 와서 탑을 쌓을 뿐 무영에게는 아무런 관심도 없는 듯했다.

저녁이 되고 밤이 되었다. 노인은 돌탑 사이에 아무렇게나 누워 잠을 청하고 있었다. 무영은 포기하고 돌아와야 했다.

자시가 되어 여제사장을 만나 그 이야기를 하자 그녀는 조용히 웃었다.

"아직도 마음이 풀리지 않았나 보다. 그분은 날 미워하고 있거든."

그녀는 서글픈 듯한 눈빛을 하고 말을 이었다.

"나와 더불어 천왕문의 마지막 문인이란다. 아버님의 제자 중 유일하게 살아남은 사람이지. 내게는 사형인 셈이다. 그는 내가 모르는 무공을 알고 있어. 제대로 된 문주였다면, 시간이 더 있었다면 나도 배웠겠지만 그럴 틈이 없었지. 천왕수(天王手)라는 것인데 외가기공에 가까운 거란다. 우리 천왕문은 그 천왕수와 도법으로 유명했지. 그 두 가지를 모두 배워야 천왕의 진수를 이었다 할 수 있을 거다. 그래서 널 보냈던 것이지. 아, 구대흉신은 아니란다. 사형은 나도 미워하지만 그보다는 종사를 더 미워하지. 그러니 쉽게 협조할 리가 없어."

무영이 말했다.

"그는 안 가르쳐 주려 한다. 날 무시한다."

"어떻게든 배워보거라. 사형의 빗장 걸린 마음을 열고 천왕수를 얻어내는 것, 그게 내가 네게 준 숙제라고 생각하려무나. 네 그릇을 보려는 거야. 너는 과연 한신 같은 그릇인지, 아니면 한고조 같은 그릇인지, 그도 아니면 종사의 뜻대로 부려지는 필부의 그릇인지 보고 싶구나."

여제사장은 잠시 생각에 잠겨 있다가 한층 더 서글픈 기색으로 말을 이었다.

"돌탑을 쌓는 데는 여러 의미가 있겠지. 사형도 나처럼, 하지만 나와는 다른 방식으로 이미 죽어간 사람들의 명복을 비는 건지도 몰라. 말은 안 하지만, 표시는 안 내지만 나름의 방식으로 종사에게 보은하는 것일 수도 있지. 여기 여진 사람들은 배화교보다는 불교, 그중에서도 특히 밀교를 신앙한단다. 그렇게 돌탑을 쌓는 건 밀교의 제례 의식 중 하나지. 배화교를 믿지 않는 사람들에게 사형이 쌓은 돌탑의 숲은 아주 큰 의미가 있어서 일부러 순례를 오기도 한단다. 그게 백림에 크게 작게 도움이 되지. 사람이 사는 곳은 어쨌든 번창해야 하니까."

무영은 고개를 끄덕였다. 다른 건 몰라도 그에게서 천왕수를 받아내야겠다는 결심은 굳힌 상태였다. 천왕수라 불리는 그 무공이 탐이 나서가 아니었다. 그도 그 자신의 그릇이 어느 정도인지 시험해 보고 싶었기 때문이다.

무저갱의 홍진보도, 이곳의 매소봉도 그에게 천하를 잡으라고 한다. 모른 척 무시하고, 혹은 그냥 애매하게 넘겨 버리긴 했지만 신경을 쓰지 않는 건 아니었다. 그러나 아직 확신은 없었다. 과연 내가 천하를 잡을 그릇이긴 할까. 천하에 군림할 자격이 있을까. 그것이 그의 의심이었다.

다음날 날이 밝자 그는 대장간에 먼저 들렀다. 오늘은 혈영이 없었고, 그래서 공야장청은 천왕도에 대한 이야기를 마음대로 할 수 있는 모양이었다. 하지만 낮은 목소리로, 비밀스럽게 말했다. 주변에 아무도 안 보이는 데도 그랬다.

"정말 다시 한 번 말하네만 손잡이 끝에 고리를 다는 건 다시 생각해 주게. 칼이라는 게 모양이 다가 아니네만 정말 그 절묘한 균형과 아름다운 자태를 망치기가 싫네. 이걸 만든 명장의 솜씨가 너무 아까워."

그는 아름다운 여인이라도 보는 듯한 눈으로 천왕도의 도신을 바라보았다. 그리고 다시 말했다.

"균형이라는 것도 있지. 칼이라는 게 잘 베어진다고 다가 아니기도 하네. 든 사람의 힘과 체격, 사용하는 도법에 따라 길이와 모양이 정해지는 것이기도 하지만 칼 자체의 균형이라는 것도 있네. 거기다가 고리 하나를 달면 당연히 균형이 깨어지겠지. 어디 한번 들어보게. 균형을 느껴보라는 걸세."

무영은 공야장청이 내미는 천왕도를 받아 들어보았다. 그리고 공야장청을 한 번 보고는 여제사장에게 배운 도법, 천왕패도위진천하의 일초식부터 삼초식까지 펼쳐 보았다. 공야장청이 보는 앞에서 이걸 보여도 되나 잠시 망설였지만 천왕도를 이미 알아보는 걸 보니 상관없을 듯해서였다.

한바탕 칼춤이 끝나고 그는 천왕도를 돌려주었다. 그리고 말했다.

"칼끝도 조금 잘라라."

공야장청의 눈이 커졌다. 뒤통수를 망치로 얻어맞은 것처럼 그의 입이 벌어졌다. 거기 대고 무영은 똑똑히, 반복해서 말해 주었다.

"고리를 달고, 칼끝을 잘라라. 네모 반듯하게."

그는 공야장청이 말할 틈을 주지 않고 대장간을 떠났다.

이번에 그가 간 곳은 백림 거리의 포목점이었다. 이곳에 여제사장이 말한 또 한 사람, 구대흉신의 하나인 적발귀(赤髮鬼) 양웅(楊雄)이 살고 있기 때문이었다. 무영은 그에게서 이미 멸문한 정도문파의 하나인 전진교(全眞敎)의 내가기공 구현기(九玄氣)를 배워야 했다. 그가 전진교 도사 출신이라고 여제사장이 알려주었던 것이다.

포목점이라지만 의복을 만들어 파는 일도 겸하고 있는 곳이었다. 여자들이 잔뜩 모여서 수다를 떨며 옷감을 고르고, 또 가죽을 살피며 한쪽에서는 몸 치수를 재기도 하는 곳이라 무영으로서는 들어가기 불편했다. 하지만 여자들이 먼저 그를 알아보고 그에게 다가와 법석을 떨었다.

"유명한 무영 공자님이시네."

"어머, 이뻐라. 여자라고 해도 될 것 같아."

"눈이 정말 특이해요. 한번 만져 봐도 돼요?"

그런 터무니없는 소리들을 지껄이며 그를 둘러싸고 만지기까지 하는 것이었다. 그녀들이 바른 지분 냄새에 머리가 아파질 지경이었다. 무영은 얼굴을 붉히며 손을 저어 여자들을 물러서게 했다. 그리고는 포목점 안에 있는 유일한 남자에게 말을 걸었다. 그가 점원일 거라고 짐작했던 것이다.

"적발귀 양웅은 어디 있나?"

점원이 싱긋 웃으며 포목점 뒷문을 가리켰다.

"뒷마당에 가시면 만날 수 있을 겁니다."

무영은 얼른 여인들 틈을 빠져나와 뒷문으로 갔다. 뒷마당은 드넓게 펼쳐진 공간이었다. 여기 와서야 그는 양웅의 포목점이 옷 만드는 곳일 뿐 아니라 염색도 겸하는 곳이라는 것을 알았다. 마당을 거의 전부 차지하고 줄이 쳐져 있고, 그 줄에는 염색한 천이 잔뜩 널려 있었다. 마당 한쪽에는 염색하는 통이 늘어서 있고, 거기엔 여자들이 여럿 있었는데 그 사이에 사내 하나가 껴 있었다.

염색용 안료들로 얼룩덜룩해진 옷과 팔다리, 심지어는 얼굴과 머리까지도 물들어 있는 사내였다. 무영은 그가 적발귀라고 불리는 이유를 알았다. 머리카락이 타오르는 것처럼 붉었던 것이다. 염색용 안료 때문인지 아니면 원래 그런지는 알 수 없었지만.

무영은 그에게 다가갔다. 적발귀 양웅은 석탑천왕과는 달리 건장하고 비대하기까지 한 노인이었는데 여인들의 일솜씨가 마음에 들지 않는지 끊임없이 잔소리를 하며 직접 작업을 하고 있다가 무영이 다가가자 힐끔 보며 물었다.

"넌 뭐야?"

무영이 대답했다.

"무영이다."

양웅이 다시 말했다.

"근데?"

"제사장이 보내서 왔다."

"바빠 죽겠구만 별걸 다 보내고 있어. 젠장. 저리 가서 기다려!"

그는 더 이상 무영을 상대하지 않고 염색 작업으로 돌아갔다. 무영은 잠깐 서 있다가 발길을 돌려 포목점을 떠났다. 양웅의 태도가 성질을 건드린 것이다. 생각 같아서는 한 대 쳐주고 싶었지만 간신히 참은 것만 해도 훌륭한 일이라고 생각하고 있는 무영이었다.

석탑의 숲에 가보았지만 석탑천왕의 태도에는 변화가 없었다. 무영은 옆에 앉아 오랫동안 기다렸지만 반응이 없었다. 밤이 되자 그냥 돌아오는 수밖에 없었다.

집에 와서 그 이야기를 하자 매소봉이 골똘히 생각하더니 말했다.

"그런 일이 맨입에 되겠어? 성의를 표시해 봐."

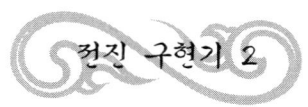

전직 구현가 2

　매소봉이 새벽같이 일어나 직접 요리를 해서 담아준 소쿠리를 들고 무영은 집을 나섰다. 석탑천왕에게 갖다 바칠 일종의 예물인 셈이었다. 보자기로 잘 싸놓긴 했지만 기울이면 쏟아질 음식도 있으니 두 손으로 고이 받쳐 들고 갈 수밖에 없었다. 그런 자세로 석탑의 숲을 향해 걷다가 그는 먼저 볼일이 있음을 생각하고 대장간으로 발길을 돌렸다.
　공야장청은 뭔가 하고 소쿠리를 보았지만 무영이 맛이라도 볼 테냐 하고 묻자 고개를 저었다.
　"아침 먹었네. 그런데 칼 고치는 일은 시일이 좀 필요할 듯하이. 사나흘 후에 오게나."
　무영은 거기 동의하고 일어났다. 보도라니 보통 연장으로는 끝을 잘라내기 힘든가 보다 하는 생각이었다. 그는 태양궁을 나서서 다시 포목점으로 향했다. 어제는 화가 나서 뛰쳐나왔지만 한 번쯤은 더 가봐야 할 것 같았기 때문이다. 석탑천왕은 그렇다고 쳐도 구대흉신 중의 하나인 적발귀 양웅이 무공을 안 가르쳐 줄 이유는 없었다. 그건 종사의 명령이기도 하니까.

다행히 아침이라 여자 손님들은 없었다. 무영은 그대로 뒷문을 통해 뒷마당에 들어갔다. 색색의 천들이 바람을 받아 펄럭이고 사람들은 바쁘게 일하고 있었다. 그중에 양웅도 있는 것을 확인하고 무영이 다가갔다.

양웅이 그를 보고 짜증을 냈다.

"또 왔냐! 바빠 죽겠구만, 정말."

무영이 표정을 굳히며 그를 노려보았다. 양웅은 그런 눈치는 무시하고 소쿠리에 관심을 보였다.

"그건 뭐냐?"

그는 무영이 말릴 틈도 없이 소쿠리를 빼앗아 보자기를 벗기더니 반색을 하고 말했다.

"배고프던 참에 잘됐다."

그러고는 매소봉이 애써 준비해 준 요리를 덥석덥석 먹어버리는 것이었다. 무영은 어이가 없어서 멍청히 바라보고만 있었다. 석탑천왕과 무영, 두 사람이 먹을 수 있게 넉넉히 준비한 요리를 게눈 감추듯 뚝딱 먹어치운 양웅은 트림을 했다.

"어, 잘 먹었다. 맛은 없지만 시장이 반찬이니."

그는 다시 염색 작업으로 돌아갔다. 무영은 안중에도 없다는 듯한 행동이었다. 무영의 손이 묵염혼의 손잡이를 쥐었다. 그러나 다시 놓고, 잡았다가 또 놓았다. 그는 한숨을 내쉬고 양웅에게 다가가 말했다.

"내게 가르쳐 줄 것이 있지 않나."

양웅이 귀찮다는 듯 손을 저었다.

"바빠, 나중에 다시 와!"

그는 물들인 천을 들고 줄에 널려고 가져갔다. 무영이 그 뒤를 따라갔다.

"바빠도 지금 해라."

"나중에 하자는데 자꾸 귀찮게 구네!"

바람에 펄럭이는 천이 양웅을 가리고 있었다. 무영은 천을 걷어내며 양웅을 쫓아갔다. 그러나 양웅은 마치 술래잡기라도 하듯이 다른 천 뒤로 돌아가 있었다. 그렇게 한참을 쫓아갔지만 시종일관 양웅의 자취를 잡을 수가 없었다. 무영은 우뚝 서서 잠시 고민하다가 포목점을 나와 버렸다. 조금 더 그렇게 있었다간 폭발해 버릴 것 같았다.

그는 열기를 뿜으며 백림의 거리를 걷다가 길가에 있는 객잔에 들어갔다. 여기서 대충 음식을 사서 다시 석탑으로 향했다. 매소봉의 요리 대신이었다.

석탑에는 항상 그렇듯이 노인이 있었고, 무영을 아는 척하지 않는 것도 똑같았다. 무영은 노인에게 음식을 바치고 말했다.

"먹고 해라."

노인은 거들떠보지 않았다. 무영은 음식 옆에 앉아 오랫동안 기다렸다. 간혹 여진족들이 순례하듯 찾아와서 돌탑 사이를 거닐다가 노인을 발견하면 절을 하고 과일 등속을 바쳤다. 노인은 그건 받아서 먹었다.

무영은 울화가 끓어오르는 것을 겨우 참아냈다. 저녁이 되고 다시 밤이 되자 그는 집으로 돌아왔다.

매소봉은 그 이야기를 듣고 하하 웃었다.

"제갈량도 삼고초려를 해서야 겨우 움직였다잖아. 참고 한 번 더 가봐. 내가 만든 요리는 누구라도 먹었다니 다행이네. 내일은 아예 두 사람에게 다 주도록 준비해 놓을게."

"양웅의 것은 필요없다. 안 간다."

불퉁스럽게 대꾸하는 무영의 뺨을 매소봉은 귀여운 듯이 토닥거렸다.

"성질나셨네, 우리 낭군."

무영은 그녀의 손을 떼냈다. 그리고 불쾌한 기색으로 돌아누웠다. 매소봉이 뒤에서 그를 안았다.

"조금만 더 참아봐. 이것도 하나의 시련이라고 생각해 보라는 거야."

그녀는 잠시 시간을 두었다가 말을 이었다.

"제사장님의 말씀을 이해할 수 있을 것 같아. 세상에는 숱한 사람이 있지. 별별 성격을 가진 사람이 다 있어. 강호무림의 사람들은 더욱 그렇지. 하나같이 괴팍하지 않으면 편협하고, 제멋대로에 말도 안 통해. 석탑천왕이나 양웅 같은 사람은 그런 사람들 중 하나일 뿐이라고. 그걸 어떻게든 포용하고 끌어들여서 전력이 되게 해야 한다는 거야. 그거야말로 정말 제왕학이고, 그릇 만들기지."

그녀는 이야기에 집중하면 항상 그러하듯 일어나 앉아서 말을 계속했다. 무영은 그녀를 향해 돌아누워 팔을 괴고 이야기를 들었다.

매소봉이 말했다.

"당신은 지금 소림, 무당 양 파의 무공을 거의 다 알고 있지. 하지만 제대로 사용할 수 있고, 사용해도 되는 건 거의 없어. 당신이 맘 놓고 사용할 수 있는 무공은 이화태양종에서 배운 것과 직접 만들고 변형시킨 몇 가지밖에 안 된다는 거야. 거령진천검법에 달마혜검을 섞어서 변형시킨 건 물론 훌륭하지. 더 다듬으면 훌륭한 검법이 될지도 몰라. 무당파 검법은 정말 다양하고 그 폭과 깊이도 대단해서 그걸 참고로 생각해 보면 얼마든지 훌륭한 검법을 만들 수도 있어. 도법이 문제지. 등패도법이나 혈영도법은 사실 조악한 것이라 고수를 상대로 싸울 때 쓸 건 못 돼. 내가 봐도 그러니 종사 같은 고수가 볼 때는 얼마나 가소롭겠어. 하지만 이번에 천왕도법을 새로 배웠으니 다행이지."

그녀는 숨을 돌리고 계속 말했다.

"어차피 천왕도법도 정파의 것이라 사용할 순 없어. 하지만 칠대도법의 하나에 들어갈 정도니 그 원리만 이해해도 당신의 도법엔 무궁한 도움이 될 거야."

무영이 말을 끊고 물었다.

"칠대도법의 나머지는 뭔가?"

매소봉이 대답했다.

"나도 대충만 들은 거라 다는 몰라. 마도천하 이전에 사람들은 그렇게 이야기했다고 해. 검법에 아홉이 있고 도법에 일곱이, 권장에 열 개가 있다. 이걸 모르고 고수 행세를 하지 말라라고."

즉, 구대검법(九大劍法)과 칠대도법(七大刀法), 십대권법(十大拳法)이 있다는 말이었다. 천왕도법이 칠대도법의 하나고, 달마혜검과 태극검이 구대검법에 포함되었다. 그리고 제강산의 화염도법, 마교대종사의 아수라파천황 검법 등이 있었다. 천왕문의 천왕수도 십대권법에 포함되었다.

"도법만으로 한정해서 말한다면 대강 이래. 천왕도, 화염도, 뇌정도(雷霆刀), 취우도(醉尤刀), 폭풍도(暴風刀), 수라구류도(修羅九流刀), 나머지 하나는 음…… 생각이 안 나. 나중에 기억나면 가르쳐 줄게. 하여간 이런 식인데 정파가 넷, 사파가 셋을 가지고 있었다고 해."

그녀는 갑자기 손뼉을 쳤다.

"기억났다. 무극팔로도(無極八路刀)라는 이름일 거야."

무영은 흥미롭게 그녀를 바라보며 물었다.

"그런 걸 어떻게 다 알고 있나?"

"아버지에게서 들었지."

그녀는 운중룡을 생각하는 듯 잠깐 시무룩해졌다가 다시 표정을 밝게 하고 말했다.

"아버지가 그래 봬도 아는 건 정말 많은 분이야. 색마는 강호 정보에도 밝아야 하거든. 그게 생명줄이니까. 미리미리 도망 다녀야 하니까 말야."

그러고는 하하 웃고 다시 말했다.

"천왕수도 꼭 필요해. 소림사의 대력금강수를 이미 알고 있지? 그것도 십대권법의 하나야. 하지만 사용할 수 없잖아. 이것 역시 다른 걸 끌어들여서라도 변형을 시켜야 한다구. 열양장과 열양지, 태양권과 태양구도 배웠다고 했지? 그런 걸 응용해 봐. 어떻게 해야 하는 건지는 물론 모르지. 하나의 무공을 변형시킨다는 게 쉽지 않다는 것도 알아. 하지만 해야지 어떡해. 그러니 당신은 지금 배울 수 있는 건 뭐든 배워야 해. 그걸 다 알고 익힐 필요는 없지만 원래 가진 걸 제대로 사용하기 위해서라도 그게 필요하단 말야."

"그러니까 양웅에게도 머리를 숙여라?"

매소봉이 고개를 끄덕였다.

"고깝더라도 참아봐."

무영은 한숨을 내쉬었다.

"그러지."

며칠 더 같은 일이 반복되었다. 무영은 양웅의 몫까지 세 사람 분의 음식을 들고 포목점과 석탑의 숲을 왕복했다. 양웅은 고맙다는 말도 없이 음식을 먹을 뿐 무공을 가르쳐 줄 생각은 하지 않았다. 석탑천왕이 그와 요리를 못 본 척하는 것도 똑같았다. 무영은 매소봉이 차려준 것을 버릴 순 없어서 혼자 두 사람 몫의 음식을 먹고 집에 돌아와야 했다.

하루는 석탑천왕이 듣거나 말거나 자신의 신세 내력을 이야기해 주었다. 동굴 이야기와 무저갱 이야기를. 그러나 여전히 반응은 없었다. 귀머거리가 아닐까 의심이 갈 정도였다.

약속된 날이 되어 대장간으로 가자 공야장청이 변형시킨 천왕도를 내주었다. 전과는 달리 하얀색의 도갑에 들어가 있는 하얀 손잡이의 칼이었다. 하얀 도갑에는 파천황(破天荒)이라고 새겨져 있었다.

공야장청이 말했다.

"새 이름이 필요할 것 같아서 말일세. 마음에 들지 않으면 자네가 원하는 걸로 바꿔주지."

"마음에 든다."

무영은 칼을 뽑아 들었다. 원래 안령도처럼 생긴 칼이었다. 앞으로 가면서 점차 넓어지다가 예리하게 마무리된 곡선이 아름다웠던 칼이었는데 지금 그 칼끝은 무영의 주문대로 뭉툭하고 네모 반듯하게 변해 있었다. 예전에 사용하던 박도를 연상케 하는 모습. 손잡이 끝에는 고리도 달려 있었다.

무영은 그 칼을 들고 잠깐 살펴보다가 공야장청을 향해 말했다.

"내 주문대로가 아니다."

공야장청이 무슨 소리냐는 듯 인상을 썼다.

"주문대로 됐잖은가. 네모 반듯하게 만들었고 고리도 달았네."

무영은 고개를 저었다.

"짧아지지 않았다. 길어졌다."

공야장청의 안색이 변했다. 그는 거짓말을 하다가 들킨 사람답게 얼굴을 붉히더니 버럭 소리를 질렀다.

"그래, 안 자르고 오히려 붙였네. 언제든 그 끝과 고리만 떼내면 원래의 모습이 될 수 있도록 말일세."

칼끝을 잘라 네모 반듯하게 만든 것이 아니라 다른 철을 붙여서 그렇게 만든 것이었다.

공야장청은 무영의 앞에 가부좌를 틀고 앉아 눈을 감았다.

"난 목에 칼이 들어와도 그 칼을 망칠 순 없네. 장인의 양심으로는 도저히 그렇게 할 수 없어. 마음에 안 들면 차라리 날 죽이게. 그리고 직접 칼을 부러뜨려."

"마음에 든다."

공야장청이 눈을 떴다.

"마음에 들어?"

무영은 고개를 끄덕였다. 그리고 공야장청에게 웃어주었다.

"균형이 딱 맞는다. 마음에 든다. 내가 바라던 게 이거다."

공야장청이 비로소 웃었다.

"마음에 든다니 기쁘군."

그의 웃음은 칼을 보며 씁쓸하게 바뀌었다.

"언젠가 그 칼이 제 모습을 되찾게 되길 바라네."

대장간을 나와 항상 그랬듯이 포목점에 들렀다. 오늘도 달라진 것은 없었다. 무영은 씁쓸한 기분으로 포목점을 나서다가 돌아서서 뒷마당으로 들어갔다. 그리고 천왕도, 이제는 파천황이라고 불리게 된 칼을 뽑아 줄에 널린 천을 마구 베어갔다.

적발귀 양웅이 펄쩍 뛰며 달려왔다.

"이놈이 미쳤나!"

무영은 그의 목에 천왕도를 겨누었다. 살기가 무영의 눈으로부터, 천왕도의 뭉툭하지만 날카로운 칼끝으로부터 뻗어갔다.

무영이 말했다.

"더 이상 시간 낭비할 순 없다. 가르쳐 줄 테냐, 죽을 테냐!"

적발귀 양웅의 표정이 여러 번 변했다. 그 마지막은 웃음이었다.

"분노해야 할 때 분노하지 않는 건 인내가 아니라 비굴한 걸세. 난 비굴한 자는 좋아하지 않아. 끝까지 참기만 했으면 아무리 종사가 명령했더라도 안 가르쳐 줬을 걸세. 비굴한 자에게 전해져도 좋을 무공이 아니니까. 좋아, 이제 가르쳐 주겠네."

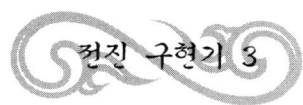

전진교는 도교팔선 중 하나인 검선 정양자 여동빈의 후계를 자처했던 중양자 왕철이 개파한 이후 그 제자인 전진칠자의 대에 와서, 특히 그중에서도 장춘자 구처기의 활약으로 크게 번성한 도교 문파였다. 지나치게 번성한 것이 오히려 해가 되어 구처기 이후에는 여러 분파로 나뉘어졌는데, 용호파(龍虎派)니 백운파(白雲派)니 하는 문파들이 그런 것이었다.

마도천하가 오기 직전까지 전진교는 수백 개의 파벌로 나뉘어서 한 문파라고 말하기도 어려운 처지였다. 도교 정통을 유지하는 문파에서부터 다른 문파, 혹은 종교의 영향을 받아 사파의 어두운 그림자를 드리운 문파, 심지어는 마교의 분파가 된 종파들도 있었던 것이다. 그래서 막판에는 수백 개의 파벌이 난립하였는데, 그것들을 크게 아울러 세 개로 분류할 수 있었다.

"전진 정통 도문의 전통을 이은 현파(玄派), 사파의 사이한 방술과 사법을 받아들인 벽파(碧派), 그리고 마교의 분파가 되어버린 혈파(血派), 이 셋이지. 나는 현파를 잇고 있다네."

한번 입을 열자 적발귀 양웅은 떠벌이가 돼버렸다. 포목을 보관하는 창고에 들어가서 문을 걸어 잠그고 이야기를 시작한 이후 반나절이나 혼자서 떠들었다. 주로 전진교의 위대하고 유구한 전통과 그 정통성을 계승한 현파에 대한 자랑, 그리고 옹호였다. 그만큼의 시간을 할애해서 또한 벽파와 혈파에 대한 공격도 가했다. 천하에 죽일 놈들이며, 더러운 배신자며, 사교의 추종자며 등등의 욕설이었다.

무영은 묵묵히 듣고만 있었다. 생각 같아서는 '구현기'라는 그 무공이나 얼른 가르쳐 주고 끝내라고 말하고 싶었지만 그랬다간 이 괴팍한 인물이 또 무슨 심통을 부릴지 모르는 일이었다. 그렇게 참고 기다리자 양웅은 하고 싶은 욕을 다 했는지 비로소 구현기에 대한 이야기로 옮겨갔다.

"구현기, 아홉 가지 현묘한 기운이라는 뜻일세. 이름에서도 알 수 있듯이 이건 아홉 가지 심공으로 이루어져 있지. 그야말로 전진 도문의 현문이학(玄門異學)을 총망라해서 정수만 압축해 놓은 것이라 할 수 있는데…… 응? 왜 그런 표정인가?"

무영이 말했다.

"하난 줄 알았다."

구현기라고는 들었지만 앞의 숫자 구가 설마 아홉 종류를 말하는 것인 줄은 몰랐던 것이다.

양웅이 고개를 치켜들고 말했다.

"전진교의 정수가 어찌 하나로 압축될 수 있겠는가. 적어도 아홉 개는 돼야지. 그걸로도 부족한 감은 있지만."

그는 치켜든 고개를 다시 숙이고 조금 힘 빠진 목소리로 덧붙였다.

"사실 저 아홉 가지를 세 개 파가 나누어 가지고 있다네. 그러니 내가 아는 건 셋뿐이지. 자네에게 가르쳐 줄 것도 그 셋뿐이네. 언젠가 벽파와 혈파를 정리하고 그들이 가진 여섯 가지도 빼앗아와야 할 텐데."

그가 알고 있다는 심공은 구현기 중에서도 호심(護心), 은신(隱身), 정심(精心)의 셋이었다. 생명을 지키고, 몸을 숨기고, 정신력을 강화하는 심공인 셈이었다. 그 외에 벽파가 환술과 방술을 위주로 한 세 가지 심공을 가지고 있고, 혈파는 강화와 폭주를 주로 하는 심공을 가지고 있다고 했다.

무영이 말했다.

"이미 사의 소광정에게서 불사호심공을 배웠다."

적발귀 양웅은 펄쩍 뛰며 말했다.

"어디 그 딴 사이비, 약장수 잔재주 같은 무공을 여기다 견주나. 구현기의 호심공은 그야말로 숨 한 모금만, 진기 한 방울만 남아 있으면 절대로 죽지 않는 사상 최강의 구명지공(求命之功)일세. 자네가 이걸 배우는 건 정말 행운이라 아니할 수 없는 것이지. 은신공은 또 어떤 줄 아는가. 제대로 배우면 누가 자넬 코앞에 두고 있어도 알아보지 못할 걸세. 완벽한 은신공이지."

그는 입에 침이 마르도록 자랑을 했다.

"정심공은 또 어떻고. 벽파와 혈파를 만났을 때 반드시 필요한 게 이걸세. 아니, 저기 명왕유명종 놈들처럼 사이한 환술이라거나 방술을 쓰는 놈들을 만났을 때도 이게 필요하지. 정신력을 강화시켜 주기 때문에 어지간한 속임수나 환각 따위에는 끄떡도 않을 수 있을 걸세. 불가에서 말하는 금강부동(金剛不動)의 심법을 이루게 해준다는 것이지."

무영은 가만히 고개를 끄덕였다. 이 사람을 자극하면 잔소리만 많아진다는 것을 파악했던 것이다. 하지만 양웅은 무영이 조용히 있건 말건 자기 할 말은 끝까지 하고 나서야 비로소 본격적인 무공 전수로 들어갔다. 무공 전수 중에도 계속해서 자랑과 비난을 빠뜨리지 않았기 때문에, 게다가 이 구현기라는 것이 복잡하고 난해하기 짝이 없어서 저녁나절쯤 되어 간신히 양웅의 손아귀에서 풀려났을 때는 다리에 힘이 풀리고 머리가 터질 지경이었다. 심공이라는 것이 여타의 내가기공처럼 가만히 앉아서 수련한다고 되는 것이 아니라 끝없는 대화와 깨달음으로 전수되는 것이기 때문이었다.

해가 기울고 있었다. 무영은 그냥 집으로 돌아갈까 하다가 애써 음식을 싸준 매소봉의 성의를 생각해서라도 석탑의 숲에는 가보고 와야겠다고 생각했다. 그놈의 구현기 때문에 점심도 걸러서 오늘도 석탑천왕이 안 먹는다 해도 그 혼자서라도 다 먹을 수 있을 것 같았다. 그런 생각을 하며 도착한 석탑의 숲에 석탑천왕은 보이지 않았다.

무영은 석탑의 숲을 이리저리 헤매며 석탑천왕을 찾았다. 아무리 예전엔 고수였다 하더라도 지금은 노인에 불과하다. 먹을 것도 제대로 먹지 않고 잠도 한데서 자며 들짐승이나 다름없는 생활을 하고 있으니 언제 쓰러져 죽는다 해도 이상하지 않았다.

무영은 석탑 주변을 서성이며 어떻게 할까 고민했다. 자시가 되면 그는 가야 한다. 오늘이 여제사장에게서 마지막 초식을 배우는 날이었다. 날은 점점 어두워지고, 주변을 뒤져 보자니 시간이 없었다. 지난 겨울 이리를 많이 없앴다고는 해도 백림에는 아직 야수들이 적지 않았다. 혹시 그런 놈들에게 당한 것은 아닐까.

다시 한 번 석탑의 숲을 샅샅이 조사했지만 석탑천왕도, 흔적도 보이지 않았다. 어쩌면 그는 무영이 귀찮아서 이곳을 떠난 게 아닐까. 천왕수가 아무리 대단한 무공이라도 안 배우면 그만이다. 알고 있는 무공도 아직 제대로 익히지 못한 게 대부분 아닌가. 양웅의 말 중에 나왔던 금강부동신공만 해도 기억 속에 구결로 남아 있지만 한 번도 익히려고 시도해 본 적이 없는 그였다.

그는 만약 석탑천왕이 살아서 돌아오기만 한다면 더 이상 귀찮게 하지 않겠다고 결심하고 석탑의 숲을 떠나려 했다. 그때 석탑천왕이 나타났다.

그는 나뭇가지를 엮어 만든 들것 같은 것에 돌을 잔뜩 담아서 들고 오는 중이었다. 먼 곳에서부터 그렇게 실어왔는지 땀으로 범벅이 된 얼굴에는 피로가 깊게 새겨져 있었다. 노인이 돌을 부려놓고 땅바닥에 쓰러지듯 주저앉았다. 무영은 소쿠리에서 술을 꺼내 노인에게 내밀었다. 노인이 멍하니 술병을 보더니 처음으로 무영의 얼굴을 바라보았다. 무영이 말했다.

"내일부턴 안 온다. 마지막 선물이다."

노인은 천천히 시선을 돌려 술병을 보았다. 그리고는 손을 내밀어 술병을 잡았다. 그는 술병을 입에 대고 한참이나 마시고 나서야 뗐다. 무영이 소쿠리를 내밀었다. 노인은 말없이 그 안에 담긴 음식을 먹었다. 간간이 술을 마시고 음식을 먹은 다음 그대로 쓰러지듯 누워서 자기 시작했다.

무영은 옆에 앉아 지켜보고 있다가 소쿠리를 들고 일어섰다. 노인이 왜 저렇게 사는지 그는 모른다. 하지만 그가 이해할 수 없다고 해서 노인이 잘못된 것은 아니다. 노인의 삶과 생각은 아직 그가 이해할 수 없는 어떤 영역에 있는 것뿐일지도 모른다. 먼 훗날이 되어 그도 노인이 되면 이해할 수 있게 될지도 모른다.

석탑의 숲을 빠져나가는 그의 뒤에서 노인이, 석탑천왕이 외쳤다.

"내일은 아침 일찍 와!"

무영이 멈춰 섰다. 뒤를 돌아보았지만 노인은 이미 코를 골고 있었다. 얼른 가라는 뜻일 터였다.

그 이야기를 듣고 여제사장은 만난 이래 가장 슬픈 표정을 지었다. 무영이 없었다면 눈물을 비쳤을지도 모른다. 그러나 그녀는 감정을 다스리고 천왕패도위진천하의 마지막 초식을 가르쳐 주었다. 무영 역시 아무 말 없이 그녀의 시범을 집중해서 바라보았다. 침묵 속에서 한 사람은 칼춤을 추고 한 사람은 그것을 보았다. 춤이 끝나자 여제사장이 말했다.

"저마다 다른 추억과 아픔을 가슴에 묻고 살아가는 게 인간인지도 몰라. 이제 네가 만나야 할 또 한 사람도 그렇겠지. 흑풍 말이다."

무영은 조용히 그녀의 말을 경청했다. 하지만 그녀의 말은 길지 않았다.

"흑풍을 만나거든 말을 들어주거라. 그게 그녀를 진정시키는 유일한 길일지도 모른다는 생각을 오래전부터 해왔었지. 그만 가거라. 아샤와 보흐만의 가호가 너와 함께하기를 기도하마."

무영이 그녀의 작은 성전을 나올 때 그녀는 푸른 연기 피어오르는 화로를 향해 기도를 드리고 있었다.

다음날부터 무영은 아침 일찍 석탑천왕을 찾아갔다. 양웅에게는 석탑천왕이 잠든 밤에야 갔는데, 안 가르쳐 줄 땐 언제고 이젠 늦게 온다고 야단을 쳤다. 하지만 무영의 몸이 둘이 아닌 바에야 어쩔 수 없는 일이었다. 양웅은 밤을 새워가며 그가 자랑스러워하는 전진교 무학의 정수를 전해주곤 했다. 절반쯤은 잡담을 섞어서.

그를 만나면 만날수록 무영은 한 사람을 연상하게 되었다. 색마 운중룡이었다. 떠벌리기 좋아하고 허풍이 심한 건 두 사람이 막상막하, 쌍벽을 이룰 것 같았다. 한 사람은 소위 정통 현문 전진교의 도사 출신이고 한 사람은 강호에서도 가장 지탄을 받는 색마인데도 그랬다. 언젠가 두 사람을 마주 앉혀놓으면 재미있으리라. 서로 상대를 인정할지는 알 수 없는 일이었지만.

석탑천왕의 교습은 그와 반대로 침묵 속에서, 거의 말없이 진행되었다. 꼭 필요한 몇 가지 구결과 요령만 전해준 뒤에 석탑천왕은 거의 말을 하려 들지 않았다. 무영은 그저 그가 시킨 대로 손을 단련하고 초식을 연습할 뿐이었다.

하루는 석탑천왕이 들것을 집어 들고 석탑의 숲을 떠났다. 무영은 수련을 중단하고 그 뒤를 따랐다. 돌을 주우러 가는 것일 텐데 혹시나 무슨 일이 있을까 싶어서였다.

석탑천왕은 뒤를 따르는 무영을 돌아보지도 않고 숲 속으로 깊이 들어갔다. 돌을 줍는데 이렇게 멀리까지 와야 하나 싶었지만 그 생각을 하고 주변을 돌아보니 거의 돌이 보이지 않았다. 석탑의 숲 주변에서는 거의 돌이 씨가 말랐다고 해도 좋을 정도였다. 그렇게 반나절을 걸어서야 도착한 곳은 숲을 가로질러 뻗은 강가였다. 강변에는 풀이 무성하고 바위와 돌들이 있었다.

석탑천왕은 들것을 놓고 돌을 주워 담았다. 무영이 그를 도왔다. 들것이 가득 차자 석탑천왕이 허리를 펴고 하늘 저편을 바라보았다. 그러다가 무영을 돌아보더니 그가 바라보고 있는 것을 확인하고는 강변에 박힌 커다란 바위를 향해 다가갔다.

그는 아무렇지도 않게 바위를 향해 손을 뻗었다. 마치 두부 속에 칼이 파고들듯 그렇게 부드럽게 손이 바위에 박혀 들어갔다. 석탑천왕이 바위에 박힌 손을 틀었다. 폭음이 일어났다. 바위는 화약에라도 당한 것처럼 산산조각이 나서 사방으로 흩어졌다. 돌 가루와 먼지가 반경 삼 장여를 뒤덮고 쏟아졌다.

무영은 넋을 잃고 그 모습을 바라보았다.

제 23 장
수해 대혈투

▌그는 처음으로 백야(白夜)를 보았다
밤에도 낮같이 밝은,
회뿌연 빛이 어둠 대신 땅을 지배하는 창백한 밤이었다

수해 대혈투 1

 한 달 동안 무영은 전진 구현기와 천왕수를 익혔다. 정종의 정통 무공을 익히는 데 한 달이라는 기간은 터무니없이 짧은 것이었지만 허용된 시간은 그 정도밖에 안 되었고, 무영의 재질이 받쳐 주어 혼자 수련하여 발전을 꾀할 기초 정도는 익힐 수 있었다. 그가 무공 수련에 집중하고 있는 동안 매소봉은 무영이 신경 쓰지 않고 있는 다른 일을 챙기고 있었다.
 흑풍단을 토벌하기 위해서는 무엇이 필요할까? 생각 같아서는 일만 대군을 준비해 주고 싶었지만 그건 불가능한 일이니 관두고 대신 조금이라도 도움이 될 수 있는 장비들을 궁리해서 챙겼다. 타고 다닐 말, 주 무기는 아니지만 혹시 사용할지도 모를 활과 화살, 그리고 창. 요리를 하거나 짐승의 가죽을 벗길 때 없어서는 안 될 소도 몇 자루. 요리를 할 때 정말 없어서는 안 되는 소금을 작은 단지에 넣어 입구를 봉해서 하나 준비하고 갈아입을 옷 몇 벌과 노숙할 때 들어가 자는 노루 주머니, 그 외에 불 피우는 도구 일속과 구명약 일체였다.

저 노루 주머니란 여진족들이 노숙할 때 쓰는 사슴 가죽 주머니를 말하는 것이었다. 사람 키보다 크게 만들어서 그 안에 들어가면 혹한기에는 힘들어도 다른 때엔 따뜻하고 편하게 잘 수 있게 하는 장비였다.

이렇게 준비를 해놓고도 막상 쓸 일은 없었으면, 적어도 늦춰지기라도 했으면 하고 바라는 게 매소봉의 마음이었지만 시간은 살같이 흐르고 반년으로 제한된 기한은 점점 줄어들었다. 그때쯤 무영은 자신의 머리카락에 이상이 생긴 것을 발견했다. 칠흑같이 새까맣던 머리카락이 언제부턴가 초록색으로 변하고 있는 것이다. 도대체 왜 이런 일이 생긴 것인지 몰라 황당해하는 무영에게 매소봉이 말했다.

"적발귀에게 가서 따져 봐. 그 사람이 해답을 줄 것 같네. 즉, 그 사람이 원인이라는 거지."

그러고는 덧붙여 말했다.

"초록색 머리도 보기 좋은걸. 머리에 풀이 난 것 같아서."

그 말을 하고는 배를 부여잡고 깔깔거리며 뒹구는 것이다. 무영은 그 모습이 귀여워서 뭐라고 욕하지도 못하고 그냥 집을 나섰다. 포목점에 가서 적발귀 양웅을 만나 그 문제를 말하니 양웅은 아무렇지도 않다는 듯이 말했다.

"아, 그거. 구현기를 배우면 그렇게 되네. 수련이 앝다는 증거지. 경지에 달하면 다시 검어지거든. 그래서 현파지. 현은 오묘하다는 뜻도 있지만 기본적인 뜻이야 검다는 거잖은가. 검어지기 전엔 하수란 이야기도 되지."

그는 하하 웃었다.

"내 머리가 왜 붉은지 아나? 색목인 중에는 날 때부터 붉은 머리도 있다지만 우리 한족이 그럴 리가 없지. 염색한 걸세."

무영이 되물었다.

"염색?"

양웅이 고개를 끄덕였다. 잘난 척하던 그가 처음으로 얼굴을 붉혔다.

"나도 사실은 경지에 달하지 못해서 아직 머리가 초록색이거든. 그걸 내놓고 다니면 전진 현파의 무공을 익혔네 하고 광고하며 다니는 격이라 아예 빨갛게 물들였지. 전진 혈파의 구현기를 수습하면 머리가 빨갛게 되거든. 그걸 모르는 놈에게는 그냥 특이하게만 보이겠지. 적어도 전진 현파를 떠올리진 않을 테니까."

무영은 한숨을 내쉬었다. 별 이상한 무공을 다 익혔더니 이런 부작용까지 생긴 것이라고 생각하는 중이었다. 양웅이 그에게 말했다.

"뭐, 걱정하지 말게. 요즘이야 머리가 초록색이라고 전진 현파를 떠올릴 사람은 극히 드물 걸세. 그런 게 있다는 것도 잊혀진 지 오래일 테니까."

그는 말하다 말고 생각에 잠겨 중얼거렸다.

"하지만 법술 계통의 문파에서는 아직 그걸 기억하고 있을지도 몰라. 전진 혈파와 벽파에선 당연히 알겠고. 잠깐, 벽파에선 경지에 달하면 머리카락이 푸른색으로 물들지. 초록색과는 좀 다르지만 비슷하게 볼 수도 있을까……."

그는 다시 무영에게 말했다.

"원한다면 나처럼 붉은색으로 물들여 주지. 아니면 금발이 좋을까?

자네가 원하는 색으로 해주겠네. 아무 걱정 말라니깐."

무영은 아무 말 없이 돌아서서 떠나고 있었다. 양웅이 달려와 붙잡았다.

"자네 화났나? 별로 화낼 일도 아닌데 그러는군. 뭐, 하여간 머리카락 색깔이 변했다는 건 구현기를 어느 정도는 익혔다는 표시이기도 하니까 그리 나쁜 일이 아닐세. 어디, 자네 손도 좀 보세. 머리카락이 변하면 손 색깔도 같이 가는 법이거든."

그 말에 놀라 무영이 손바닥을 펴보았다. 하지만 거기는 아무 변화가 없이 원래의 색 그대로였다.

양웅이 고개를 갸웃거렸다.

"그거 이상하다? 손도 초록색이 돼야 하는 건데."

그렇게 말하는 것이 마치 손도 초록색이 되면 보기 좋겠다고 하는 것 같아서 무영은 이왕 편 손으로 양웅의 따귀나 올려붙여 줬으면 좋겠다는 생각을 잠깐 했다. 그 생각을 억누르고 그는 말했다.

"내일부턴 안 올 거다."

포목점을 떠나서 그는 석탑의 숲으로 향했다. 어차피 떠날 때가 되었다는 생각을 하고 있었던 터였다. 머리카락 색깔이 변한 것은 그것과는 아무 상관도 없는 문제였지만 마치 하늘이 내린 계시 같아서 이젠 됐다고 말하는 것을 들은 기분이었다. 손 색깔이 변하지 않은 것은 어쩌면 천왕수를 동시에 수련하고 있기 때문인지도 모른다. 그 생각의 연장으로 석탑천왕에게도 작별 인사를 해야겠다는 생각을 하게 된 것이다.

양웅이 염색 일을 하는 이유도 짐작할 수 있었다. 지휘만 하지 않고 직접 염색 일을 하는 이유도. 항상 빨간 물, 파란 물이 들어 있는 손에는 그만한 이유가 있었던 셈이다.

그때 그는 저만치 앞에서 혈영이 걸어오는 것을 봤다.

혈영도 그를 보고 반갑게 손을 흔들었다. 표정의 변화는 없었지만 혈영이 그 정도 표현을 한 것만으로도 대단한 일이었다. 무영은 자기도 모르게 미소를 떠올리며 혈영이 내민 손을 잡았다. 혈영이 말했다.

"다 나았다. 한판 붙어보자."

무영의 표정이 굳었다. 한 달이 지난 지금 상처가 다 나은 혈영이 그를 보고 반가워할 이유란 바로 그것이었구나 싶었기 때문이다. 이제 비무를 할 수 있다는 생각이 혈영을 즐겁게 해주는 모양이었다. 그건 어쩌면 원한을 갚을 수 있다는 반가움인지도 모른다.

무영은 혈영의 표정을 슬쩍 살폈지만 그런 티는 보이지 않았다. 하긴 혈영의 얼굴에서 표정의 변화를 발견한다는 건 쉽지 않은 일이었지만.

그는 고개를 끄덕였다.

"하자."

혈영과 무영은 어깨를 나란히 하고 백림의 거리를 빠져나와 숲으로 향했다. 무영의 가슴이 두근거렸다. 한 달 전 비무에서는 그가 이겼지만 다시 이긴다는 보장은 없었다. 아니, 어쩌면 그때에 비해 그는 많이 발전했으니 이번엔 쉽게 이길지도 모른다. 천왕도법도 새로 익히지 않았던가. 그렇다면 오늘의 비무는 한 달 동안 고련한 성과를 시험해 보는 좋은 기회인지도 모른다.

무영은 묵염흔과 파천황을 양손에 나누어 들었다. 묵염흔을 앞으로 내밀고 파천황은 어깨에 걸친 자세였다. 혈영의 눈이 이채를 발했다.

"자세가 바뀌었네?"

무영이 대답했다.

"이쪽이 제대로인 것 같아서."

묵염흔이 제대로 방패 노릇을 한다면 파천황을 앞에 내밀 이유가 없다. 방패가 칼보다 뒤에 있어야 할 이유가 없기 때문이었다. 방패로 막고 칼로 베는 게 목적이라면 칼은 적을 베기 편한 자리에 있으면 되는 것이다.

혈영이 세 날 도끼를 손에서 놓고 거기 연결된 사슬을 잡았다. 그리고는 도끼를 유성추처럼 돌리며 무영의 주변을 천천히 걸었다. 던지려고 하는 모양이었다. 무영은 마른침을 삼켰다. 저 무거운 도끼를 던지면 그 파괴력과 압력은 엄청날 것이다. 그걸 묵염흔으로 막으면 가공할 압력이 전해질 테고, 어쩌면 그 충격으로 잠시 움직일 수 없는 상태가 될지도 모른다. 차라리 피하는 게 낫겠다.

생각이 끝나기도 전에 파공음이 울리고 세 날 도끼는 엄청난 위력으로 쇄도해 왔다. 무영은 양웅에게서 배운 은신의 기법을 응용해서 세 날 도끼를 피하고 파천황으로 혈영을 베어갔다. 순식간에 수십 도가 발출되었다. 혈영은 당황하는 기색이 역력했다. 팔로, 사슬로 간신히 무영의 칼질을 막아내며 그는 몇 걸음이나 물러났.

무영은 파천황을 거둬들이며 뒤로 물러나 혈영에게 숨 쉴 틈을 주었다. 천왕도법의 영향인지, 아니면 파천황의 덕분인지 칼을 움직이는 기분이 전보다 훨씬 가벼워지고 날래진 느낌이었다. 그래서 내심 흐뭇해하고 있는데 혈영이 고개를 갸웃거리며 말했다.

"변했다."

물론 변했지.

혈영이 또 말했다.

"전보다 안 좋아졌다."

응? 그럴 리가 없는데?

"다시 해보자."

그래, 이번엔 사정 안 봐주고 제대로 베어버리겠다고 무영은 결심했다.

혈영이 이번엔 도끼를 손에 잡고 휘두르며 육박해 들어왔다. 무영은 파천황을 휘둘러 혈영의 도끼를 수십 번 때리고 그 목까지 위협했다. 혈영은 둔한 듯한 움직임으로 그의 칼질을 겨우 방어해 내며 버티다가 어느 순간 미친 듯이 포효하며 도끼로 광풍을 만들었다.

상황이 반전되었다. 이번에는 무영이 묵염혼을 움직여 겨우겨우 방어해 냈다. 미친 듯한 공격이 끝없이 이어졌다. 오랜만에 손이 찢어질 듯한 고통을 느껴야 했다. 그러다가 한순간 무영은 자신의 이마에 닿을 듯 말 듯 멈춰 있는 도끼를 보아야 했다.

혈영이 스산한 살기를 흩뿌리며 말했다.

"넌 전보다 약해졌다. 왜 그런지는 모르겠지만 확실히 약해졌다. 이래선 죽영에게 죽는다."

무영의 이마로 땀이 흘러내렸다. 죽영, 두심오가 왜 여기서 언급되는지는 몰랐지만 이러다간 혈영에게도 죽을지 모른다는 위기감이 엄습해 왔다.

혈영이 도끼를 거둬들였다.

"그 칼도 좋고 도법도 좋아졌다. 하지만 넌 약해졌다. 기세가 다르다. 달라진 건 좋지도 나쁘지도 않지만 약해진 건 나쁘다. 아주 나쁘다. 죽영이 널 노리고 있는 지금은 더욱 그렇다."

혈영답지 않게 많은 말이었다. 그것이 그의 말에 심각한 무게를 실어주고 있었다. 어두운 그림자가 드리운, 우려라고 할 만한 감정이 실린 말이었다. 무영은 패배가 그에게 안겨준 상처로 고통스러워하기보다 혈영의 경고에 귀를 기울였다.

"죽영이 널 노리고 있다."

혈영이 말했다.

"그는 나와는 다르다. 나는…… 음…… 나는 싸우는 걸 보람으로 삼는 사람이다. 네게 졌다고 기분 나빠하지 않는다. 다시 싸울 만한 사람이 있어서 기뻐한다. 하지만 죽영은 다르다. 그는 강한 사람을 싫어한다. 자기보다 강한 듯한 사람은 아주 싫어한다. 기회만 생기면 죽이려고 한다. 지금 너를 보는 그의 눈이 그렇다."

무영의 머리에 두심오를 조심하라는 종리매의 충고가 떠올랐다. 두심오를 잊고 있었다. 그가 강해지는 걸 누구보다도 싫어하는 한 사람을 잊고 있었다. 그런데 혈영이 이런 경고를 해주는 것은 무언가 움직임, 혹은 조짐 같은 것을 발견했기 때문일까?

혈영은 그것까지는 말해 주지 않았다.

"더 강해져야 한다."

혈영이 떠나며 남긴 한마디였다.

무영은 그 다음날 백림을 떠났다. 매소봉이 애써 만들어준 모종의 계략에 따라 북해에서 세 번째로 번성한 성도인 흑하(黑河)로 향하는 여정이었다.

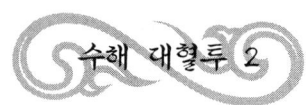

수해 대혈투 2

 무영은 보름쯤 걸려서 흑하에 도착했다. 흑룡강의 지류 중 하나인 마니하(馬泥河) 강변에 건설된 도시였다. 수초가 우거진 강변에 연해서 물고기를 잡아 살아가는 여진족 어촌이 있고, 그런 어촌을 중심으로 사냥이나 목축을 하는 여진족들이 생선과 바꾸기 위해 모여들면서 만들어진 도회지가 흑하인 것이다.
 여기 와서 그는 처음으로 백야(白夜)를 보았다. 밤에도 낮같이 밝은, 희뿌연 빛이 어둠 대신 땅을 지배하는 창백한 밤이었다.
 흑하에 사는 사람들은 백림과는 달리 여진족이나 타타르 족이 대부분이었는데, 그 중심에 조정에서 보낸 총독부가 있었지만 그건 현재의 조정과 마찬가지로 유명무실한 존재였고, 실제로는 그 총독부를 차지하고 들어선 이화태양종의 파견대가 이 지역을 지배하는 권력의 실세였다.

거리는 모피를, 혹은 사냥한 동물을, 또 혹은 강에서 잡아 올린 물고기들을 싣고 가는 사람들로 북적거렸다. 그 사이를 헤치고 걷는 무영의 인상은 한족이라는 것 때문이 아니라도 충분히 강렬해서 사람들이 물결처럼 갈라지고 멈춰 서서 구경하기도 했다. 눈을 보석으로 대신한 사람은 평생 한 번 볼까 말까 하니까 그러는 것도 당연했다. 초록색 머리카락을 가진 사람 역시 보석 눈을 한 사람만큼이나 보기 드물 것이다.

무영은 그 시선들을 의식하면서도 태연하게 걸어서 거리 중심에 있는 총독부로 향했다. 그 안에 들어가서야 간신히 사람들을 따돌릴 수 있었는데, 여기도 그를 신기하게 보는 시선은 마찬가지였다. 무사들이 그에게 모여들었다.

"신기한 놈이군."

"눈을 보석으로 해 박은 놈은 생전 처음 보는걸."

무례한 말들을 지껄이는 무사들을 향해 무영이 말했다.

"여기 대장은 누구냐?"

떠들던 무사들이 이것 봐라 하는 표정으로 그에게 말했다.

"이놈 말 본새 좀 보게."

"아주 싸가지가 없는 놈인걸."

"젖도 덜 뗀 놈이 말버릇 하고는."

"이놈 도대체 뭐 하는 놈이야."

무영은 손을 들어 머리를 긁다가 말했다.

"대장을 불러라."

아무래도 이 무사들과는 이야기가 될 것 같지 않았다. 하지만 이런 반응들을 보이는 것도 이해는 할 수 있었다. 그래서 그는 한마디 덧붙였다.

"태양궁에서 왔다."

무사들의 표정이 바뀌었다. 그들은 그제야 알겠다는 표정을 하고 머리를 숙였다.

"아, 태양궁에서 오신 분이군요. 보고드리도록 하겠습니다."

무사 한 명이 정면의 건물을 향해 뛰어가고 나머지는 무영을 아래위로 살피며 구경했다. 무영은 그 시선 역시 절반쯤 무시하며 태연히 버티고 서 있었다. 태양궁에서, 그리고 여기까지 오는 동안 거쳐 온 많지 않은 여진족 부락에서 이미 비슷한 눈길들을 충분히 받았고 단련된 터였다. 앞으로도 이런 시선은 끊임없이 무시하고 넘어가야 할 것이다. 살아가는 동안 내내.

건물로 들어간 무사가 비대한 중년인을 데리고 나왔다. 중년인이 말하자면 이곳의 대장인 모양이었는데, 그는 무영을 보더니 그 둔한 몸을 구부려 인사를 했다.

"오신다는 말씀은 들었습니다. 어서 드시지요."

무영이 눈에 이채를 띠고 물었다.

"누가 그러더냐? 내가 온다고."

중년인이 당황하며 말했다.

"아, 그냥…… 저기…… 궁에서 연락이 왔었습니다."

무영이 더욱 의문스러워하며 물었다.

"연락할 사람이 없었을 텐데? 누구냐? 누가 말하더냐?"

중년인은 땀을 뻘뻘 흘렸다.

"저기…… 저……."

무영이 그에게 다가가며 윽박질렀다.

수해 대혈투 71

"솔직히 말해!"
중년인이 갑자기 무사들에게 호령했다.
"이놈은 적의 첩자다! 쳐라!"
처음부터 지금까지 본 사람들에게는 말도 안 되는 소리라는 게 뻔했지만 그래도 그들의 대장이 명령한 것이고, 무영은 어차피 모르는 놈이다. 무사들이 무기를 빼 들고 무영을 둘러쌌다.
무영은 이 의외의 사태를 이해할 수 없어서 무기를 빼 들 생각도 못하고 고개만 갸웃거렸다. 누군가가 먼저 그의 도착을 알렸다. 그건 태양궁에서 온 연락임은 분명한데 그럴 사람이 생각나지 않았다. 그가 여기 온다는 것은 매소봉만 아는 일이었기 때문이다.
흑하에 가서 대장을 만날 것, 그에게서 흑풍단에 대한 정보를 들을 것. 이것이 매소봉의 조언 중 일부였기 때문이다. 그런데 이런 대접을 받을 줄은 몰랐다.
무영은 무사들을 훑어보며, 특히 대장이라는 중년인을 정색하고 바라보며 말했다.
"후회할 텐데."
중년인은 입을 다물고 긴장해서 그를 노려보다가 다시 외쳤다.
"뭣들 하느냐! 얼른 쳐 죽여라!"
무사들이 우 하고 달려들었다. 무영은 발을 들어 가장 먼저 달려든 놈의 턱을 걷어차고, 다음 놈의 사타구니를 걷어 올렸다. 그리고 매처럼 떠올라서 단번에 서너 명의 무사들을 때려눕혔다. 대장 놈의 앞에 내려섰을 때 그는 이미 파천황을 뽑아 들고 있었다.
무영은 파천황으로 중년인의 목을 겨누고 말했다.
"불어라!"

중년인이 사색이 되어 주저앉았다. 무영의 칼이 그 움직임을 좇아갔다. 중년인이 떨며 말했다.

"궁에서 사람이 왔었습니다. 어제였지요. 당신은 제가 잘 모르지만 그분의 쟁쟁한 위명과 궁에서의 지위는 익히 알고 있었기 때문에 실례를 범했습니다. 그분이 그러시더군요. 내일쯤 눈에 보석을 박은 놈이 올 텐데, 아무것도 협조해 주지 마라. 성질이 더러워서……."

그는 말을 멈추고 머리를 땅에 박았다.

"죄송합니다. 그분이 그렇게 말씀하셨습니다. 성질이 더러워서 제대로 대답해 주지 않으면 폭력을 휘두를 텐데, 그렇게 되더라도 되도록 거짓말로 때우란 말이다. 이렇게 말씀하셨습지요."

무영이 칼끝으로 중년인의 머리를 때리며 말했다.

"그놈이 누구냐?"

중년인이 대답했다.

"죽영 어르신입니다."

무영의 표정이 굳어졌다. 죽영이 왜 여기 왔을까. 왜 그의 일을 방해할까. 무영이 물었다.

"어디 있나?"

중년인이 대답했다.

"그 말씀만 하고 가셨기 때문에 지금 어디 있는지는 모릅니다."

무영은 칼을 거두고 생각에 잠겼다. 죽영이 도대체 왜 여기 왔는지는 모르지만 적어도 호의를 갖고 온 것이 아니라는 건 분명했다. 일찌 감치 알아서 차라리 다행이었다. 그는 대장의 머리를 다시 칼로 두들기고는 말했다.

"흑풍단에 대해 아는 걸 모두 불어라!"

그는 죽영이 대장에게 지시했다는 말을 떠올리고 한마디 덧붙였다.

"진실만!"

대장은 식은땀을 흘리며 아는 것을 모두 토해놓기 시작했다. 이쯤 와서야 겨우 무사들이 정신을 차리고 어기적거리며 일어났지만 무영의 눈길 한 번에 모두 물러서 버렸다.

대장이 한참 말하는 도중에 무영이 가로막고 물었다.

"몇 명?"

대장이 말했다.

"이백 명 정도입니다."

무영이 물었다.

"진짠가?"

대장이 대답했다.

"물론 진짭니다."

흑풍단의 인원이 이백 명이라는 것이다. 무영은 믿어지지가 않아서 잠시 멍청하게 서 있었다. 겨우 이백 명이라는 인원으로 이화태양종을 위협했단 말인가. 그 이백 명의 무리를 여태 토벌하지 못하고 내버려 뒀단 말인가. 그것이 무영의 의문이었다.

대장이 그의 눈치를 살폈다.

"계속할까요?"

무영이 고개를 끄덕이자 대장은 다시 말을 시작했다. 무영의 의문이 조금씩 풀렸다.

흑풍단은 예전에 이화태양종의 선봉장 역할을 하던 여전사 흑풍이 데리고 있던 무사 집단으로 구성된 도적단이었다. 이 흑풍이라는 여자는 이화태양종 서열 사위답게 무공도 강할 뿐 아니라 인간적인 매력과 친화력이 대단해서 그 수하들에게는 절대적인 신봉을 받고 있었다. 그들에게는 제강산보다 오히려 이 여자가 더 무섭고, 존경스럽고, 친애할 만한 대상이었던 것이다. 그래서 흑풍이 제강산에게 반기를 들고 나가자 한 명도 남김없이 모두 그녀를 따랐다는 것인데, 그래서 애초의 인원 중 싸우다 죽은 자들을 제외하고는 전부 그때의 무사들로 구성되어 있었다. 그게 이백여 명이라는 것이었다.

간혹 태양궁에 보내진 자들은 흑풍단의 본세력이 아니라 고용된 첩자들이 대부분이었다. 본세력을 구성하고 있는 무사들은 그 하나하나가 대단한 전사들이라 상대하기 쉽지 않았고, 북해의 넓은 영역을 종횡으로 쓸고 다녀서 그 본거지가 어디인지도 알아내지 못했다. 어제는 합이빈(哈尒濱)을 습격했는가 하면 어느새 흑하로 와서 세금을 받아가곤 했다. 그러니 태양궁에서 파견한 토벌대도 번번이 그들을 포착하지 못하고, 싸워보지도 못한 채 돌아가곤 했다는 것이었다.

무영이 물었다.

"최근에 발견된 곳은?"

대장이 대답했다.

"먼 곳입니다. 요동 쪽 경계에 가까운 합이빈에 두 달 전쯤 나타났다고 하는 이야기를 들었습니다."

난감한 일이었다. 토벌을 어떻게 하느냐가 문제가 아니라 그들을 찾기도 어렵다는 이야기였다.

무영은 칼을 거두고 말했다.

"방을 내놔라."

덧붙여서 말했다.

"언젠가는 여길 노리고 오겠지. 그때까지 기다리겠다."

대장이 울상을 지으며 일어났다. 무영의 명령이 그대로 이행된 것은 물론이었다. 그러나 무영은 열흘을 버티지 못하고 흑하를 떠났다. 언제 나타날지 모를 상대를 앉아서 기다리는 것은 차라리 정처없이 떠돌며 찾는 것만도 못하다는 생각을 했기 때문이었다. 그는 최근에 흑풍단이 나타났다는 합이빈을 향해 길을 떠났다. 그리고 그 다음날, 즉 흑하를 떠난 지 하루 만에 흑풍단보다 무서운 적을 만났다.
 죽영과 마영이었다.

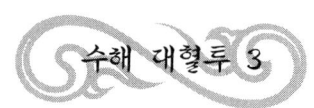

수해 대혈투 3

"왜 이렇게 늦었어? 널 기다리다가 지쳐 죽는 줄 알았다!"

죽영은 무영을 보자 화부터 냈다. 마치 약속 시간을 잡아놓기라도 했다는 듯한 태도였다. 그렇게 기다렸다면 어디 있는지도 알았을 것이 뻔한 주제에 직접 와서 부르면 됐을 것 아닌가. 그런 구구한 이야기를 하기 싫어서 무영은 그냥 무시하고 물었다.

"왜?"

왜 기다렸느냐는 질문이었는데, 죽영이 제대로 알아듣고 대답했다.

"물론 네게 볼일이 있지."

그는 소문에 듣던 바로 그 복장, 즉 온몸을 감싼 옷에 푸른 장갑, 머리에서 목까지 가린 죽립 차림을 하고 있었다. 그 죽립의 틈새로 안광이 강하게 새 나오고 있었다. 살기 넘친 안광이었다.

죽영, 두심오는 허리에서 검을 뽑으며 말했다. 길고, 가늘고, 낭창낭

창 휘어지는 이상한 검이었다. 무저갱에서 쓰던 귀도와는 다르지만 어딘가 그 성질은 비슷해 보이는 협봉검(狹鋒劍)의 일종이었다.

"조심했어야지. 넌 혈영을 이기려고 해서도 안 됐고, 실제로 이겨서도 안 되는 거였어. 난 네가 더 클까 봐 두려워지기 시작했다. 그런 불안 요소는 미리 제거하는 게 내 원칙이지."

동생을 타이르는 듯한 말투였지만 그 눈빛은, 검광은 결코 장난이 아니었다. 무영은 죽영의 전신에서 뿜어져 나오는 살기를 느끼고 털을 곤두세운 고양이처럼 긴장했다. 그는 무기에 손을 가져가며 물었다.

"날 죽이겠다?"

"당연."

죽영이 간단하게 대답했다. 그는 조금도 망설이지 않고 검을 휘둘렀다. 아니, 내밀어 무영의 가슴을 찔렀다.

무영은 가슴에 격통을 느끼고 물러섰다. 찌르르 들어오는 동작까지는 봤는데 막상 검은 조금도 보이지 않았다. 피할 수도 없었다. 상상을 초월한 속도였다.

죽영은 검끝에 묻은 피를 보고 웃었다. 음침한 웃음소리가 죽립 사이로 새어 나왔다. 그는 무영이 묵염흔과 파천황을 뽑아 드는 것을 보고 말했다.

"어디 한번 잘 막아봐."

죽영의 검이 움직였다. 무영이 재빨리 반응했다. 그는 묵염흔으로 가슴을 보호하며 움직였다. 그러나 죽영의 가늘고 예리한 검은 어느새 그의 목을 스치고 지나가며 피를 뽑아냈다. 다시 가슴, 허리와 가슴, 가슴과 얼굴에 연달아 검이 파고들었고, 피를 뿌려내었다. 죽영의 검은 자유자재로 움직이며 베고, 찌르고, 때렸다. 무영은 그 검을 단 한 번도 막아내지 못하고 피하는 것에만 급급할 뿐이었다. 제대로 피해내지도 못하고 있지만.

이것은 그가 단 한 번도 상대해 보지 못한 절정 경지의 쾌검이었다. 막기에 앞서 그 움직임조차 알아볼 수 없는 것이다. 그런데도 치명상을 입지 않은 것은 그가 잘해서가 아니라 죽영이 사정을 봐주고 있어서였다. 요혈을 피해서 상처만 입히고 있는 것이다. 이건 조롱이었다. 생쥐를 잡아 놀리는 고양이 같은 짓을 하고 있는 것이다.

무영이 고함을 질렀다.

"죽여라!"

죽영이 검을 멈추고 말했다.

"내가 죽이면 안 되지. 종사께서 특별히 명령하셨거든. 널 해치지 말라고 말이다. 하지만 죽이지만 않으면 상관없겠지."

말하느라 손이 쉬는 사이에 무영의 반격이 가해졌다. 단 한 번밖에 오지 않을 기회라고 생각한 무영이 전력을 기울여서 죽영을 베어갔다. 파천황의 순백색 도신이 맹렬한 기세로 죽영의 가슴을 베었다.

그러나 베었다고 생각한 것은 무영의 착각이었다. 죽영은 조금도 당황하지 않고 검을 들어 파천황의 기세를 옆으로 흘려버렸다. 그의 검은 빠르기만 한 것이 아니라 강력하기도 했다. 그 휘청거리는 검신으로도 파천황의 기세를 흘려버릴 수 있을 정도로 충분히 강하고 힘이 넘쳤다. 그리고 빨랐다. 죽영의 검은 파천황을 밀어버리고 고개를 돌려 무영의 가슴으로 뻗어갔다. 그리고 이번에는 심장 바로 옆의 극히 위험한 부분을 파고들었다가 빠져나왔다. 손가락 굵기만한 상처가 생겼다. 피가 거침없이 뿜어져 나왔다.

죽영이 검을 거두었다. 그는 여태 말없이 기다리고 서 있던 마영에게 말했다.

"네 차례다. 이 정도 해줬으면 네 손으로 처리할 수 있겠지? 네가 아무리 저 녀석보다 실력이 아래라고 해도 말이다."

마영이 기분 나쁘다는 표정으로 투덜거렸다.

"대형, 말씀도 참 심하게 하십니다. 제가 왜 저놈보다 아랩니까. 저놈이 혈영을 이긴 건 우연이라고요. 혈영의 실수고. 그걸 가지고 제 실력이 아래라는 건 좀……."

죽영이 말을 잘랐다.

"솜씨로 증명해 봐."

"보여 드리죠."

마영이 양손을 마주 잡고 손가락 마디를 꺾어 우두둑 소리를 내며 무영에게 접근했다. 오랜만에 만났지만 무영은 그가 자신의 다리뼈를 꺾어버린 사실을 기억하고 있었다. 권법을 주로 사용했던 것도 기억해 냈다. 지금도 권법을 사용하려 하는 것 같았다. 무기를 든 상대에게 맨손으로 덤벼드는 것을 보면 그쪽에 상당히 조예가 있는 것이리라.

문제는 무영의 몸 상태에 있었다. 크고 작은 상처들에서 흘려보낸 피도 시간이 지나면서 상당한 타격이 되고 있지만 가슴의 상처가 가장 컸다. 거기서는 아직도 피가 흘러 가슴을 축축하게 적시고 있으니 얼른 지혈하지 않으면 생명이 위험할 수도 있었다. 게다가 가슴에 상처를 입으면 그쪽 팔까지 못 쓰게 되는 것이다. 그러니 지금 묵염혼을 든 왼손은 무용지물에 다름없고 사용할 수 있는 것은 파천황뿐이었다. 그조차도 여러 번 사용하긴 어려우니 단 한 번에 승부를 봐야 할 것이다.

무영은 다가오는 마영을 바라보며 힘을 모으고 있었다. 단 한 번, 파천황을 휘둘러 단숨에 마영을 죽여 버려야 했다.

그런데 마영도 그렇게 눈치가 없진 않았다. 죽영이 그를 충분히 자극해 놓긴 했지만 무영이 도사린 호랑이처럼 기회를 보고 있음을 모르는 그가 아니었다. 그는 무영의 공격권 안에 얼른 들어가지 않고 주변을 어슬렁거리며 시간을 보냈다. 가만히 있으면 무영은 점점 더 약해진다. 그걸 굳이 자기 손으로 끝내겠다고 서둘러 들어가다가 물릴 이유가 없는 것이다.

무영은 한참이나 기다려도 마영이 접근해 오지 않자 애초의 계획, 즉 파천황으로 단번에 승부를 보려는 계획을 포기했다. 그는 왼손을 내려 묵염혼을 검집에 집어넣었다. 묵염혼을 고쳤을 때 공야장청이 같이 만들어준 검정색 가죽 검집이었다.

무영의 손이 가슴의 상처를 지혈하기 위해 움직였다. 그때 마영이 공격해 들어왔다.

마영은 한 걸음으로 간격을 좁히고 맹렬히 주먹을 휘둘렀다. 산이라도 깨버릴 듯한 위력을 가졌다고 해서 개산권(開山拳)이라 부르는 권법의 일부였다. 무영이 가슴으로 가져가던 손을 돌려 마영을 향해 내밀었다. 움직이는 것이 고작인, 아무런 힘도 없는 손이었다. 그러나 그가 손으로 가리키자 마영의 이마에는 구멍이 뚫렸다. 움직임은 자유롭지 못해도 기공은 발휘할 수가 있는 것, 마지막 기력을 끌어올려 발휘한 탄지신통의 한 수였다.

마영의 얼굴은 의문으로 일그러졌다가 곧 이마에서 흘러나온 피와 뇌수로 더럽혀졌다. 그는 천천히 앞으로 엎드려 죽어갔다.

팔짱을 끼고 구경하던 죽영이 팔을 풀었다. 그는 죽립을 벗었다. 드러난 죽영, 두심오의 얼굴은 분노로 굳어져 있었다. 그가 음산하게 말했다.

"넌 대단한 실수를 했어. 내 앞에서 소림 탄지신통 같은 것은 쓰지 말았어야 했어. 네 운명은 이걸로 결정된 거지."

무영은 잠자코 죽영을 노려보았다. 어차피 죽이려고 했던 작자가 무슨 헛소리를 하나 하는 게 그의 생각이었다. 먼저 죽이지 않으면 죽는다. 그런 상황에서 금기의 무공이건 뭐건 사용하지 못할 이유가 없었다. 그는 조용히 서서 내공을 끌어올리고 있었다. 한 번 더, 다시 한 번만 더 탄지신통을 쓸 기력을 모으고 있는 것이다.

두심오가 건들건들 다가오고 있었다. 무영이 손을 뻗었다. 탄지신통이 발출되었다. 죽영이 손바닥을 들어 무영의 손가락으로부터 뻗어오는 기운을 막았다. 폭음이 터졌다. 팽팽하게 조여진 가죽 북이 터지는 듯한 소리였다. 무영의 탄지신통은 흔적도 없이 사라져 버렸다. 두심오의 표정에는 아무런 변화가 없어서 한가해 보이기까지 했다. 그가 말했다.

"넌 죽었어."

무영은 아무 말 없이 서 있다가 돌아서서 뛰었다. 두심오가 웃었다.

"도망이라… 좋은 선택이지만 내겐 안 통하지."

그는 다시 죽립을 쓰고 한가한 걸음으로 무영의 뒤를 좇았다.

무영은 필사적으로 뛰었다. 말과 짐 같은 것도 버려두고 오로지 무기만 들고 뛰었다. 그러다가 정말 죽을 것 같은 때가 되어서야 쓰러지듯 주저앉아 헐떡거렸다. 숨이 턱에 차고 심장은 터질 듯이 뛰고 있었다. 지혈도 못한 가슴의 상처로부터 끊임없이 피가 흘러나왔다. 머리가 어지럽고 시야가 흐려지고 있었다.

'진정하자. 진정해야 해.'

무영은 스스로에게 반복해서 말했다. 실력이 모자라 죽게 되었을 때 도망치는 것은 잘못이 아니다. 하지만 실력에서 지더라도 마음까지 져서는 안 되는 것이다. 도망가는 것은 곧 마음이 먼저 지는 것이기도 하다는 것을 그는 알게 되었다. 도망치면 칠수록 더욱 공포가 강해지는 것을 방금 느낀 것이다.

  두심오가 언제 여기까지 쫓아올까. 얼마 걸리진 않을 것이다. 하지만 그 얼마 안 되는 시간 동안에라도 회복을 해야 하고, 반격할 준비를 해야 했다. 그게 생쥐의 발악이라 하더라도 반드시 그래야 했다. 반격을 위한 도주는 괜찮다. 그건 이기기 위한 준비이기도 하므로. 적어도 항복은 아니므로. 마음이 먼저 죽진 않는다.

  그는 가슴의 상처를 지혈하고, 그 외에도 몇 군데 상처를 손보고 비상용으로 준비한 금창약을 품에서 꺼내 상처에 발랐다. 그러는 한편 호흡을 가다듬고 두심오를 상대할 방법을 필사적으로 생각했다. 결론은 뻔했다. 실력으로는 도저히 안 된다. 두심오는 실제보다 대단히 저평가되어 있다는 것을 오늘 알았다. 그는 거의 제강산을 연상케 할 정도로 강했다. 혈영이 목숨을 걸고 덤빈다 해도 두심오에게는 안 될 거라는 게 당연했다. 그런데 사람들이 그렇게 생각하는 것에는 뭔가 이유가 있을 것이다. 아마도 두심오가 일부러 그 정도만 보여준 때문이리라. 그야말로 실력의 삼 푼을 감춘 교활한 놈인 것이다.

  그러니 오늘 두심오는 반드시 그를 죽이려 할 것이다. 탄지신통을 썼다는 게 문제가 아니라 경각심을 갖게 만든 것이 걱정스러워서라도 그를 죽이려 할 것이다. 하지만 그렇게 쉽게 죽어줄 수는 없었다. 그에게는 할 일이 있기 때문이었다.

  그는 마음을 안정시키고 그대로 가부좌를 틀어 앉았다. 기력을 회복해야 했다. 일찌감치 포기할 수는 없었다. 정신을 집중하면 두심오의 쾌검이 보일지도 모른다. 포기하면 안 된다. 그러나 일단은 정면 승부보다는 방심하게 한 다음 기습을 하는 것이 더 타당한 선택일 것이다.

저만치에서 두심오가 나타났다. 그는 바람처럼 빠르게 달려와서 그를 지나쳐 가는 듯싶더니 멈춰 서서 말했다.

"겨우 여기냐? 발도 느리군. 널 괜히 죽이려 했다는 생각이 드는구나. 생각보다 훨씬 덜 위험한 녀석인데 말이지."

그는 조롱하듯 머리를 움직이며 하하 웃었다.

"하지만 일이 이렇게 된 바에야 어쩌겠니. 마영도 죽었으니 일은 커졌어. 어떻게든 해결을 하는 수밖에 없겠지. 일단은 네 입부터 막아놓아야겠어. 살인멸구(殺人滅口)라는 말은 아냐?"

그는 다시 하하 웃고는 검을 뽑아 들었다. 그리고 천천히 무영에게 다가와 꼼짝 않고 앉아 있는 무영의 가슴에 박아 넣으려 했다. 무영이 움직였다. 그는 두심오의 검에 가슴을 가져다 대듯이 거리를 좁히며 양손으로 두심오의 가슴팍을 밀었다. 검이 그의 가슴을 관통해서 등으로 빠져나왔지만 애초에 두심오가 노렸을 심장이 아니라 그 옆쪽이었다. 살을 주고 뼈를 깎는 필사의 절초로 대력금강수를 선택한 것이었다.

탄지신통과 함께 가장 오랫동안 익혀온 무공이었고, 그 위력 또한 대단한 것이었다. 두심오가 주춤 물러났다. 그의 움직임에 따라 검이 뽑혀 나왔다. 무영은 밭은기침을 했다. 기침에 피가 섞여 나왔다. 선홍색의 피였다.

두심오도 기침을 했다. 그의 기침에서도 피가 섞여 나왔다. 그쪽은 내장이 진탕돼서일 것이다. 일정 효과는 본 셈인데, 무영의 얼굴에는 실망한 기색이 역력했다. 필사의 절초를 쓰고도 두심오의 가슴을 으스러뜨리진 못한 것이다. 겨우 내상을 입히는 정도였다니. 무언가 호신기공을 사용하고 있음이 분명했다.

무영이 억지로 일어나 칼을 뽑았다. 그리고 발도와 동시에 두심오를 베어갔다. 두심오가 뒤로 물러나며 칼을 피했다. 그 걸음이 안정되어 있지 않은 것을 보면 그가 입은 타격도 그리 가볍지는 않은 모양이었다.

하지만 두심오도 반격을 잊지 않았다. 그의 검이 움직였다. 무영은 정신을 집중하고 검의 움직임을 파악하려 노력했다. 그러나 무영의 앞에 와서 검은 허깨비처럼 사라지고, 그의 가슴에는 상처가 늘었다. 다음은 목이었다. 예리한 칼날이 무영의 강철 목걸이를 긁어 불꽃을 튀기며 목줄기에 한줄기 상처를 남겼다. 무영은 필사적으로 칼을 휘둘렀다. 방어가 불가능하다면 공격밖에 없었다. 달마십삼도가, 천왕패도위진천하가, 혈영도가 그치지 않고 쏟아져 나왔다.

두심오는 이제 안정을 찾은 모양이었다. 그는 굳건히 버티고 서서 우박처럼 쏟아지는 무영의 공격을 하나하나 막아내고 흘려보내었다. 그러는 틈틈이 빈틈을 찾아 반격을 가했다. 무영의 상처가 조금씩이지만 꾸준히 늘어났다.

무영이 갑자기 왼손을 들었다. 두심오가 가슴을 움켜쥐고 한 발 물러섰다. 기습적으로 탄지신통을 사용해서 두심오가 방어도 못하고 당해 버린 것이다.

두심오는 손을 떼고 상처를 살펴보았다. 부젓가락으로 지진 것처럼 둥근 구멍이 파여 있고, 거기로 피가 흘러나왔다. 그 깊이는 짐작할 수가 없었다.

두심오가 포효했다.

"죽여 버리겠어!"

무영은 묵묵히 칼을 휘둘렀다. 두심오도 맹렬히 검을 휘둘렀다. 마치 회초리를 쓰듯이 그렇게 검이 움직였다. 두 사람은 뿔을 맞대고 겨루는 두 마리 소처럼 그렇게 버티고 서서 격렬하게 싸웠다. 핏방울이 두 사람의 움직임을 따라, 검과 도의 움직임을 따라 빗방울처럼 튀었다.

한순간 두 사람이 동작을 멈추었다. 그들은 서로를 노려보며 한 발씩 물러섰다. 둘 다 흉부에 상처를 입어서 호흡이 곤란했기 때문이다. 한 모금의 진기로 그렇게 격렬한 동작들을 해댄 후라 둘 다 생명이 위험할 지경이었다. 이제 누가 먼저 회복을 하느냐 하는 싸움이 되었다.

그것도 두심오가 빨랐다. 그는 죽립을 벗어 던지고 피 섞인 침을 뱉어내더니 호흡을 골랐다. 손으로 상처 주변 혈도를 짚어 지혈을 하고, 선 채로 운기조식을 하는 듯 눈을 감았다. 무영은 이를 갈았다. 지금 한 칼만 먹이면 이길 수 있겠지만 안타깝게도 손가락 하나 까닥할 힘도 없었다. 그 역시 숨을 고르며 진기를 끌어 모을 수밖에 없었다. 지혈도 못한 상처는 여전히 피를 뿜어내고 있었다.

두심오의 안색이 급격하게 안정되고 있었다. 아무래도 그가 빨리 회복할 것 같았다. 무영은 입을 벌려 한 모금의 공기를 머금었다. 단전으로부터 기운이 뻗어 올라왔다. 단 한 번 더 공격할 힘은 되는 듯했다. 그는 여전히 눈을 감고 있는 두심오를 보며 잠깐 갈등했다. 이대로 칼을 휘둘러 두심오를 죽여 버릴까. 그럴 수 있을 것 같지 않은가.

그는 갈등했고, 결국 포기했다. 불길한 예감이 그를 사로잡았다. 마치 함정을 파놓고 기다리는 구렁이를 보는 듯한 느낌이 그를 말렸다.

그는 공격을 포기하고 그 힘을 지혈하는 데 썼다. 관통된 상처를 막기 위해서는 큰 힘이 필요했다. 그리고는 물러나서 그 자리를 떠났다.

두심오가 눈을 떴다. 그는 피식 웃었다.

"영리한 놈이군."

그는 무영의 뒤를 따라 걸어가며 말했다.

"전에도 그랬지만 기회를 줬는데도 잡지 않는구나, 꼬마야. 기회란 통상 위기와 함께 오기 때문에 도박을 걸어야 할 때도 있지. 너처럼 그렇게 망설이다간 아무런 기회도 잡지 못하고 말 거야. 도박없는 인생이란 지루한 것이지."

무영은 대답하지 않았다. 걸어가면서라도 힘을 되찾아야 했다. 말하는 것은 정력의 낭비일 뿐이었다. 두심오의 저 헛소리, 조롱 섞인 말에 대답하거나 반응하는 건 더욱 그랬다.

뛸 수는 없었다. 그건 죽음을 재촉하는 일일 뿐이었다. 두심오는 그와 달리 거의 정상을 회복한 것 같았는데―그 짧은 순간에!―무슨 생각으로 그를 끝내지 않고 조롱하는 것인지는 모르지만 이 기회를 놓치지 말아야 했다.

두심오가 뒤에서 말했다.

"사실 널 죽이고 싶진 않았어. 너도 제법 귀여운 구석이 있다면 있는 꼬마니까. 재주도 아깝고. 내가 종사가 되면 심복으로 부려보고 싶다는 생각도 했지. 하지만 그전에 날 추월해 버리면 어쩌나. 아무리 생각해 봐도 이쯤에서 제거하는 게 낫다는 생각이 들더란 말이지. 날 너무 원망하지 말고 고이 목숨을 바치는 게 어떨까? 그게 서로 피곤하지 않은 일 아니겠어?"

무영은 대답하지 않았다. 그저 꾸준히 호흡을 고르며 걸어갈 뿐이었

수해 대혈투

다. 길은 산을 돌아 숲으로 이어지고 있었다. 무영의 머리가 바쁘게 움직였다. 이대로 같이 걷다가 지루해지면 두심오가 손을 쓸 텐데, 그땐 끝이었다. 그는 이제 두심오에게 기습이건 정면 대결이건 덤빌 생각을 포기했다. 생존이 최우선의 목표였다. 살아남는다면 언젠가는 그를 이길 기회를 다시 가질 수 있으리라.

어떻게든 추격을 따돌리고 회복한 뒤에 다시 싸울 기회를 찾아야 했다. 그러려면 먼저 어딘가에서 두심오의 시선을 피할 수 있어야 했다. 그 뒤엔 은신술을 사용할 수도 있는 것이다. 갑자기 구현기를 배우도록 한 여제사장이 생각났다. 마치 이런 일을 내다보고 시킨 것 같았다.

숲이 시작되었다. 그 숲 속, 구부러진 길에서 무영은 두심오의 시선을 따돌리고 은신해 들어갔다. 창백한 밤과 낮이 끝없이 이어지는 날이었다.

제24장
흑하 대수림

숲은 고요함 속에서도 분주하게 움직이고,
달빛은 무성한 나뭇가지 사이로 새어 들어와 은빛으로 반짝였다
겨울 나무의 음침한 냄새들이 사라지고
청신한 목향이 숲을 고요히 떠돌았다

흑하 대수림 1

 단 한 번도 인간이 들어온 일이 없을 것 같은 흑하변, 물과 원시림의 세계였다. 강을 중심으로 여름 한철 범람한 곳에 만들어진 웅덩이가 곳곳에 있고, 물가에 자라는 풀과 나무로 숲이 형성되어 있었다. 나무 둥치에는 푸른 이끼가 사람 키만큼 붙어 있어서 지난번 범람의 수위가 어떠했는지 말해 주고, 빽빽이 자란 수풀은 인간의 침입을 거부하는 듯이 보였다.
 무영은 그 수풀 속에 가부좌를 틀고 앉아 있었다.
 은신이라는 것은 삼 단계로 분류되는데, 대원칙은 하나였다. 주변 풍경에 동화될 것. 그것뿐이었다.
 첫 단계에서는 자취를 지우는 것부터 배운다. 발자국을 남기지 않고 돌 하나, 나뭇가지 하나 건드리지 않고 걷는 법을 배운다. 풀보다는 돌을 밟고, 그것도 양지 쪽의 돌을 밟아야 자취를 줄일 수 있다. 옷깃에 걸려 부러진 나뭇가지, 밟혀서 꺾여진 풀줄기는 능숙한 추적자에게 안내판이나 다름없기 때문이다.

두 번째 단계에서는 주위 풍경에 맞추어 숨는 방법을 배운다. 땅을 파고, 혹은 물에 잠겨서, 또 혹은 수풀 속에 숨어 들어가고 나무 위에 올라가는 등의 방법이 있고, 진흙, 혹은 풀잎과 낙엽 등을 사용해서 위장하는 방법이 있다.

여기에서 가장 중요한 원칙은 물론 주변 풍경에 동화된다는 것이지만 또 하나 강조되는 것이 인간의 시각과 버릇이 가진 사각(死角)을 찾으라는 것이었다. 보통은 사람이 무엇을 볼 때 보이는 것 전체를 그대로 받아들인다고 생각하지만 사실은 그렇지 않다. 사람은 자신의 경험에 의해서 통상 어디를 보면 무엇이 보일 것이라고 기대하고 보는 것이다. 이건 무의식적으로 고정된 틀에 가까워서 특별히 신경을 쓰지 않으면 경험에 의해 익숙한 풍경, 혹은 사물밖에 보지 못하는데 그러면서도 한편으로 그런 익숙한 풍경은 보고 나서 바로 잊어버리기 마련이라 기억에는 거의 남지 않는다. 이것을 시각의 사각이라고 부르고, 은신에 이용하는 것이 두 번째 방법이었다.

여기까지는 무공이라기보다 요령에 가까운 것인데, 적발귀 양웅이 떠버리가 될 수밖에 없는 이유이기도 했다. 이 요령들을 사례에 맞추어 일일이 설명하려니 말이 길어지지 않을 수가 없었으니까.

전진 구현기 중 은신술이 무공, 그것도 기공에 속하는 이유는 세 번째 단계에 있었다. 즉, 앞의 두 단계가 요령과 기술이라면 세 번째 단계는 기공으로 은신하는 방법이기 때문이었다.

방술이나 환술을 사용해서 은신하는 기술이 있었다. 이른바 둔갑술이라고도 하고 은형술이라고도 하는 기법인데, 일종의 눈속임을 그렇게 꾸민 것이 대부분이었다. 예전에 무저갱에서 만난 잔백구유 같은 자가 사용했다가 실패한 잔재주처럼 연막탄을 주로 쓰는 방법이었다. 이 연막탄은 단순히 몸을 숨기기 위해서만 사용되는 것이 아니라 그 속에 감각을 둔하게 만들고 환각을 불러일으키게 하기 위해 앵속 등의 마취 효과가 있는 성분도 섞어놓은 것이다. 그럼으로써 일차적으로 눈을 피하고, 다음으로는 도주하지 않고 주변에 머물러 있어도 얼른 발견하지 못하게 하는 기술이라는 것이 은형술의 실제(實際)였다.

이 환각 효과를 무공으로 일으킨다는 것이 구현기의 핵심이었다. 환술이 아니라 정통 도가의 기공으로서 조화를 부린다고 적발귀 양웅은 침을 튀기며 강조했었다.

또 한편으로 이것은 단순한 속임수가 아니라 무공의 심오한 묘리에 닿아 있기도 했다. 이른바 '석화(石化)'라고 부르는 기술이 그랬다. 자신의 기척을 감추고, 바위와 혹은 나무와 동화된 것처럼 몸을 숨기는 것을 석화라고 했다. 이것은 어떤 요령으로 가능한 것이 아니라 심오한 정신 무공의 경지에 달해야 비로소 가능했다.

불행히도 무영은 아직 거기까지 도달하지 못했기 때문에 두 번째 단계까지의 각종 요령들을 사용해서 은신하는 수밖에 없었다. 최대한 자취를 감추고, 흔적을 지우고, 사각을 이용한 상태에서 가부좌를 틀고 앉아 한편으로 진기요상을 시도하고, 다른 한편으로는 귀를 기울여 두심오의 종적을 찾았다.

두심오는 멀리 있지 않았다. 무영이 숨어 있는 곳 인근을 두 번이나 스쳐 지나가기도 했다. 세 번째로 그가 다가왔을 때는 거의 똑바로 무영이 숨어 있는 곳을 향해서 오고 있었다.

우연인가, 아니면 알고 다가오는 것인가.

무영은 식은땀을 흘렸다. 그러나 곧 마음을 진정하고 아직 채 완성하지 못하긴 했지만 구현기를 운기했다. 두심오는 그가 숨어 있는 수풀 주변을 살피며 어슬렁거렸다.

"이상하다. 여기쯤에서 인기척이 있었는데."

두심오가 중얼거렸다.

"양웅이 쓸데없는 걸 가르쳐 준 모양이군. 쳇, 성가시게 됐네."

그가 갑자기 외쳤다.

"어이, 내가 장난이 좀 심했나 보다! 그만 나와라. 내가 설마 널 죽이기야 하겠니. 종사의 엄명도 있는데!"

무영의 심기가 잠깐 흐트러질 뻔했다. 두심오의 말에 솔깃해서가 아니라 어린애도 안 믿을 저런 소리를 지껄이는 두심오에 대한 분노가 치밀어서였다.

그러나 두심오는 태연하게 계속 외치고 있었다.

"살아 있으면 살아 있다고 신호나 보내봐라! 그것만 확인하고 난 돌아갈 테니까 말야! 나도 바쁘다구. 여기서 이러고 있을 시간이 없어!"

무영은 참았다. 두심오가 뭐라고 하건 못 들은 체하고 심기를 다스리며 진기를 이끌었다. 속히 두심오를 따돌리고 치료를 해야 했다. 지혈 같은 것은 임시방편에 불과해서 상처가 더 악화되는 것을 억누르고 있을 뿐이었다. 온몸에 바른 진흙이 효과가 있어서 피 냄새를 가려주기만을 바랄 뿐이었다.

그때 두심오가 등을 돌리고 있는 것이 보였다. 절호의 기회였다. 무영은 이대로 기습을 가해 두심오를 죽여 버릴까 생각했다. 이건 함정이 아니었다. 그가 여기, 그것도 수풀 속에 숨어 있는 것을 알아야 만들 수 있는 함정이니까. 그런데 만약 두심오가 그의 위치를 안다면 함정을 팔 필요가 없는 것이다. 그냥 죽여 버리면 될 테니까.

 무영은 천천히 손을 움직이다가 멈추었다. 불길한 예감이 등골을 짜릿하게 했다. 아무래도 역시 이건 함정 같았다. 대체 왜 그러는지는 모르지만 두심오는 그를 가지고 놀고 있는 것이다. 마영이 죽기 전에 그가 보여준 무공 수위와 죽은 후에 다시 겨룰 때 보여준 무공 수위에 차이가 있는 것 같다는 것도 그런 의심을 받쳐 주었다. 그렇게 쉽게 당할 자가 아닌데 마치 비무하듯이 수준을 맞춰가며 싸운 것은 아닐까?

 하지만 도대체 왜? 죽이겠다고 고함을 질러대며, 또 실제로 죽을지도 모를 상처를 입혀가며 괴롭힌 것일까.

 무영은 이쯤에서 생각을 그만두었다. 전에도 그랬지만 두심오를 이해하는 건 무리였다. 그 괴팍하고 제멋대로인 성격을 이해하는 것보다 급한 문제는 얼마든지 있었다. 하지만 적어도 한 가지는 확실했다. 반드시 두심오의 실력을 추월해야 했다. 이건 혈영과의 싸움보다도 더욱 중요했다. 두심오를 이기지 못한다면 그는 죽거나, 혹은 장난감이 돼 버릴 것이기 때문에.

 무영이 손을 들었다. 그리고 두심오를 향해 장력을 발출했다. 기다렸던 것처럼 두심오가 돌아서고, 한 손으로는 장력에 마주쳐 오며 다른 한 손에 든 검으로 수풀을 반으로 갈랐다.

 그러나 무영은 수풀 속에 있지 않았다. 애초에 두심오를 기습하려 했던 것이 아니었기 때문이다. 그는 장력이 부딪치는 반탄력을 이용해 뒤로 몸을 날렸다. 가슴이 진탕되어 다시 피가 흘러나왔지만 그는 무시하고 뛰었다. 필사적으로 웅덩이를 피해서, 발을 휘감는 수풀을 헤치며 달려서 강으로 뛰어들었다. 흑룡강 상류의 거센 물결이 그를 싣고 흘렀다.

흑하 대수림

무영은 수공에는 자신이 있었다. 하지만 상처 입은 몸이 그대로 물에 잠겨들었다는 게 문제였다. 다친 곳이 하필이면 가슴이라는 것도 좋지 않았다. 그 상태로는 물 밖에 있었어도 호흡하기 곤란한데 압력을 심하게 받는 물속에서는 죽을 지경이었다. 그는 견디지 못하고 물 밖으로 고개를 내밀었다.

"어이, 겨우 생각한 게 물로 뛰어드는 거냐! 한때 개구리라고 불렸다지? 과연 그렇구나!"

두심오가 외치는 소리였다.

그는 강변을 따라 달리고 있었다. 원시의 하천답게 강변으로 난 길 같은 것은 없었다. 온통 웅덩이에 부목, 수풀로 뒤덮여 있어 그냥 지나가기도 곤란한 지형을 날듯이 달리고 있었다. 그러면서 한편으로는 놀리기까지 하고 있는 것이다.

무영은 거칠게 호흡하며 물에 떠 있으려고 노력했다. 거센 물결은 곳곳에서 소용돌이를 만들고 있고, 차고 있는 무기의 무게도 상당해서 그조차도 쉽지 않았는데, 마침 강 가운데를 떠가는 죽은 나무가 눈에 들어왔다. 무영은 허우적거리며 헤엄쳐서 나무를 잡았다. 그는 나무에 지쳐 늘어질 듯한 몸을 싣고 두심오를 바라보았다.

그리 넓은 강은 아니었지만 그래도 강변까지는 상당한 거리가 있었다. 아무리 두심오라고 해도 한 번에 건너뛸 수 있는 거리는 아니었다. 하지만 제강산이라면? 그는 동굴의 지하 호수 위를 날아다니던 제강산의 모습을 기억하고 몸을 떨었다.

아직 그는 멀었다. 두심오를 추월하고, 제강산을 제압해야 할 몸이지만 그건 아직은 먼 이야기 같았다. 혈영을 꺾은 것만으로도 잠시 자만했던 것은 아닌지, 마치 절정고수나 된 것처럼 게으름을 피웠던 것은 아닌지 반성해야 했다. 구현기만 해도 제대로 못 익혔다는 것이 단번에 드러나지 않았는가. 그리고 그것은 절체절명의 위기로 이어지지 않았던가.

무영은 이를 악물었다. 오늘의 수모를 언젠가는 그대로 돌려주리라. 반드시 그렇게 하리라 결심했다.

그러나 일단은 살아남는 게 선결 과제였다.

두심오가 소리쳤다.

"이젠 끝이야! 더 이상은 피할 수 없어!"

한 사람은 강 속에서, 다른 한 사람은 강변에서 추격전을 하는 이 이상한 경주도 곧 끝날 것 같았다. 무영이 떠내려가는 곳에 물굽이가 나왔다. 격류는 거기에서 크게 꺾이며 그동안 싣고 왔던 모든 것을 강변으로 밀어붙이고 있었다. 두심오가 기다리는 그곳으로.

흑하 대수림 2

　누군가가 소리치고 있었다. 피로에 지쳐서, 절망적인 상황 앞에 지쳐서 기진해 있던 무영은 그 목소리가 두심오의 것은 아니면서도 어딘지 귀에 익어서 억지로 고개를 들었다. 소리는 두심오가 있는 곳과는 반대 편 강변에 선 한 사람이 내는 것이었다.
　'듀칸!'
　무영의 눈에 빛이 돌아왔다. 무저갱에서 구해준 여진족 전사 듀칸이 지금 왜 여기 있는지는 모르겠지만 강가로 뻗어 나온 바위 위에 서서 그를 부르고 있었던 것이다.
　듀칸은 무영이 그를 바라보자 손을 크게 흔들어 들고 있는 밧줄을 보여주었다. 사냥을 할 때면 항상 비상용으로 가지고 다니던 밧줄 끝에 나무토막을 묶은 것이었다. 그는 그걸 무영을 향해 던졌다. 무영이 힘없이 손을 들었지만 밧줄은 무영에게서 못미처 떨어졌다.

듀칸은 열심히 밧줄을 감았다. 다시 한 번 던지기 위해서였다. 강 건너편에서 두심오가 소리치고 있었다.

"너 이 자식, 그만두지 못해!"

듀칸은 대답하지 않았다. 두심오가 적이라는 건 두려운 일이긴 했지만 당장은 상관없었다. 배가 없으면 이 강을 건너지 못할 텐데, 하류로 적어도 백 리는 가야 흑하가 나오고, 배는 거기에나 있는 것이다. 그냥 걸어서 건널 수 있는 곳은 상류에 있고, 그가 그쪽으로 건너오기도 했지만 역시 여기서 오십여 리는 더 올라가야 했다. 이쪽 지형에 밝지 않은 두심오가 그걸 알 거라는 생각도 들지 않았다.

어쨌든 당장은 두심오의 위협에 대한 걱정보다 무영이 더 떠내려가서 물굽이에 도착하기 전에 이쪽 편으로 끌어내는 게 중요했다.

그는 신속히 밧줄을 감아쥐고 허공에 원을 그리듯 돌리면서 속으로는 부처님에게 기도를 한 뒤에 던졌다. 이번에는 제대로 갔다. 무영이 물 위에 뜬 나무토막을 잡아당기더니 밧줄을 움켜쥐었다. 듀칸은 심호흡을 하고 밧줄을 당겼다. 이번에는 부처님에게 무영이 저 밧줄을 놓치지 않게 해달라고 기도하면서.

두심오가 펄펄 뛰면서 고함을 질러댔지만 하나도 귀에 들어오지 않았다. 평생 두심오를 피해 다니며 사는 한이 있어도 일단은 무영을 구해야 했다. 그는 무영이 그에게, 그의 아내 헤이아치에게 베푼 은혜를 잊지 않았다.

무저갱을 나와 맡겨져 있던 부락에서는 겨울을 보낸 후 바로 떠나왔다. 여진족에게는 부락이 생활의 중심이었는데, 이 부락이란 친족을 중심으로 형성된 것이었다. 그들이 맡겨진 부락에 몇 년을 더 같이 산다고 해도, 그들이 아무리 좋은 모습을 보여준다고 해도 피가 다른 사람들과 한 부락 구성원이 될 수는 없었다. 겨울 한철이라도 나게 해준 것만으로도 고마워해야 할 일이었다.

그래서 그들은 봄이 오자 그 부락을 떠나 원래의 고향으로 향했다. 헤이아치의 고향은 이미 예전에 그녀가 잡혀올 때 풍비박산이 나버린 터라 다시 확인할 필요도 없었고, 바로 듀칸의 고향으로 향했는데, 거기도 숲에 삼켜진 지 오래였다.

많지 않은 부락원이었다. 호환이라도 나면, 전염병이라도 돌면, 혹은 타 부락 사람들에게 잡혀가 노예라도 되면 마을은 인적없는 곳이 되고 곧 숲에 삼켜진다. 흔한 일이었다. 듀칸은 고향 사람들을 찾는 것을 포기하고 사람들이 많이 사는 곳을 찾아 흑하로 왔다. 그들처럼 뿌리가 되는 부락과 단절된 사람들에게는 차라리 사람이 북적대는 곳이 나았다.

그들은 흑하 변두리에 작은 통나무 집을 짓고 정착했다. 듀칸은 고깃배를 타기도 하고 사냥도 다니며 일을 했고, 헤이아치 또한 포구에서 생선을 다듬고 날랐다. 밤에는 듀칸이 벗겨온 가죽을 손질해서 모자니 장갑, 신발 같은 것을 만들어 흑하 시장에 내다 팔았다. 그렇게 열심히 일한 보람으로 정착한 지 몇 달 되지 않았는데도 제법 생활이 안정되어 가던 중이었다.

엊그제 만삭의 몸으로도 일을 나갔던 헤이아치가 대낮인데 집에 뛰어들어 왔다. 막 사냥 나갈 준비를 하던 듀칸에게 그녀는 무영으로 추측되는 사람을 보았다고 말했다. 봤으면 본 거지, 추측되는 건 또 뭐냐고 되묻자 그녀는 사정을 설명했다.

거리를 지나가는데 사람들이 모여들어 누군가를 구경하고 있었다. 무심코 바라보니 눈에 보석을 박은 사람이 지나가고 있었다. 저 눈에 보석을 박은 사람에 대한 이야기는 그녀도 포구에서 일하며 수다쟁이 여편네들에게서 들었고, 설마 하며 웃기도 했었지만 본 것은 그날이 처음이었다. 신기해서 유심히 바라보자 어딘가 인상이 낯익은 사람이라는 생각을 하게 됐다는 것이었다.

얼굴은 전혀 알아볼 수 없었지만 긴 머리카락과 풍겨오는 기도는 무영을 연상케 했다. 오른쪽에 커다란 검을 차고 왼쪽에 칼을 찬 모습도 그랬다. 물론 그 검과 칼은 처음 보는 것이었지만, 좌검우도를 사용하는 사람은 무영 외에는 본 적이 없었으니까. 게다가 검집에 들어가서도 이글거리는 검은 불꽃 같은 마기를 드러내는 검은 아무리 모양이 달라졌어도 마검 묵염흔인 것을 확신하게 했다는 것이다.

불러볼까 하다가 혹시 아니면 어쩌나 해서 집으로 뛰어왔다는 것인데, 그 말을 듣고 듀칸은 흑하 거리로 향했다. 무영으로 추측되는 사람은 볼 수 없었지만 파견대 무사를 구슬러서 눈에 보석을 박은 사내가 무영이라고 불렸다는 것, 여기서 열흘간 지내다가 바로 그날 떠났다는 것을 알게 되었다.

그는 집에 돌아와 사냥용 행장을 챙겨 들고 무영을 찾아 나섰다. 멀리 가지는 않았을 거라고 생각했다. 만나서 한번 인사라도 나누고 싶을 뿐이었다. 그런데 흑하의 대수림 속 한 곳에서 짐을 실은 말을 만났다. 주인은 없고 옆에는 시체가 한 구 뒹굴고 있었다. 이 사람이 주인일 수도 있지만 만약 그렇다면 이 사람을 죽인 자가 왜 말을 안 가져갔을까. 여기 북해에서 말만큼 중요한 재산도 다시 없는데 말이다.

무영과 꼭 관련이 있는지는 모르지만 이건 불길한 일이었다. 죽은 자가 한족임이 분명하고, 그것도 무림인의 복색인 것이 분명해 보이는 것도 문제였다. 그는 어쨌든 우연히 만난 행운을 놓치지 않고 시체를 뒤져 값나가는 것을 챙기고 그걸 말에 실린 짐에 함께 넣고는 다시 무영을 찾아 나섰다.

하루가 지난 오늘 낮에야 그는 두심오가 외치는 소리를 들었다. 그게 무영을 조롱하고 야유하는 소리라는 것, 무영이 위험에 처해 있다는 것도 알게 되었다. 그러나 그는 이쪽에 있고, 두심오와 무영은 강 건너편에 있었다. 막상 가더라도 무언가 도와줄 일이 있을 리가 없었지만 그저 안타까워하며 강변을 따라가는 수밖에 없는 처지라 답답하기 짝이 없었다.

그런데 천우신조로 무영이 강에 빠져 떠내려가게 된 것이고, 다행히 그에게는 밧줄과 말이 있었다. 그는 밧줄 한 끝을 말안장에 묶고 다른 한쪽 끝에는 나무토막을 달았다. 그리고 무영에게 던졌던 것이다.

물에 빠진 사람을, 특히 격류에 빠진 사람을 구해내기 위해서는 초인적인 힘이 필요하다. 단지 한 사람의 무게만 감당하면 되는 게 아니라 물의 힘까지 이겨내야 하기 때문이다. 그런 점에서 말이 있다는 것은 정말 다행이었다. 하늘이 무영을 도운 셈이었다. 한 가지 걱정은 지쳐 버린, 아마도 상처도 입은 듯한 무영이 다른 한 끝을 잡고 끌려 나올 때까지 버텨주느냐 하는 것이었는데, 그건 무영의 생명력과 의지, 그리고 힘을 믿어보는 수밖에 없었다.

다행히 무영은 그 위기 순간 속에서도 밧줄을 겨드랑이 사이로 돌려 감아쥔 모양이었다. 물속에 몇 번이나 잠기며 질질 끌려오면서도 밧줄을 놓지 않았다. 이쪽에선 말과 듀칸이 힘을 모아 버티고, 격류는 무영을 하류로 밀어붙였다. 결국 밧줄은 커다란 반원을 그리며 무영을 기슭으로 당겼고, 무릎까지 오는 잔잔한 기슭에 무영을 실어 보냈다.

듀칸은 밧줄을 놓고 무영을 향해 달려갔다. 무영의 몰골은 형편이 없었다. 아직 살아 있다는 것, 밧줄을 잡고 버틸 힘이 있었다는 것이 신기했다. 그는 얼른 무영을 부축해서 말에 싣고 고래고래 고함을 지르는 두심오를 저쪽 강변에 버려둔 채 집으로 향했다.

무영이 중간에 정신을 차리고 듀칸에게 몇 가지 지시를 했다. 듀칸은 그 말이 옳다고 긍정하고 그대로 이행했다.

밤이 되자 듀칸이 집으로 돌아왔다. 떠날 때와 같은 복장이었고, 무영도, 말도 없이 홀로 돌아온 것이다. 걱정하며 기다리고 있던 헤이아치가 그를 맞이하자 듀칸은 낮게 속삭였다.

"당장 떠날 준비를 해!"

헤이아치는 두말하지 않고 듀칸의 말에 따랐다. 정착을 했다지만 그들 여진족들은 기본적으로 자주 이동하는 종족들이다. 언제라도 결정만 되면 한 시진 안에 떠날 준비를 끝내는 게 그들의 기본이었다. 집에서 기르던 한 마리 나귀 등에 짐을 싣고 나머지는 듀칸과 헤이아치가 나누어 이고 지었다. 그들은 창백한 백야의 밤에 잠시나마 정을 붙이고 살던 흑하 강변 작은 집을 떠나 대수림 속으로 숨어들었다.

백야의 밤이건 대낮이건 하늘을 가리는 나무 그늘에 가려져 어둠침침한 곳이었다. 그 깊은 산속에 사냥꾼의 겨울 대피소가 있는데, 무영과 말은 거기서 기다리고 있었다. 반가운 상봉도 잠시, 그들은 다시 길을 떠났다. 두심오가 그들을 수색하기 시작하면 그와 같은 겨울 대피소, 사냥꾼 움막 같은 것은 주요 대상이 될 것이다. 거기서 지내느니 차라리 노숙이 나았다. 그들은 노루 주머니에서 잠을 자가며 며칠

흑하 대수림 103

간 더 걸어서 깊은 숲 속으로 들어갔다. 그리고 어떤 사람도 와보지 않았을 것 같은 숲 속, 산기슭의 동굴을 발견하고 거기에 짐을 풀었다.

듀칸은 한편 사냥을 하고 한편으로는 시간의 대부분을 들여서 통나무 집을 지었다. 나무를 베고 다듬어 땅을 파서 세우고, 다시 켜켜이 쌓아 올려 벽을 만든 다음 진흙으로 틈을 메우고 지붕을 덮는 어려운 작업이었다. 이걸 혼자서 하려니 간단하게 방 한 칸짜리를 만드는 데도 한 달이 넘어 걸릴 걸로 예상되었다.

헤이아치는 듀칸을 기다리며 요리를 하고, 역시 시간의 대부분을 무영을 간호하는 데 보냈다. 약은 무영이 준비한 것 외에 우연히 부근에서 발견한 야생의 약초밖에 없었다. 그녀가 할 수 있는 것은 그저 천을 빨아 무영의 몸을 닦아주고 이마에 물수건을 갈아주는 것밖에는 없었지만 그 단순한 일을 그녀는 지극정성으로 해냈다.

무영은 꼬박 한 달을 불덩이가 된 것처럼 끓어올랐다가 다시 차가운 얼음덩이처럼 식어가는 것을 반복하며 앓았다. 그는 열에 시달려 자신이 어디에 있는지, 자신을 간호해 주는 것이 누구인지도 몰랐다.

그들이 들어온 동굴이란 사실은 곰의 굴이었고, 그래서 여름철에 둘러보러 온 곰을 듀칸이 목숨을 걸고 싸워 간신히 잡아 죽였다는 것도 몰랐다. 듀칸이 며칠이나마 그의 옆에 같이 누워 앓았다는 것도, 헤이아치가 만삭의 무거운 몸으로 두 사람을 간호하느라 피곤에 절어 동굴 바닥에 아무렇게나 구르며 기절하듯 잠들곤 했다는 것도 물론 몰랐다.

그렇게 한 달 만에 그는 기적처럼 나아서 일어났다. 백야의 밤이 끝나고 다시 어두워진 세상에 희미한 달빛만이 동굴 입구로 비춰 들어오는 밤이었다.

흑하 대수림 3

 계절은 한여름을 바쁘게 지나가고 있었다. 숲은 고요함 속에서도 분주하게 움직이고, 달빛은 무성한 나뭇가지 사이로 새어 들어와 은빛으로 반짝였다. 겨울 나무의 음침한 냄새들이 사라지고 청신한 목향이 숲을 고요히 떠돌았다. 무영은 맨발로 낙엽을 밟으며 달빛 가운데로 걸어나갔다. 손을 들어 달빛을 만지려는 듯한 행동을 취했으나 잡히는 것은 없고, 떨리는 손의 경련만이 은빛 잔광 속에 남았다.
 바짝 마른, 핏기없는 손이었다. 팔뚝도 마르고, 힘이라곤 느껴지지 않았다. 한 달여나 헤이아치가 입에 흘려 넣어주는 물과 미음만 먹었으니 이 꼴인 게 당연하지만 무영은 그 사실을 깨닫지 못하고 있었다. 그는 긴 악몽을 꾼 듯한 기분이었다. 악귀처럼 한 사람에게 달려들어 싸웠지만 수천 수만 번 그는 패퇴하고, 비참하게 맞아 뒹굴었다. 상대의 검에 가슴을 찔리고, 목을 베이고, 수급을 떨군 일도 수없이 많았다.

그 긴 악몽들은 패배와 수치로 점철된 끔찍한 것이었다.

그러나 그 어떤 꿈보다도 끔찍한 것은 끝없는 도주였다. 목덜미에 상대의 입김을 느끼며 도주하고 또 도주해서 어두운 구덩이에 숨는 꿈이었다. 구덩이 위에서는 상대가 내려다보는데, 그는 꿩처럼 움츠려 무릎 사이에 머리를 감추고 떨기만 했다. 승자의 자부심으로, 먹이를 잡은 맹수의 흡족함으로 그를 내려다보던 그 눈길을 그는 잊지 못했다.

'두심오!'

무영은 양손으로 머리를 움켜쥐었다. 부석거리는 머리카락이 양손에 한 움큼씩 잡혔다. 모든 것이 기억났다. 두심오에게 당한 처참한 패배와 수치스런 도주의 여정들이 고스란히 기억 속에 떠올랐다. 그는 그 기억을 긁어내리는 듯 머리카락을 잡아 뜯었지만 힘없는 손으로는 그것도 가능하지 않았다.

무영은 손을 내리고 달빛을 보았다. 조금 전까지 부드럽게 느껴지던 은빛 광선이 이 순간 피부로 파고드는 것처럼 따끔거렸다. 온몸이 불덩어리에 들어간 것처럼 화끈거렸다. 그는 달빛을 피하려는 것처럼 숲으로 뛰었지만 두세 발짝도 걷지 못하고 휘청거리며 쓰러졌다. 가슴에 격통이 느껴졌다. 손으로 만져 보았다. 거칠게 아문 흉터가 따끔거리고 있었다. 이것은 육체의 상처가 아니었다. 이것은 그의 심령 깊숙이 파고든 마음의 상처였다.

무영은 이제 냉정해져서 일어나 앉았다. 마침 거목이 가까이 있어서 등을 기댈 수 있었다. 분노하는 것만이 능사가 아니었다. 이 수치를 씻을 방법을, 두심오를 이길 방법을 찾아야 했다. 그는 나무에 기대어 눈을 감고 생각에 잠겼다. 아침이 오고 다시 밤이 올 때까지. 그렇게 한 달이 지나도록 그는 움직이지 않고 좌선에 빠졌다.
 처음부터 그렇게 긴 시간 동안 부처 흉내를 낼 생각은 아니었다. 하루 이틀은 괴롭지 않은 것도 아니었다. 굶주림은 이리의 발톱처럼 날카롭게 위장을 긁고 있었고, 수분을 바라는 목은 타버릴 것처럼 따끔거렸다. 날이 밝아 그를 찾아 나온 헤이아치와 듀칸이 조심스럽게 부르는 소리를 못 들은 것도 아니었다.
 하지만 그는 두심오를 어떻게 이길지 생각해 내기 전에는 일어나지 않을 결심이었고, 그건 참으로 힘든 일이었기 때문에 쉽게 일어날 수가 없었다.
 사흘째에 가서 그는 번민을 그치고 길을 찾았다. 자신에게 없는 것을 자신의 속으로부터 끌어낼 수는 없다. 해결책을 그 자신 안에서 찾으려면 자신이 무얼 가졌는가 하는 것부터 확인해야 했다. 그리고 그의 안에는 이미 많은 것이 있었다. 너무 많아서 정리조차 하지 못하던 많은 것들이.
 무영은 자신이 배운 것, 배우고도 잊어버리고 있는 것, 알고는 있지만 아직 자신의 것이라고 할 수 없는 것들을 하나씩 꺼내어 검토하고 머리 속 서랍에 차곡차곡 정리하기 시작했다. 상당한 시간이 거기 소요되었다. 그동안 그는 배가 고픈지, 목이 마른지조차 잊어버렸다.
 잡다하게 배웠던 많은 것들을 종류와 계통에 따라 갈라내고, 나누고, 골라내고, 묶고, 다시 추려냈다. 많은 무공들이 버려지거나 혹은 보관되었다. 가능성이 있는 것은 철저하게 다시 검토하고 다시 고려해 보기까지 한쪽에 밀어두었다. 그렇게 남은 것은 몇 개 되지 않았다.
 그러나 그의 기억 가장 깊은 곳에 보관되어 있는 소림과 무당의 절예들을 꺼내기 시작하자 문제는 달라졌다. 그것들의 폭과 깊이는 끝없이 방대하고 무궁해서 얼마의 시간을 들이더라도 다 알았다 할 수 없었다. 그는 그것들을 익히기는커녕 제대로 이해하지도 못하고 있었다는 것을 절감해야 했다. 이제 다시 기억해 둔 구결을 꺼내고 그게 무엇인가 보려고 하니 절반도 채 이해하지 못하고 있다는 것을 안 것이다.

무영은 알고 있는 무학을 넘어서 이제 아직 모르고 있던 세계로 들어갔다. 어려웠다. 보보(步步)가 난관이고 구절마다 막다른 골목이었다.

원래 그가 커서 말을 알아들을 정도가 되었을 때 본 사람은 아버지뿐이었다. 물론 지금은 그가 아버지라고 생각하고 있지는 않았다. 그가 전대 소림 장문인이었던 원허(元虛)라는 화상이고, 화상은 금녀라는 계율을 지키는 신분이라는 것을 이젠 알고 있었으니까. 단지 그 이름은 꿈속에서도 생각하면 안 된다는 강력한 금제가 있었으므로 아버지라 부를 뿐이었다.

그 금제가 깨어진 것은 그날, 그 동굴에서였다. 심연 속에 잠겨 있던 괴물과도 같던 기억들이 죽음의 순간에 깨어났던 것이다. 그것은 어머니가 그에게 부여해 준 힘과 함께였다.

어머니는, 이 역시 이름을 말해서는 안 되는 사람으로 전대 무당파 장문인이었던 구양 진인(九陽眞人)이라는 사람이었지만, 동굴에 들어간 초기에 죽었다. 오래전 들었던 기억으로는 어린아이인 무영이 동굴 속의 음한지기 속에서도 살아남을 수 있도록 해주고 죽었다는데, 지금 추측해 보면 진기를 모두 불어넣어 그를 보호해 주고 탈진해 죽었던 것 같았다. 무저갱의 대장장이에게 속삭여 주었던 이름이 바로 구양 진인이라는 네 글자였던 것이다.

어쨌건 무공은 전부 아버지인 원허 화상에게서 배울 수밖에 없었다.

그게 무공인지도 몰랐지만. 당연히 소림사 무공 위주로 배웠고 무당파의 것은 구결로밖에 듣지 못했다. 직접 시범을 보여야 하는 종류의 것은 원허 화상이 먼저 대충이라도 익혀서 가르쳐 주었는데, 그것도 어둠 속에서 손을 이끌고 다리를 옮겨주어 자세를 기억하게 하는 어렵고 고통스러운 과정을 통해서였다. 내공에 비해서 무기술이니 권각술의 조예가 떨어지는 게 당연했던 것이다.

그 어렵고 고통스러운 과정을 그는 어려서 아무것도 몰랐기 때문에 견뎌냈고, 원허 화상은 사문의 절예가 실전되는 것을 두려워해서, 죄책감 때문에 견뎠을 것이다. 그리고 그 죄책감에는 먼저 죽은 구양 진인에 대한 것도 있을 것이었다.

하여간 그가 가장 오랫동안 익혀왔고, 실제로 소림, 무당 무공 중에 가장 조예가 깊은 것은 내공심법을 비롯한 기공일 수밖에 없었다. 그건 어둠 속에서 오히려 더욱 잘 익힐 수 있는 것이었으니까. 시간은 많았고 할 일은 별로 없었다. 지루함을 이기기 위해서는 참선하는 게 차라리 나았다.

그래서 그의 나이는 어려도 소림 내공에 대해서는 상당한 조예가 있는 편이었다. 그는 세간에서 달마역근신공(達摩易筋神功)이라고 부르는 계통의 내공심법 중 금강선(金剛禪), 옥금강공(玉金剛功), 금강복마공(金剛伏魔功), 금강수미공(金剛須彌功)을 익히고 과거에는 장로급에나 올라야 비로소 익힐 자격이 되었다는 무상금강공(無相金剛功)을 참수(參修)하고 있는 상황이었다. 소림 최고의 신공이라는 금강부동신공이 그 다음 단계였다. 그가 지금 도전하고 있는 것이 바로 금강부동신공이었다. 그러나 결국 그는 포기하고 말았다. 전혀, 단 한 구절도 이해할 수 없었다. 이것이 어떻게 무상금강공과 연결되는지도 알 수 없었다.

대신 그는 원허 화상이 구결로만 알려준 소림의 다른 내공심법을 궁리하기 시작했다. 앞서의 달마역근신공이 달마가 소림사에 정착한 후 제자들에게 알려준 것이라면 지금 궁리하고 있는 수미범천공(須彌梵天功)은 판이한 계통의 무공들이었다. 달마 이전에 소림사를 창건했다는 천축승려 발타 선사(跋陀禪師)가 전해준 것으로 천축(天竺)의 유가밀공(瑜伽密功)으로부터 발원한 무공이었다.

이쪽은 이해하기가 어렵지 않았다. 금방 기초 단계를 넘어서서 수미범천공으로 발휘할 수 있는 무공인 반야진기(般若眞氣)를 운기할 수 있었다. 그러나 막상 운기를 시작하자 기혈이 역행하기 시작했다. 무영은 급히 운기를 멈추고 마음을 편안히 한 상태로 오랫동안 쉬었다. 그러나 그의 머리는 끊임없이 움직이고 있었다. 방금 그가 겪은 현상이 주화입마로 돌입하는 초기 현상이라는 것을 그는 알고 있었다. 하지만 같은 소림사 내공심법을 익혔는데 왜 이런 현상이 일어나는 것일까. 심법은 달라도 쌓이는 내공은 한 가지고, 기운이 달라도 인간의 몸 안에서는 모두 섞이고 조화되어 완전체를 이루는 것이 아니었던가.

서로가 상극이 되는 이질적인 기운, 내공심법을 익히면 물론 주화입마에 빠질 수도 있다. 그러나 이건 같은 정종, 같은 소림사의 불문 내공심법이 아니었던가. 오히려 극성이라고 할 수도 있는 태양신공과 월인신공조차도 같이 익힐 수 있었던 그였잖은가.

그는 기혈이 안정되자 다시 한 번 반야진기를 운기해 봤다. 역시 마찬가지였다. 수미범천공의 다음 단계를 익히려고 해봤다. 이번에는 여기에서도 같은 현상이 일어났다. 그는 결국 이쪽도 포기하고 말았다.

답답했다. 둘 중 하나라도 제대로 익히면 두심오를 상대할 수 있을 것 같은 기분이었는데, 둘 다 막혀 버리고 말았다. 달마역근신공과 수미범천공은 서로 이질적인 성격의 내공심법이었다. 그것도 서로 상극에 가까운 것이었다. 같이 익힐 수는 없는 것임이 분명했다. 그래서 수미범천신공을 구결로만 알려주고 넘어간 모양이었다.

무영은 잠시 절망감에 빠져 있다가 다시 힘을 내고, 이번에는 무당파의 내공심법을 궁리하기 시작했다. 역시 구결로만 익혔을 뿐 제대로 수련해 본 일이 없는 내공이었다. 발 한 번 담가본 적이 없는 강물인 셈이니 무슨 진척이 있으랴 했는데, 놀랍게도 빠른 진보가 있었다.

가장 기본이 되는 태극기공(太極氣功)에서 시작해 중급의 적양신공(赤陽神功), 육양신공(六陽神功), 고급에 속하는 자허풍뢰공(紫虛風雷功), 순양무극공(純陽無極功)까지 단번에 운기가 가능한 것이다. 내공이 쉽게 끌어올려지고 기는 마음먹은 대로 움직였다. 마치 애초에 무당 내공심법으로 수련을 해온 것만 같았다.

그가 익힌 달마역근신공은 무당파의 도가신공과 놀랍도록 어울렸다. 마치 애초에 한 뿌리에서 나온 것처럼.

무영은 황홀경에 빠졌다. 매소봉과의 정사 중간에 느끼는 것보다도 더한, 여자를 통해서도 느낄 수 없는 극한의 황홀경이고 조화경이었다. 원래 그가 가졌다고 느꼈던 내공보다도 더한 힘이 그의 몸속 어딘가에서 일어나 단전에 합류했다. 부드럽고 온유한 힘, 어머니의 젖가슴에서 느끼는 따스함이 있다면 이런 것일 듯한 그런 느낌이었다. 그게 파도가 되고 격류가 되자 소림 내공보다 더한 강함과 삼엄함을 풍겨냈다.

무영은 소리없이 울었다. 그를 위해 목숨을 희생한 어머니, 무당의 구양 진인이 심어준 내공이 이것임을 알았기 때문이다. 원허와 구양의 마음을 눈앞에 두고 보듯이 알 수 있었다. 인간적 고통과 이기심을 넘어선 자애와 희생의 정신이 그대로 전해졌다.

그때, 귓가로 여인의 신음 소리가 들려왔다. 억누른 듯한 신음, 그러나 분명한 고통의 호소가 담겨 있는 소리였다.

무영은 눈을 뜨고 일어났다. 그는 느끼지 못했지만 한 달째 좌선을 한 상태였는데, 그냥 쓰러져 죽어도 당연한 몸인데도 불구하고 건강한 사람처럼 성큼성큼 걸어 소리가 들려오는 곳으로 향했다.

통나무 집이 이미 완성되어 있고, 소리는 그 안에서 들려오고 있었다. 문을 열고 들어가자 배를 움켜쥐고 뒹구는 헤이아치를 어찌하지도 못하고 바라만 보고 있는 듀칸의 모습이 보였다. 무영은 헤이아치의 치마 아래로 흘러내리는 피를 보고 사태를 짐작했다. 바닥에는 이미 피가 흥건히 고여 있었다. 난산인 것 같았다.

무영이 다가가 헤이아치의 치마 속으로 손을 넣었다. 그리고 배를 쓸었다. 헤이아치의 신음이 점점 줄어들었다. 무영은 방금 익힌 무당 내공을 약하게 운용하여 그녀의 몸속으로 불어넣었다. 부드럽게, 온화하게, 편하고 유장한 흐름을 느낄 수 있도록 힘을 사용했다.

무언가가 헤이아치의 다리 사이로 빠져나왔다. 듀칸이 재빨리 그 핏덩이를 잡더니 거꾸로 들어 손바닥으로 두들겼다. 한 번, 두 번, 세 번 때려서야 아기가 반응했다. 꽤 고생을 했을 터인데도 불구하고 우렁찬 울음소리가 터져 나왔다. 듀칸은 아이를 준비한 물에 씻고 이빨로 탯줄을 끊어주었다. 그리고 실로 묶었다.

헤이아치가 손을 뻗었다. 무영은 그녀의 치마에서 손을 빼고 아기를 바라보았다. 그의 표정이 굳어졌다. 듀칸이 잠시 망설이다가 헤이아치의 눈앞에 아기를 들어 보여주었다. 헤이아치의 표정도 굳어버렸다. 아기는 검었다.

곤륜노(崑崙奴)라는 게 있다. 북해에서는 거의 볼 수가 없고, 중원에는 간혹, 저 멀리 서쪽 신강 땅에서는 제법 자주 볼 수 있는 새까만 피부의 사람들이었다. 북해에서도 사실 몇 명은 볼 수가 있는데 바로 무저갱에서였다.

파사 국(페르시아)의 노예 출신으로 중원에 흘러 들어왔다가 이화태양종의 무사가 되었고, 마도천하가 된 이후 북해까지 따라와서 무저갱에 갇힌 자들이었다. 그중에는 제법 강해서 대당가가 된 자도 있었는데, 새선풍(賽旋風)이라 불리는 자였다. 헤이아치가 낳은 아이는 새선풍을 비롯한 몇 명의 무저갱 곤륜노들 중 누구 한 사람의 아이였던 것이다.

헤이아치가 갑자기 듀칸의 손에서 아이를 뺏어 들었다. 그리고 높이 치켜들었다. 금방이라도 벽에 던져 버리려는 기세였다. 듀칸이 재빨리 아이를 되빼앗아 왔다. 그리고 외쳤다.

"무슨 짓이야!"

헤이아치가 울먹거리며 말했다.

"그런 아이는 필요없어요! 곤륜노 따위는!"

그녀가 다시 아이를 뺏으려 들었다. 듀칸은 그녀의 손을 쳐내고 화를 내며 외쳤다.

"곤륜노가 어때서 그래! 이 아이는 내 아이야! 내 아들로 키울 테야!"

물러서는 그를 따라잡지 못하고 포기한 헤이아치가 울음을 터뜨렸다.

"하지만 그랬다간 당신은 모든 여진 사람들에게 놀림받을 거예요!"
"어떤 놈이건 그랬다간 내 주먹이 가만 놔두지 않을 거야!"
듀칸은 아이를 높이 치켜들며 말했다.
"너는 나, 여진의 전사 듀칸의 자랑스러운 아들로 클 거다. 여진의 여인 헤이아치, 내 아내가 낳았으니 넌 내 아들이야! 아무도 널 무시하지 못하게 키울 거다!"
듀칸이 갑자기 무영을 향해 아이를 보여주며 말했다.
"주인님이 이 아이 이름을 지어주십시오."
두 사람의 일에 상관 않고 조용히 바라보기만 하던 무영이 당황해서 말했다.
"내가?"
듀칸이 고개를 끄덕였다. 그의 눈빛이 모종의 결의로 빛나고 있었다. 짧은 순간이지만 무영은 그 눈에서 단단한 각오를 발견했다. 아이를 제대로 키우겠다는 결심을 그가 이름을 지어주는 의식을 통해서 확인하려고 하는 것인지도 모른다고 무영은 생각했다.
무영은 잠시 망설였다. 아는 여진어가 별로 없는데 무엇으로 이름을 삼아준단 말인가. 그는 문득 예전에 헤이아치가 부른 이름, 바로 무영을 지칭했던 그 이름을 생각해 냈다.
"쎄 게비치!"
듀칸이 어리둥절해서 되물었다.
"쎄 게비치라고요?"
무영은 고개를 끄덕였다.
"그걸로."
듀칸이 눈을 깜빡였다.

"그건, 그건, 아이에겐 너무 과분한 이름인데……."

여진인에게는 그 이상의 극찬이 드문, 바로 그런 이름 아닌가.

무영이 다시 한 번 말했다.

"그걸로."

듀칸이 무릎을 꿇고 말했다.

"감사합니다, 주인님. 이 아이는 반드시 그 이름에 어울리는 용사가 될 것입니다. 그렇게 키우겠습니다."

그는 헤이아치에게 돌아서서 말했다.

"쎄 게비치, 그게 이 아이 이름이다. 내 장남의 이름이란 말이다."

헤이아치가 고개를 저었다.

"안 돼요, 그 이름은."

듀칸이 다시 한 번 어리둥절해서 말했다.

"안 된다고?"

그는 분노해서 외쳤다.

"당신은 아직도 아이를 인정 않겠다는 건가!"

헤이아치가 급히 말했다.

"그런 과분한 이름을 처음부터 쓸 순 없어요. 그 이름은 나중에 아이가 충분히 강해졌을 때, 그 이름을 써도 좋다는 자격을 얻었을 때 쓰면 돼요. 그전에는 '가하'로 충분해요."

듀칸이 비로소 그녀의 뜻을 알고 가하라는 이름을 몇 번 발음해 보더니 물었다.

"정말 그렇게 부르자는 게 당신 뜻인가?"

헤이아치가 고개를 끄덕였다.

"그 이름이 아이를 강하게 할 거예요."

듀칸은 고개를 끄덕이고 비로소 아이를 그녀에게 넘겨주었다. 헤이아치는 얼른 아이를 품에 안고 젖꼭지를 물려주었다.

듀칸은 물러나서 그 모습을 보았다. 그의 눈에 안심했다는, 그리고 아들을 보는 자애로운 빛이 감돌았다. 무영이 물었다.

"가하가 무슨 뜻?"

"까마귀라는 뜻입니다."

무영은 입을 다물었다. 검은 아이에 어울리는 이름이긴 했다.

듀칸이 말했다.

"저 이름으로 불리면 힘들겠죠. 또래들에게 놀림도 많이 받겠고. 하지만 쎄 게비치라는 과분한 이름으로 불리는 것보단 낫습니다. 사람들의 분노는 안 일으킬 테니까요."

무영이 머리를 긁었다.

"내가 잘못 지었나."

듀칸이 급히 고개를 저었다.

"아뇨. 훌륭한 이름입니다. 너무 훌륭해서 탈이지요. 저 녀석이 언젠가 그 이름에 걸맞는 자격을 갖추었으면 좋겠습니다."

무영은 가만히 그들 일가족을 살펴보았다. 비록 색깔은 다르지만 훌륭한 한 가족으로 보였다. 자애로운 아버지와 그 아버지를 생각하는, 그러면서도 아들을 사랑하고 아끼는 어머니, 그리고 아들.

문득 무영은 허기를 느꼈다. 그는 듀칸에게 말했다.

"뭔가 먹을 것을."

듀칸이 얼른 고개를 숙이고 움직이며 말했다.

"정신이 없어서 음식도 못 챙겼군요. 산모에게 줄 미음은 많이 준비했습니다만 이거라도."

무영이 웃었다.

"내게 필요한 게 그거다."

그는 미음을 천천히 마셨다. 부드러우면서도 따듯한 기운이 목구멍을 넘어가자 허기가 본격적으로 들고일어났다. 마음 같아서는 돼지 한 마리라도 통째로 먹을 듯한 기분이었다. 듀칸이 그를 신기하다는 듯 바라보며 말했다.

"한 달이나 그러고 계셨던 걸 아십니까?"

무영은 고개를 저었다. 한 달쯤 굶었으면 그럴 법도 했다. 괜한 부처 흉내를 냈다고 후회하는 중이었다. 사람은 결국 먹어야 산다. 적당량을 먹고, 적당히 움직일 것. 양생의 비결이란 결국 그게 아닌가. 그는 문득 소림 달마역근신공도 결국은 승려들의 건강을 위해 만들어졌다는 유래를 떠올리고 이건 어쩌면 도가의 양생비법을 받아들여 만든 것이 아닌가 하는 생각을 했다. 만약 그렇다면 무당 내공과 그렇게 잘 어울리는 것도 이해할 수 있었다.

하지만 금강부동신공은 왜 이해조차 안 가는 것일까.

어쩔 수 없었다. 일단은 그에게 주어진 힘, 그가 간직한 힘 전부를 끌어내 사용할 수 있다는 것만으로도 성공이었다. 두 번 다시 그런 고행은 하고 싶지 않았지만. 때가 되면 언젠가 금강부동신공도 익힐 수 있으리라.

그는 문득 그릇을 던지듯 내려놓고 집을 나갔다. 그리고 아까 전까지 앉아 있던 바로 그 나무 아래 다시 가부좌를 틀고 앉았다. 포기한다고 생각한 순간에 그의 머리 속으로 스치는 한 구절이 있었던 것이다. 그게 어쩌면 모든 것을 풀어 나갈 수 있는 계기가 될지도 모른다.

무영은 포기한다고 결심했던 것도 잊고, 바로 그 금강부동신공을 궁리하기 시작했다. 그렇게 다시 열흘간을 나무 아래에서 보내고 나서야 그는 선정에서 깨어났다. 단 한 구절을 화두로 삼아 보냈던 한순간 같은 열흘이었다.

제 25 장

무적 흑풍단

이쯤 되면 실력이 문제가 아니다
죽을 때까지 포기하지 않고 싸우는 이 집념과 투지 앞에서는
누구든 한 수 접고 들어가야 할 터였다

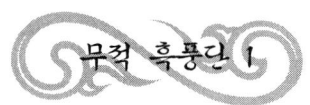

"지금이 며칠이나 되었을까?"
듀칸이 대답했다.
"로보도가 싸우는 시기입니다."
무슨 뜻인지 못 알아들은 무영이 다시 질문했다.
"로보도가 뭐?"
"우리가 이제 잡으려고 하는 사슴이 로보도입니다. 그놈 뿔이 단단해지면 암놈을 차지하기 위해 서로 싸우지요."
막연한 대답이지만 대강 알아들을 수는 있었다.
듀칸의 이어지는 설명에 따르면 로보도는 여진 말로 사슴을 뜻하는 모양이고, 사슴은 봄철에 뿔이 빠지고 새 뿔이 난다. 그 뿔은 처음에는 피로 채운 가죽 주머니같이 부드럽다가 가을이 되면서 가지가 늘어나고 점점 단단해져서 번식기가 되면 암놈 쟁탈전을 할 수 있게 된다는 의미였다. 즉, 지금은 이미 가을인 것이다.

그가 육 개월 안에 흑풍단을 토벌하라는 명령을 받은 것이 입교 의식 때고, 입교 의식은 사슴의 뿔이 떨어지기 시작할 때 준비해서 매미가 울 때 거행되었었다. 그게 초여름의 일, 그로부터 육 개월이면 겨울이다. 북해의 짧은 가을이 지나가면 기한이 끝나는 것이다.

'한 달 반쯤 남았을까.'

어느새 낙엽이 떨어지고 숲 속의 동물들은 겨우살이 준비를 하고 있었다. 곰이 나무에 올라갔다가 떨어지기를 반복하고 여진족들은 로보도, 한족들은 마록(馬鹿)이라고 부르는 북해의 큰 사슴들이 그 거창한 뿔로 겨루는 소리가 숲 저편에서 끊임없이 울려오고 있었다. 듀칸과 무영은 바로 그 사슴을 잡기 위해 숲을 헤쳐 가는 중이었다. 인간도 겨우살이를 준비해야 할 때였으니까.

한 달 반 동안 흑풍단을 토벌하기는커녕 찾기나 할 수 있을까 생각하면 마음이 초조해지지 않는 것은 아니지만 서둘 형편도 아니었다. 내공이 증진되었다고 기술이 좋아진 것은 아니기 때문이었다. 또 체력이 좋아진 것도 아니다. 내공은 앉아서 수련할 수 있지만 기술은 앉아서 궁리만 한다고 늘거나 숙련되는 것이 아니기 때문이었다.

내공과는 다른 신체의 힘, 즉 체력이라는 것도 있다. 이것 역시 기술과 마찬가지로 몸을 움직여 써주지 않으면 늘지 않는다.

무영이 비록 심득을 얻어 내공 면에서는 상당한 진전이 있었지만 신체 상태는 엉망이었다. 뼈대만 남은 몸에 가죽을 씌워놓은 것 같은 몰골이 지금 무영의 모습이었다. 한 달을 앓은 뒤에 다시 한 달하고도 열흘을 미음 한 그릇으로 버티며 참선에 들었다 깼으니 죽지 않은 것이 다행인 것이다.

뼈대에서는 삐걱거리는 소리가 나고 근육은 형편없이 위축되어 있다. 신체적 힘은 걸어다니는 것이 고작인 형편이니 이런 상황에서 권각법이 어쩌고 무기를 어떻게 사용하고 하는 것은 사치스런 생각이었다. 당연히 제대로 싸울 수도 없을 것이다.

무엇보다 우선 체력을 회복해야 했다. 우선 며칠간 잘 먹고 쉬면서 꾸준히 움직인다. 가벼운 산책과 손발 운동을 통해서 기초 체력을 회복하는 것이다. 겨우 움직일 만하게 된 이후에는 산을 탔다. 기고 걸어서 험준한 산악을 타는 것으로 손발에 힘을 붙이는 것이었다. 그렇게 열흘을 보낸 후에 조금 이르다 싶지만 듀칸과 함께 사냥을 나섰다. 체력 보강에 더해 감각을 되찾으려는 노력의 일환이었다.

사냥감의 흔적을 찾아 그 자취를 좇고, 이런 원시림에서 언제든 마주칠 수 있는 야수의 습격을 감지하며, 그 자신 살육자가 되어 먹이가 될 생명을 찾아 죽이려 하는 바로 그러한 행위로 전투 감각을 되찾고자 하는 의도였다. 그래서 지금 듀칸과 함께 원시림의 수풀을 헤치며 사슴의 흔적을 좇는 것이었다.

찾는 것은 어렵지 않았다. 끊임없이 들려오는 수사슴들의 싸움 소리가 숲을 울리고 있었으니까. 그러나 막상 찾은 뒤에 추격하는 것은 쉽지 않았다. 사슴들은 충분히 주변을 경계할 수 있는 개활지, 즉 울창한 숲이 끝나고 바위산이 시작되는 지점에 있었다.

듀칸이 먼저 몸을 숙이고 신중하게 다가갔다. 그는 이미 활을 꺼내고 시위에 화살 하나를 걸치고 있었다. 숲과 바위산의 경계를 이루는 마지막 나무, 마지막 수풀 속에 몸을 숨기고 그는 살찐 놈 하나를 겨누었다. 화살이 날아갔다. 수컷 한 마리가 허공으로 펄쩍 뛰어오르더니 몇 발 뛰다가 쓰러졌다. 놈의 목에는 화살이 관통되어 있었다.

나머지 사슴들이 바위산을 달려 도주하기 시작했다. 한 번에 일이 장씩 경중경중 뛰더니 순식간에 까마득하게 사라져 버리는 것이다.

무영은 숲을 나와 쓰러진 사슴에게 다가갔다. 듀칸이 재빨리 그릇을 꺼내더니 사슴의 피를 받아 무영에게 바쳤다. 무영은 사양할까 하다가 그것 또한 체력 회복에 도움이 될 듯해서 받아 들고 마셨다.

그릇을 돌려주고 그는 말했다.

"한 마리 잡았으니 돌아가라."

듀칸이 물었다.

"주인님은 같이 안 가실 생각입니까?"

이젠 더 이상 주인이 아니니 그렇게 부르지 말라고 했는데도 고집스럽게 주인님이라고 부르는 듀칸이었다. 무영은 사슴들이 도망간 방향을 가리키며 말했다.

"큰 수컷이 하나 있었다. 그놈을 잡아오겠다."

듀칸이 고개를 저었다.

"무립니다. 주인님 체력이 정상이라면 몰라도 그 몸으로 이미 십 리는 도망갔을 놈들을 어찌 잡으시겠습니까. 가장 험준한 곳으로만 뛰었을 놈들을."

무영이 말했다.

"난 사냥을 하려는 게 아니다."

그는 듀칸의 어깨를 두들겨 주고 말을 맺었다.

"싸우려는 거다."

듀칸이 무슨 소린지 몰라 어리둥절해하는데 문득 무영이 생각난 듯 말했다.

"시간이 나면 흑하에 갔다 와라. 아, 안 되겠다. 위험하다."

듀칸이 얼른 머리를 숙이고 말했다.

"시킬 일이 있으면 명령만 하십시오. 불에라도 뛰어들겠습니다."

흑하에 가서 두심오가 남아 있는지, 흑풍단에 대한 소식은 없는지 알아봐 줬으면 좋겠다는 게 무영의 생각인데, 그건 듀칸에게 큰 위험이 될지도 몰라 망설이는 것이었다. 듀칸은 그 이야기를 듣고 자신있게 말했다.

"전혀 위험하지 않습니다. 두 대당가를 직접 만나면 몰라도 그것만 아니라면 조금도 안 위험합니다. 대당가와 며칠 여행도 같이 하긴 했지만 저 같은 졸자의 얼굴을 기억할 리가 없으니까요. 적어도 다른 사람에게 이러이러하게 생긴 놈을 잡으라고 말할 정도로는 기억 못할 겁니다."

"하지만 이름은 알 텐데."

듀칸과 헤이아치를 보면 잡으라고 흑하의 파견대에 명령해 뒀을지도 모른다.

듀칸은 그것도 염려 말라고 말했다.

"흑하에서는 아무도 저를 듀칸이라고 부르지 않습니다. 초이트라고 부르지요."

듀칸은 하하 웃었다.

"타지에 가서 살면서 제대로 이름을 알려주는 여진 사람은 없습니다."

무영은 빙긋 웃었다. 조야하고 거칠기만 한 사람인 줄 알았더니 제법 세심한 데가 있는 것이다. 하긴 그게 여진의 생존 방식인지도 모른다.

문득 무영은 다른 생각을 떠올렸다. 무영의 경우엔 오색의 눈이 간

판이나 마찬가지라 한 번 본 사람은 누구도 잊지 못한다. 심지어는 단 한 번도 못 본 사람도 소문을 들었다면 못 알아볼 리 없는 것이다. 그가 입교 의식을 통과한 지도 벌써 몇 달이 지났다. 아무리 넓은 북해라고 해도 주요 거점에 있는 교도, 혹은 이화태양종의 주요 인사들이 그 소식을 못 들었을까? 혈영을 이기고 서열 팔위로 새로 올라선 사람을.

그는 흑하의 파견대장을 맡고 있던 비대한 중년인을 기억해 냈다. 둔하고 멍청해 보이던 그자가 어쩌면 그가 생각한 이상으로 교활한 놈이었을지도 모른다. 무영을 보내며 매소봉이 해준 말이 이제 와서 머리 속에 감돌았다.

"흑하가 조금 수상하다는 말이 있어. 혈영이 지나가는 말로 해준 거지만 재산 피해는 꼬박꼬박 나는데 인명 피해는 별로 없다는 거야. 그쪽에 가서 조사해 보면 뭔가 단서가 잡힐지도."

조사해 볼 가치가 있었다. 무영은 생각을 중단하고 듀칸에게 말했다.

"조심해서."

그 말을 끝으로 그는 사슴을 손질하는 듀칸을 뒤로하고 바위산을 타기 시작했다.

바위산은 높고 험준했다. 듀칸의 말대로 사슴이 아니고서는 지나가기 어려운 곳이었다. 깎아지른 절벽에 튀어나와 금방이라도 무너질 것 같은 거대한 바위들, 일 장은 될 듯한 협곡들이 연달아 나타나는데 사슴들은 그런 곳을 거침없이 건너뛰고, 절벽 중턱에 튀어나온 바위를 밟고 뛰어내리며 달렸다. 무영의 몸 상태가 정상일 때도 경공에는 그다지 자신이 없었던 터라 시도하려면 조금 망설였어야 할 그런 동작들이었다.

그래서 무영은 되도록 쉬운 길을 골라서 갔다. 봉우리를 하나 돌아가기도 하고 아예 아래쪽으로 내려갔다가 거기서부터 길을 잡아 다시 올라가기도 했다. 그렇게 애를 써서 올라가 보면 사슴들은 벌써 건너편 봉우리 위에 서서 그를 바라보고 있었다. 그래도 무영은 지치지 않고 사슴들을 쫓아갔다. 애초에 사슴을 사냥하는 게 목적이 아니라 따라잡는 게 목적이었으니까. 싸움은 싸움이되 사슴과의 싸움이 아니라 그 자신과의 싸움이었으니까.

밤이 되면 불을 피우고 준비해 온 고기를 구워 먹었다. 나중에 고기가 떨어지자 도토리를 주워 먹고 풀을 씹었다. 개울을 만나면 물을 떠 마시고 가죽 주머니에 채워 넣었다. 사냥이 아니라 산행과도 같은, 여유있는 방랑과도 같은 행로였다.

점점 몸에 힘이 불어나는 것을 느낄 수 있었다. 밤이 되면 피곤에 쓰러지곤 했지만 새벽이면 말끔히 회복되어 하루를 다시 시작할 수 있었다. 이때부터 그는 무공을 쓰기 시작했다. 산을 오르고 바위벽을 건너뛰며, 때로는 사슴이 달린 바로 그 동선을 똑같이 따라 달리며 경공을 연습했다. 간혹 정상에 오르면 아무도 없는 그곳에서 구름과 바람을 벗하여 미친놈처럼 검과 칼을 휘두르곤 했다.

상처에서 새 살이 돋아나듯이 기력과 체력, 자신감이 되살아나고 있었다. 이젠 두심오와 다시 한판 붙어볼 의지가 돌아왔다. 그때쯤, 먼 곳에선 겨울의 차가운 바람이 시작된 듯 흐려지고 높은 봉우리에는 녹지 않은 만년설 위에 다시 흰 눈이 쌓이기 시작할 그때에 그는 한 봉우리의 정상에서 그동안 쫓던 사슴을 만났다.

말을, 혹은 소를 연상케 하는 거대한 체구, 머리에 얹힌 왕관처럼 거창한 뿔, 그동안의 추격전에 지쳐 거칠어진 털과 충혈된 눈, 피 흘리는 발굽을 보며 무영은 아무 말 없이 서 있었다. 사슴을 잡는 것이 주 목적은 아니었지만 이렇게 패배한 상대를 보니 마음속에 말로 다 표현할 수 없는 감정의 회오리가 휘몰아치고 있었다. 승리감, 성취감, 자신감, 패배자에 대한 동정심, 인생과 세계에 대한 새로운 시각이 열린 것 같다는 경이감, 무엇보다도 원시적인 승부욕을 충족시킨 기쁨 등이었다.

그는 말없이 돌아서서 산을 내려왔다. 그리고 듀칸의 집으로 향했다.

며칠이 걸려 돌아온 집에는 듀칸이 기다리고 있었다. 그는 두 가지 소식을 전했다.

첫째, 두심오는 그날 이후 흑하에 나타나지 않았다.

둘째, 바로 한 달 전쯤 흑풍단이 흑하를 쳐서 강탈을 해갔다.

무영은 말없이 고개를 끄덕이고 다시 길을 나섰다. 떠나기 전에 그는 듀칸과 헤이아치에게 말했다.

"일이 끝나면 데리러 오겠다."

어리둥절해하는 두 사람에게 그가 설명했다.

"백림에 가서 살자. 터전을 마련해 주겠다."

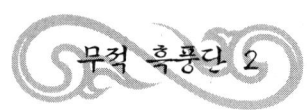

무적 흑풍단 2

듀칸의 집을 떠나 숲을 지나고, 강을 만나면서부터는 그 강을 따라 내려가기를 사흘 만에 무영은 다시 흑하에 도착할 수 있었다. 계절은 이미 겨울이었다. 흰눈이 내리는 강가에는 부산히 어구를 정리하는 여진족 어민들이 있었다. 겨울 동안은 물고기를 잡지 못하기 때문에 어구를 정리해 두고 다시 사냥꾼으로 돌아가는 것이다. 그들 사이를 지나 흑하 거리로 들어서서 그는 바로 파견대의 본거지로 향했다.

눈발이 날려서인지 거리에는 사람이 드물고 파견대 대문에도 보초가 없었다. 무영은 발을 들어 대문을 걷어찼다. 가볍게 걷어찼는데도 대문이 쪼개져 무너졌다. 그제야 안에서 사람의 반응이 있었다.

"뭐야?"

"번개라도 친 거야?"

"눈 오는 날 웬 번개야?"

"전에 그런 일 있었다니까."

"세상에 그런 일이 어디 있어! 눈 오기 전이라면 몰라도 눈이 내리고 있을 때는 번개 안 쳐!"

그런 한가한 소리를 지껄이며 나오는 몇 명의 무사들 앞에 묵염혼과 파천황을 빼 든 무영이 나섰다.

"대장 불러!"

무사들이 주춤거렸다. 처음 여기 왔을 때 당했던 자들인지 아닌지는 모르지만 이미 무영에 대해서는 알고 있는 모양이었다. 덤빌 생각은 못하고 분분히 흩어져서 연락을 취하러 가고, 남은 무사들은 적당히 간격을 두고 바라만 보았다.

무영은 대문을 막 들어서면 나오는 넓은 마당 가운데에 서서 눈에 들어오는 건물들을 살폈다. 전에는 이런 것도 살펴볼 여유를 갖지 못했었는데, 싸움에 상관이 있건 없건 결국 이런 여유도 실력이라는 생각을 문득 하게 된 무영이었다.

정면의 건물에서 대장이 나왔다. 예전과는 달리 좌우로 무장한 무사들을 대동하고서였다. 좌우 측면의 건물 뒤편에서도 무사들이 쏟아져 나왔다. 무영이 기대하던 바로 그대로의 일이 벌어지고 있었다.

대장이 삿대질을 하며 외쳤다.

"전날도 네 무례함을 용서했건만, 어떻게 살아서 돌아왔는지 모르겠으나 오늘은 고이 살려서 돌려보내지 않겠노라!"

짐짓 위엄을 잡은 꾸짖음이었지만 무영은 피식 웃었다. 이 대장이라는 작자는 버릇이 그런 것인지 말 한마디 할 때마다 단서를 내비치고 있지 않은가.

어떻게 살아서 돌아왔느냐고? 그가 죽을 뻔했다는 걸 저 대장이야말로 어떻게 알았을까? 두심오가 그를 죽이려 한다고 알고 있었거나, 그 과정을 지켜봤거나 둘 중 하나일 것이다.

그건 천천히 따져 보기로 하고 일단은 싸움이었다. 무영은 파천황을 꽂아 넣고 묵염혼을 양손으로 잡았다. 다른 곳은 어떤지 몰라도 여기 파견대는 엉망이었다. 호교오영의 하나로서 손을 봐줄 필요성과 자격이 있다고 그는 생각했다. 그러기 위해서는 첫 놈을 거칠게 다뤄줄 필요가 있었다. 그게 인명 손실을 줄이는 길일 것이다.

무영의 이런 계산은 먹혀들지 않았다. 마음을 굳히자 자연스럽게 피어오르는 무영 본신의 기세에 마검 묵염혼이 뿜어내는 마기가 더해져 무사들을 겁먹게 한 것이다. 그들은 대장이 아무리 소리를 질러도 물러서기만 할 뿐 덤벼들 생각을 않고 있었다.

무영은 대장을 향해 다가갔다. 무사들이 주춤주춤 길을 터주었다. 대장이 겁먹은 얼굴로 물러서다가 계단에 뒷발이 걸려 주저앉았다. 무영은 묵염혼의 검극을 뻗어 대장을 겨누고 말했다.

"불어라!"

대장이 말을 더듬었다.

"무, 무얼……? 알고 있는 건 이미 다 말했는데."

무영이 다시 말했다.

"흑풍단과 내통한 사실을 불어!"

무영의 의심이 그것이었다. 여기 흑하의 파견대가 흑풍단과 내통하고 있지 않은가 하는 것이었다. 언젠가 매소봉도 그러지 않았던가. 색마 운중룡이 살아남기 위해서는 정보에 빨라야 했다고. 그건 도적 떼도 마찬가지일 것이다. 이화태양종이 파견한 토벌대를 번번이 피할 수 있었던 것에는 반드시 내통자가 있어서일 것이고, 그 내통자는 고위층의 누군가일 터였다.

　대장이 입술을 바르르 떨며 부정했다.

　"그런 터무니없는……."

　대장의 눈빛이 갑자기 빛났다. 무영은 예리하게 그것을 알아채고 등 뒤로 누군가가 다가오고 있다는 것도 느꼈다. 그는 묵염혼을 조금 움직였다. 그때 대장이 발을 앞으로 해서 묵염혼의 아래로 미끄러져 들어오며 손으로 땅을 받치고 몸을 띄워 무영의 턱을 걷어찼다. 그 비대한 몸집으로는 상상하기 어려울 정도로 재빠른 동작이고 솜씨였다.

　하지만 무영은 기다리고 있었던 것처럼 옆으로 걸음을 떼 대장의 발을 피하고 묵염혼을 휘둘러 대장의 양 무릎을 부숴 버렸다. 돼지 멱따는 듯한 비명이 울려 퍼졌다. 무영이 땅을 뒹구는 대장을 향해 말했다.

　"그대로 기다려라."

　그는 돌아서서 마당을 향해 섰다. 네 명의 사내가 접근해 오고 있었다. 검은 옷을 입은 건장한 사내들이고, 하나같이 칼을 들었다. 예리한 안령도 네 자루와 여덟 개의 날카로운 눈빛이 무영을 겨누고 있었다.

　무영은 꽂아두었던 파천황을 다시 뽑아 들었다. 사내들의 기도는 보통이 아니었다. 그 예리함과 무거움이 이곳 대장 따위는 댈 것도 아니었으니 복장을 보지 않아도 정체를 짐작할 수 있었다. 그는 신중하게 자세를 취하고 그들을 맞아 나갔다.

　예고 동작도, 낌새도 없이 두 명이 공격해 들어왔다. 한 동작처럼 정확하게 두 개의 칼날이 그를 향해 날아들었다. 무영은 묵염혼을 휘둘러 두 개의 칼날을 거의 동시에 때렸다. 칼날들이 부러져 나갔다. 공격하지 않고 있던 나머지 두 명이 양쪽에서 찔러 들어왔다. 무영은 휘둘러 간 묵염혼을 되돌리며 왼쪽을 치고, 오른쪽은 파천황을 휘둘러 막았다. 그때 그는 가슴으로 파고드는 두 개의 칼날을 보았다. 첫 공격을 한 두 사내가 묵염혼에 부러져 나간 그 나머지 반 동강이 칼로 공격해 들어오고 있었다.

내가기공을 익힌 사람들이 무기를 맞부딪쳐 그중 한쪽이 부러지면 그냥 무기가 부러졌다 정도로 끝나는 게 아니었다. 당연히 그 무기를 든 사람도 충격을 먹고 물러서게 되고, 심하면 내상을 입어 쓰러지는 경우도 있었다. 지금도 그 두 사내의 입가에 묻은 핏자국으로 봐서는 내상까지 입은 것인데 악착같이 공격해 들어오는 것이다.

무영은 약간 당황했지만 멈추지 않고 묵염혼을 당기고 파천황 또한 현란하게 움직였다. 방패가 따로 없고, 무기가 따로 없는 공격 겸 방어였다. 강력한 기류가 그의 주변에 형성되었다. 묵염혼의 검은 불꽃이 회오리가 되어 사내들을 감았다. 파천황의 하얀 도광이 서리처럼 켜켜이 중첩되며 뻗어 나갔다. 사내들의 전신에서 핏방울이 튀었다. 그들의 칼날은 무영의 몸에 닿지도 않았다.

칙, 칙.

검날에 옷 솔기가 걸려 틑어지는 듯한 소리가 연달아 울렸다. 실제로는 파천황과 묵염혼이 만든 압력에 살가죽이 뜯겨 나가고 터지는 소리였다. 그 가공할 압력은 그렇게 벗겨낸 살가죽과 핏방울들을 공중에서 회오리치게 만들고 있었다. 사내들이 회오리를 따라 휘청거리며 움직였다. 그들이 원해서가 아니었다. 압력을 버티지 못해 그렇게 밀려가고 있는 것이었다.

그러나 그들은 그 상황에서도 끊임없이 칼을 휘두르고 찔러 무영을 공격하려고 들었다. 앙다문 입술에서는 신음 한마디 새 나오지 않았다. 피투성이가 되어서도 살기와 투지는 조금도 죽지 않았고, 부릅뜬 눈은 무영을 놓치지 않고 있었다.

　무영은 한층 더 예리하고 강하게 무기를 휘둘렀다. 묵염혼의 압력이 더욱더 강해졌고, 파천황은 그 압력 틈으로 살과 뼈를 가르는 도살장의 칼처럼 예리하게 움직였다. 한 사내의 팔이 잘려 나갔다. 또 다른 사내의 어깨 살이 한 근은 족히 되게 잘려서 공중에 떴다. 세 번째, 네 번째 사내의 허벅지와 옆구리에 깊은 상흔이 생겼다.

　무영은 그 모습들을 하나하나 확인하며 이젠 끝났을 거라고 생각했다. 그러나 사내들은 아직도 포기하지 않았다. 팔이 잘려 나간 사내가 그것도 모르는 듯 잘려진 팔을 휘두르다가 무기가 없다는 것을 알고 성한 한쪽 주먹을 내뻗으며 덤벼들었다. 어깨를 다친 사내는 재빨리 칼을 바꿔 들고는 둔하지만 계속 칼질을 해왔다. 세 번째, 네 번째 사내도 피를 흘리며, 창자를 내비치면서도 공격의 손길을 멈추지 않았다.

　무영이 양손의 무기를 거두어 땅에 박았다. 갑자기 압력이 사라졌다. 사내들은 안에서 밖으로 향하는 거친 압력에 저항하며 움직이고 있었기 때문에 이렇게 갑자기 압력이 사라지자 빨려드는 것처럼 무영에게 모여들었다. 중심은 완전히 잃은 채였다. 무영의 몸이 공중으로 떠올랐다. 그는 매처럼 공중에서 회전하며 네 사내의 턱과 관자놀이를 연달아 걷어찼다. 사내들이 그때서야 뒤로 나가떨어졌다.

　무영이 가볍게 땅에 내려섰을 때, 네 사내 중 둘은 이미 정신을 잃었고 나머지 둘도 일어나지 못했다. 그러나 경련을 일으키면서도 끊임없이 칼을 잡은 손을 움직이려 하고 있는 것을 보면 여전히 포기하지 않은 것이다. 무영은 내심 감탄했다. 이쯤 되면 실력이 문제가 아니다. 죽을 때까지 포기하지 않고 싸우는 이 집념과 투지 앞에서는 누구든 한 수 접고 들어가야 할 터였다. 이것이 흑풍단을 무적이라고 부르는 이유의 일단일지도 몰랐다. 만약 이백 명 전부가 저런 투지를 가진 전사라면 그 위력은 끔찍할 정도일 것이다.

무영은 돌아서서 대장을 향해 걸어갔다. 그는 문득 자기가 생각한 이상으로 자신의 무공이 진보되었다는 느낌을 받았다. 내공 면에서 진보된 것은 그렇다 치더라도 초식의 예리함이나 응전의 부드러움에 있어서도 그랬다. 마음먹은 대로 자유롭게 몸과 무기가 움직여 주었던 것이다. 때로는 생각 이전에 몸이 먼저 움직여 준 것 같기도 했다.

방금 그가 사용한 초식은 등패도법도, 혈영도도, 진천검법도 아니었다. 천왕도법도 물론 아니었다. 그 모든 것이었다. 어느 도법, 검법에서도 초식과 동작이 끌어내어져 상황에 따라 나가고 거두어짐으로써 그 모든 것이면서도 그중 어느 하나는 아닌 그런 동작들이 만들어졌던 것이다.

무영은 멈춰 서서 생각에 잠겼다. 사슴 사냥을 하면서 홀로 수련할 때도 그런 감각은 없었다. 그런데 실전에 임하자 갑자기 반응 감각과 신체 능력이 몇 배로 좋아진 것처럼 움직이게 되었다. 그렇게 된 이유를 알 수 없었던 것이다.

내공이 진보하면 이것까지 진보하는 것일까? 그건 아닌 듯했다. 어쩌면 두심오와의 사투가 그에게 이런 감각을 익히게 해준 것은 아닐까? 그건 어쩌면 그럴지도 모른다. 생사를 결하는 사투 속에서 평소 수련보다 몇 배나 나은 성과를 얻을 수 있다는 말은 예전에 종리매에게서도 무저갱의 대장장이에게서도 들었다.

만약 그렇다면 두심오는 결과적으로 그를 수련시켜 준 셈이다. 무영은 다시 걸음을 옮겼다. 그걸 뼈저리게 후회하도록 만들어주겠다고 결심을 다지며.

대장은 여전히 신음하고 있었다. 무영은 두심오를 떠올리고 거칠어진 기분을 그대로 드러내어 대장의 배를 걷어차 뒤집고 그 가슴에 발을 올렸다. 발에 압력을 주며 그는 말했다.

"불어!"

대장이 괴로워하며 입을 벌렸다.

"아, 아는 게 없는……."

무영이 발에 힘을 더 주었다. 대장의 가슴에서 우두둑 소리가 났다. 적어도 갈비뼈 두 대는 부러져 나갔을 것이다. 대장이 고래고래 비명을 질렀다.

무영이 말했다.

"불어!"

대장이 불었다. 예상대로 그는 여기 부임해 왔을 때부터 흑풍단에 굴복했다. 그전의 대장도 그랬고 그 이전의 대장도 그랬다고 했다. 때맞추어 세금을 내고, 평소에 여러 가지 편의를 제공하는 조건으로 안전을 보장받은 것이다. 그건 태양궁의 잘못이라고도 했다. 관할 하의 백성들을 보호하기 위해서는 그 수밖에 없었으므로. 태양궁이 토벌해 주기 전에는 결탁을 하건 협조를 하건 하는 수밖에 없었다고 변명을 늘어놓았다.

그 입을 막고 무영은 듣고 싶은 것을 물었다.

흑풍단의 본거지는?
근처에 있다.
저 네 명이 흑풍단 무사 맞지?
맞다. 감시로 붙여놓은 자들이다.

내가 죽을 위기에 처한 건 어떻게 알았나?
저자들이 따라가 보고 돌아와서 말해 줬다.
죽영은 어디 있나?
그때 이후로 여긴 안 왔다.
지금 흑풍단은?
본거지에 있다.
그 본거지는 어디냐?

대장의 대답은 신속하고 자세하게 튀어나왔다. 가슴이 아파 헐떡거릴 때를 빼고는.

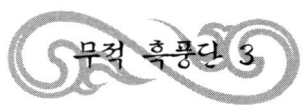

무영이 파견대 대장의 말을 전적으로 믿은 것은 아니었다. 한 번 거짓말을 한 자가 두 번 못하라는 법은 없다. 그러나 그는 대장을 치료하도록 보내고 부장급의 무사를 대신 그 자리에 앉혀놓는 정도의 조치를 하고 흑하를 떠났다. 파견대에서 준비한 수레에 흑풍단 무사 하나를 싣고 말 두 마리를 수레 앞뒤로 묶어 앞의 놈은 수레를 끌게 하고 뒤의 놈에겐 짐을 실었다. 초겨울 날씨에 마차가 수레보단 편했겠지만 굳이 수레를 택한 데에도 의도가 따로 있었다. 즉, 흑풍단 무사를 싣고 가는 것을 사람들에게 보이기 위해서였다.

흑풍단 무사들도 치료는 받았지만 셋은 중상이라 흑하의 의원에 드러누워 있고, 어깨를 다친 하나만 그래도 여행을 견딜 수 있을 정도라 끌고 왔는데, 가는 내내 통 입을 열지 않았다. 무영 또한 그에게는 별로 기대하는 것이 없어서 심문이랄 것도 없이 몇 마디 물어본 정도였지만 거기 대해서도 대답하는 법이 없었다. 그래서 흑하를 떠나 대장이 말한 흑풍단의 본거지를 향해 가는 며칠 동안 그들 둘은 서로 모르는 사람처럼 외면한 채 묵묵히 길을 갈 뿐이었다.

 흑하의 대수림 속으로 접어들자 수레는 더 이상 무용지물이었다. 수레가 지나갈 길이 없는 것이다. 무영은 수레를 버리고 말에 무사와 짐을 실었다. 그리고 그 자신은 말고삐를 잡고 걸었다.

 무사는 결박된 것도, 혈도를 제압당한 것도 아니었지만 반항하거나 도망가지 않았다. 자는 사이 암습도 할 법한데 그것 역시 시도하지 않았다. 그저 가끔 무영을 특이하다는 듯 바라보거나 불쌍하다는 듯 보는 경우가 있었는데, 그건 마치 죽을 길로 걸어 들어가는 사람을 보는 듯한 눈이었다. 어차피 그는 풀려나고 무영은 죽을 거라고 확신하고 있는 듯한 태도와 행동이라고 무영은 이해하고 있었다.

 아무튼 좋았다. 서로의 의도가 어떻게 다르건 간에 흑풍단에 도착할 때까지는 귀찮은 일이 없으면 그만이었다.

 흑하의 대수림은 곧 소흥안령 산맥의 험준한 기슭으로 이어졌다. 그 중 한 골짜기가 흑풍단의 소굴이라고 말해 준 곳이었는데, 짐작했던 대로 엉터리였다. 대장이 말해 준 몇 가지 특징을 가진 골짜기는커녕 그 비슷한 것도 보이지 않았다.

 무영은 화내지도 않고 바보처럼 끈질기게 그 부근 산악을 헤매 다녔다. 물론 말과 무사를 끌고서였다. 그의 목적은 직접 흑풍단 소굴을 찾는 것이 아니었다. 흑풍단에서 먼저 그를 찾아줄 것을 기다리는 것이었다. 이 무사를 구해가기 위해서, 혹은 건방지게도 단독으로 흑풍단을 토벌하겠다고 찾아다니는 그를 잡아 죽이기 위해서 흑풍단은 반드시 그의 앞에 나타날 거라고 믿고 있었던 것이다.

과연 그렇게 찾아다닌 지 며칠 만에 흑풍단의 무사 십여 명이 그의 앞에 나타났다.

밤이 다가오고 있었다. 산골의 밤은 일찍 오기도 하지만 일단 어두워지기 시작했다 느끼면 금방 밤이 되어버리기 때문에 서둘러 야영 준비를 해야 했다. 말에서 짐을 내리고 나뭇가지들을 모아 불을 피워 식사 준비를 해야 했다. 태양신공을 사용할 수 있으면 화섭자도 필요없고, 굳이 마른 나뭇가지를 찾으러 돌아다닐 필요도 없다. 작은 나무 한 그루를 통째로 잘라서 가져가 태우면 되는 것이다. 오늘도 그렇게 나무 한 그루를 질질 끌고 말이 있는 공터로 들어서는데 거기에는 검은 옷을 입은 몇 명의 사내가 그를 기다리고 있었다.

데려온 흑풍단 무사는 이미 그들 손에 넘어가 있고, 말 두 마리도 그들의 것이 된 듯했다. 무영은 나무를 놓고 손을 털었다. 대충 살펴본 것만으로 판단해서 적의 수효는 다섯 명, 하지만 뒤쪽 숲에서 느껴지는 인기척이 또 그 정도는 됐다. 그렇게 치면 열 명쯤.

무영은 공터 중앙으로 천천히 걸어갔다. 적들도 숨어서 공격할 생각은 없는 듯 그의 뒤에서 하나씩 걸어나왔.

무영이 말했다.

"흑풍은?"

바로 그의 정면에 서 있던 키 큰 무사 하나가 무심히 그를 보다가 말했다.

"죽여!"

좌우에서 동시에 두 명이 덤벼들었다. 무영을 중심으로 서로 비껴가면서 칼을 휘둘러 아래위를 동시에 노리는 공격이었다. 무영은 평소와 달리 왼손으로 파천황을, 오른손으로 묵염흔을 잡아 뺐다. 당연히 손잡이를 위로 칼날을 아래로 하는 역도(逆刀) 자세가 되었다. 그렇게 뽑아 든 검과 도로 두 사람의 칼날을 퉁겨내고, 그대로 허공에 던져서 좌우를 거꾸로 받아 들었다. 좌검우도의 자세가 비로소 만들어졌다.

공격은 그게 끝이 아니었다. 이번에는 좌후방과 우전방에서 두 명이 튀어나와 그를 스쳐 지나갔다. 그리고 다시 두 명, 또 두 명 하는 식으로 연쇄 공격을 가해오는 것이다. 무영은 묵염흔과 파천황으로 공격을 막아내다가 틈을 보아 한 명을 골라서 반격을 가했다. 그러나 놈은 무영의 기세를 재빨리 알아채고는 공격해 오던 방향을 틀어 멀찍감치 비껴 지나갔다. 다시 두 명이 덤벼들었다. 무영은 칼을 돌려 그들의 공격을 방어하는 수밖에 없었다.

일종의 진법, 그것도 차륜진(車輪陣)의 일종이었다. 방어하는 사람이 지쳐 쓰러질 때까지 번갈아 공격하는 방식이었다. 그러다가 틈만 보이면 치명타를 가하는 것이다.

무영은 재빨리 파해법을 생각해 냈다. 정면으로 부딪쳐서 하나씩 수를 줄이는 수가 있을 것 같았다. 그는 이번에 공격해 오는 두 사람 중 하나는 무시하고 나머지 하나에게 공격을 집중했다. 묵염흔으로 진로를 방해하고 파천황을 휘둘러 공격을 가했다. 등에 예리한 통증이 느껴졌다. 그가 집중한 상대는 옆구리가 갈라져서 비척비척 걸어가더니 쓰러지고 말았다.

공격은 끊이지 않았다. 동료가 쓰러지건 말건 두 사람씩 조를 이뤄 공격해 오는 것은 여전했다. 열 명이 하건 아홉 명이 하건 그들의 피로도는 크지 않지만 이쪽은 마찬가지 압력을 받는 것이다. 게다가 하나를 쓰러뜨릴 때마다 상처 하나씩을 입는다면 이쪽이 훨씬 손해다. 죽음으로 이어지는 손해인 것이다.

다른 방법을 생각해야 했다. 무영은 다시 방어 태세를 취했다. 공방이 이어졌다. 문득 무영은 그가 적의 중심에 있기 때문에 이 진법이 가능한 것이 아닐까 생각했다. 숲으로 들어가기만 해도 그런 공격은 불가능해질 것이다.

생각과 함께 몸이 움직였다. 그는 뒤에서 공격해 오는 무사의 속도보다도 빠르게 움직여 앞에서 공격해 오는 무사에게 덮쳐 갔다. 무사가 당황하는 빛이 역력했다. 그는 놈의 칼을 퉁겨내고 팔뚝으로 놈의 안면을 강타했다. 그리고 쓰러진 놈을 돌아보지 않고 숲으로 달렸다.

무사들이 쫓아왔다. 무영은 숲 가장자리에 서서 재빨리 돌아섰다. 묵염혼이 정면으로 뻗었다. 쫓아오던 무사가 급히 멈추며 칼을 들어 가슴을 가렸다. 묵염혼은 그 칼을 빠개고 놈의 가슴속으로 파고들었다. 무영이 발을 들어 묵염혼에 꽂힌 자를 걷어찼다. 그리고 묵염혼과 파천황을 나란히 들어 앞을 막았다. 무사들이 그의 앞에 반원형으로 섰다.

"그만!"

죽이라고 명령을 내린 키 큰 무사였다. 그는 앞으로 나와 묵염혼에 관통당했던 무사를 내려다보더니 고개를 저었다. 포위하고 있던 무사 중 하나가 앞으로 나와 시체를 끌고 갔다.

키 큰 무사가 말했다.

"흑풍을 만날 자격은 있는 것 같군. 가자."

무사들이 무기를 거두었다. 그들은 말 한마디 없이 시체를 거두고 부상자를 부축하며 떠날 준비를 했다. 무영 또한 무기를 거두었다. 이들을 다 죽여 버릴 수도 있지만 만약 그런 식으로 해 나가다간 아마 평생 북해를 헤매며 이들을 찾아다녀야 할 것이다. 이들을 토벌할 방법은 한 가지밖에 없었다. 흑풍을 잡아야 했다.

그들은 밤길을 떠났다. 어두운 숲길을 횃불 하나에 의지하고도 흑풍단 무사들은 거침없이 걸어갔다. 그로 보아 이쪽 지리에 밝은 모양이었고, 그건 즉 본거지가 멀지 않은 곳에 있다는 뜻이었다.

과연 한 시진을 채 못 가서 그는 넓은 협곡에 걸쳐진 사슬 다리에 도달할 수 있었다. 두 개의 쇠기둥에 묶인 굵은 사슬 네 개로 아래위 뼈대를 만들고 가로로 나무판을 엮어 붙여서 만들어진 다리였다. 협곡의 거센 바람에 춤을 추는 그 다리 위를 흑풍대 무사들은 말을 끌고 짐을 지고서도 두려움없이 지나갔다. 무영이 그 뒤를 따랐다.

다리 건너편은 좁은 길이었지만 잠시 그 길을 걷자 광장에 가까운 넓은 공간으로 나갈 수 있었다. 들어온 쪽을 빼면 호리병처럼 절벽이 둘러쳐져 있어서 마치 병풍에 둘러싸인 것 같은 천연의 요새였다. 광장 자체는 사람들이 다지고 골라서 만든 것 같지만 절벽에는 오래된 고송과 바위들이 튀어나와 있는 것으로 봐서 천연의 것임이 분명했다.

절벽 아래에는 여러 채의 통나무 집들이 있어서 광장을 둘러싸고 있었다. 광장 가운데에는 커다란 화톳불이 피워져 있고, 지금 그 주변으로 많은 사람들이 앉아서 술을 마시고 음식을 먹으며 떠들고 있었다.

무영이 다가가자 모여 있는 사람들이 좀 더 잘 보였다. 모두 검은 옷을 입고 있었고, 여자도 있었다. 무영이 그 화톳불가에 서자 사람들은 떠들던 것을 중단하고 그를 쳐다보았다. 적어도 이백 명에 가까운 사람들의 시선이 그 한 몸에 모였다. 보석 눈동자를 가진 불청객에게.

무영은 그 시선들을 무시하고 천천히 사람들의 면면을 살펴보았다. 누가 흑풍일까 생각하면서.

결국 그는 입을 벌려 물었다.

"흑풍이 누구냐?"

그의 정면에서 대답이 나왔다.

"나다."

화톳불의 불빛을 정면으로 받으며 앉아 있는 한 사람, 앉은키가 보통 사람의 선키쯤은 돼 보이는 커다란 체구의 여인이었다. 웃통을 벗고 커다란 젖가슴을 그대로 드러낸 채 술잔을 들고 앉아 있는 그녀의 살결은 검게 빛나고 있었다. 거대할 뿐만 아니라 비대하기까지 한 그 여인, 검은 피부의 곤륜노가 말했다.

"내가 흑풍이다."

제 26 장
흑풍 무쌍도

■ 흑풍은 하나이면서 전체다

흑풍 무쌍도 1

 무영은 흑풍이라고 이름을 밝힌 그 여인 앞으로 걸어갔다. 가까이 갈수록 흑풍의 체구가 엄청나게 크다는 것을 느낄 수 있었다. 우람한 팔뚝과 어깨, 튀어나온 배와 웬만한 사내의 허리통만큼이나 굵은 다리통까지. 그 앞에 서니 무영이 마치 어린애로 보일 정도였다.
 무영은 흑풍이 곤륜노 여자라는 것은 이미 들어서 알고 있었다. 하지만 이렇게 비대한 여자라는 말은 들어본 일이 없었다. 제대로 확인하지 않고 온 그의 실수였다. 하지만 흑풍의 옆구리에는 거대한 청룡도 두 자루가 매달려 있지 않은가. 그건 설명과 일치했다.

 "흑풍은 칼 두 자루를 사용해. 그러니까 쌍도술(雙刀術)의 달인이라 할 수 있지. 그걸 그년은 무쌍도(無雙刀)라고 불러. 웃기지 않아? 쌍도를 사용하면서 무쌍도라고 부른다니 말야. 사람들이 그걸 두고 자주 놀려대곤 했지. 쌍도가 없네[無] 하고. 말장난인 셈인데 그 말을 들으면 길길이 날뛰곤 했어. 말장난을 이해 못하는 무식한 년이었지."

떠나기 전 월영으로부터 들은 말이었다.
흑풍이 손을 뻗어 자기 앞 흙 바닥을 가리켰다.
"앉지."
무영은 묵염흔과 파천황을 뽑아 자리 옆에 놓고 앉았다. 언제든 일어나 휘두를 수 있는 자세였다. 무영이 말했다.
"나는 무영이다."
흑풍이 묵염흔과 파천황을 가리키며 웃었다.
"겁을 내는구나."
무영이 고개를 저었다.
"난 겁내지 않는다. 어리석지 않을 뿐이다."
흑풍이 눈을 뒤룩거렸다. 붉게 충혈된 황소처럼 커다란 눈알이었다. 그 눈으로 분노한 듯, 미운 듯 무영을 노려보며 그녀는 말했다.
"날 겁내지 않는 사람은 없어."
무영은 그녀의 눈을 피하지 않고 마주 보며 말했다.
"난 아니다."
흑풍은 한참이나 노려보더니 코웃음을 치며 시선을 거두고 술잔을 들어 단번에 비워 버렸다. 그리고 잔을 내밀었다. 그녀가 들었을 때는 평범한 잔처럼 보였지만 무영이 받아 들자 그건 대접같이 큰 그릇이었다. 흑풍의 옆에, 사실은 품에 안겨 있다시피 했던 여인이 얼른 술병을 들고 무영의 잔에 술을 따랐다.
무영은 술을 받으며 그녀를 보았다. 그녀 역시 검었다. 검은 피부에 반짝이는 눈과 동그란 입술을 가진 여인이었다. 흑풍과는 달리 보통 사람처럼 작았지만 가냘프지는 않은, 건강해 보이는 여인이었다.

흑풍은 두 사람이 마주 보고 있는 것이 마음에 들지 않는다는 듯 여인을 끌어당겨 품에 답삭 안으며 말했다.

"얘는 내 여자야. 침 닦고 술이나 마셔."

여자가 다른 여자를 두고 내 여자라 부른다. 그건 그의 아버지 어머니가 둘 다 남자이면서 아버지고 어머니인 것이나 마찬가지로 어색한 일이었지만 무영은 그러려니 하고 술을 마셨다. 사소한 일에까지 신경을 쓸 순 없었다. 그는 어떻게든 흑풍을 설득해서, 혹은 때려눕혀서 백림으로 끌고 가야 했다. 아니면 적어도 오늘 이 자리에 있는 흑풍단 인원 중 반 이상을 죽여서 결정적인 타격을 주어야 했다. 어떻게 그걸 가능하게 할지, 그것이 지금 그의 머리를 사로잡고 있는 문제였다.

무영이 단번에 한 대접의 술을 다 마셔 버리고 잔을 돌려주었다. 흑풍이 잔을 받지 않고 직접 술을 따라주었다.

"첫 인사는 삼배를 하는 법이야."

취하게 하려는 것일까. 무영은 아무 소리 하지 않고 두 잔을 더 받아서 마셔 버렸다. 흑풍이 남자처럼 호탕하게 웃으며 잔을 던져 깨버렸다.

"좋아. 술은 시원스럽게 마셔야 제 맛이지."

그녀는 웃음을 멈추고 무영을 바라보았다. 그녀의 체격으로 보았을 때는 굽어보는 셈이었다.

"네가 흑하에서 우리 아이들을 죽이지 않고 오히려 치료해 줬다고 해서 만나보기로 했다. 왜 죽이지 않았지?"

그녀가 손을 들어 옆을 가리켰다. 거기 있는 사람들 틈에 흑하에서 그에게 팔을 잘린 사람이 앉아 있었다. 불빛에 비친 창백한 얼굴에도 불구하고 부축없이 앉아 있는 것으로 보아 회복되고 있는 모양이었다. 무영이 떠난 후에 흑하에서 데리고 온 모양이었다.

무영이 대답했다.

"널 만나기 위해서다."

흑풍이 다시 눈을 뒤룩거렸다.

"무슨 소리냐? 쉽게 말해라!"

무영이 설명했다.

"죽이면 만나주지 않을 것 같아서였다."

흑풍이 고개를 끄덕였다.

"아, 그거였나. 그렇다면 계산이 맞은 셈이지."

그녀는 손을 내밀어 무영의 어깨를 두드렸다. 무영이 본능적인 반응으로 피할까 했지만 억지로 눌러서 참았다. 그녀는 그렇게 어깨를 두들겨 주고는 말했다.

"머리가 좋구나. 나처럼 말이야. 그렇지?"

그녀는 좌우를 둘러보며 사람들에게 동의를 구했다. 사람들이 일제히 동의했다.

"맞습니다!"

무영은 그 분위기를 이해하지 못해 약간 혼란스러웠다. 농담을 하는 걸까. 농담치고는 너무 진지하지 않은가. 그런 생각을 오래 하고 있을 틈은 없었다. 흑풍이 다시 그를 노려보며 말하고 있었다.

"그래서? 왜 날 만나려고 했지?"

무영이 대답했다.

"항복을 권하기 위해서다."

흑풍이 고개를 갸웃거렸다.

"항복?"

무영이 말했다.

"그렇다. 항복해라."

그는 주위에 있는 모두를 둘러보며 또박또박 말했다.

"전원 항복하고 나와 함께 백림으로 간다면 목숨은 살려주겠다."

그러면서 그는 파천황을 툭툭 두들겼다. 일종의 위협이었지만 흑풍에게는 농담처럼 보인 모양이었다. 그녀는 배를 잡고 웃었다. 다른 사람들 또한 폭소를 터뜨렸다. 그러나 무영은 냉정하게 앉아 있었다. 무표정하게. 흑풍이 손을 저었다. 사람들의 웃음이 작아지다가 사라졌다. 그녀는 말했다.

"네가 어떻게 우릴 다 죽이겠다는 건지는 모르겠다만, 그건 둘째 치고 백림에 가면 종사가 우릴 살려두지 않을걸."

무영이 말했다.

"내가 막아주겠다."

흑풍의 표정이 굳었다. 그녀는 같잖다는 듯 노려보며 말했다.

"네가 뭘 어떻게 종사를 말린다는 거야? 건방진 소리 하고 있어."

그녀는 분노한 듯 거푸 말했다.

"이 흑풍이 세상에서 유일하게 두려워하는 사람이 있다면 그게 종사야. 제강산은 두렵지. 화산처럼 강한 힘과 강철 같은 의지를 가진 사람이니까. 한때 공포의 화신이었던 사람이니까."

무영이 말했다.

"그가 두려워서 도망 다닌다는 거냐?"

흑풍이 말할 틈을 주지 않고 무영이 재우쳐 말했다.

"나는 제강산도 두려워하지 않는다."

쾅―!

땅바닥이 잠시 흔들렸다. 흑풍이 손바닥으로 쳤기 때문이었다. 그녀는 분노에 불타는 눈으로 무영을 노려보며 말했다.

"시건방진 새끼! 듣자듣자 하니까 점점 더하는구나."

그녀는 잠시 그렇게 노려보다가 진정하고 말했다.

"제강산이 두려워서 도망 다니냐고? 아니야. 우린 제강산이 우리를 배신했기 때문에 떠난 거야. 우리 마음대로 살기 위해서. 강자는 흑풍의 존경을 받지만 약자는 존경받지 못해. 지금 제강산은 약자야. 두려워하는 건 여전하지만 지금 그는 약자야."

무영은 다시 혼란스러워졌다. 이 여자가 말하는 건 미친 사람이 말하는 것처럼 들렸다. 뭔가 자기 식으로 말하는데, 그게 다른 사람들이 말하는 뜻과는 다른 것 같았다.

"강자는 뭐고 약자는 뭐냐?"

흑풍이 간단하게 대답했다.

"강자는 마음대로 하지만 약자는 이러니저러니 이유를 붙여서 행동하지."

그녀의 논리는 대답만큼이나 간단했다. 마교통일대전 동안 그녀는 제강산의 강함과 그 패도적인 언행, 세상 사람들이 무어라고 하든 자기 길을 간다는 식의 태도에 반해서 수하가 되었다. 그런데 일단 천하를 마교가 차지하고 이화태양종이 여기 북해로 옮겨온 이후 제강산은 달라졌다. 강한 무공은 여전하고 결단력도 여전했지만 그 힘과 결단력은 주로 무얼 하지 마라. 무얼 금지한다 쪽에 쓰였다.

"양민을 해치지 말고, 약탈하지 말고, 죄없는 사람을 죽이지 말고, 하지 말고, 말고, 말고……!"

흑풍이 흥분해서 다시 한 번 땅바닥을 두들겼다. 그리고 외쳤다.

"그럴 거면 뭣 때문에 싸운 거야! 싸워서 얻은 대가가 겨우 얌전히 살아야 한다는 거야? 난 맘대로 하기 위해 싸웠어! 앞으로도 맘대로 할 거야! 금지 조항 따위나 지키면서 살긴 싫어!"

그녀는 씨근덕거리며 있다가 무영에게 결론을 내리듯 말했다.

"그게 우리가 여기 있는 이유야."

무영은 잠자코 듣고 보았다. 흑풍이 흥분하는 모습은 언젠가 종리매를 처음 만났을 때 흥분하는 모습과 닮았다. 하지만 내용은 전혀 반대편이었다. 이게 이화태양종의 모순을 단적으로 드러내 주는 것 같았다. 종리매가 대표하는 배화교도의 신념과 흑풍을 비롯한 교도 아닌 무사들의 신념, 혹은 욕구의 대립이었다.

흑풍이 물었다.

"어때? 할 말 있어?"

무영은 고개를 끄덕이고 말했다.

"항복해라."

흑풍이 어이없다는 듯 웃었다.

"안 하면? 항복하지 않으면 어쩔 거야?"

무영은 무기를 들고 천천히 일어났다. 그리고 한 걸음 물러나서 말했다.

"힘으로 굴복시킬 수밖에."

그는 흑풍을 설득하기를 포기했다. 저렇게 나름대로의 신념을 가지고 있는 상대를 한두 마디 말로 설득한다는 것은 무리였다. 그냥 쳐 죽여 버리는 편이 차라리 쉬울 것이다.

흑풍은 입을 벌렸다가 다시 다물었다. 그녀는 한쪽 손으로 반대 편

어깨를 두들기며 말했다.

"아, 그놈 말 안 통하네. 저렇게 꽉 막힌 놈은 처음 봤어. 답답한 녀석."

무사들 틈에서 누가 외쳤다.

"설득할 이유 있습니까? 그냥 죽여 버리죠!"

흑풍이 손을 까닥였다.

"너, 이리 나와!"

무사 한 명이 비실거리며 다가왔다. 흑풍이 그의 엉덩이를 손바닥으로 때렸다. 솥뚜껑 같은 손으로 맞은 무사는 비명을 지르며 날려가듯 뛰어 달아났다. 보고 있던 무사들이 웃음을 터뜨렸다.

흑풍이 말했다.

"여기로 끌고 와서 죽여 버리면 그게 손님 대접이냐? 흑풍단은 손님 대접도 제대로 못한다는 말을 듣고 싶어? 빌어먹을 자식, 생각이 그렇게 짧아서야 원."

그녀는 무영을 향해 손을 저었다.

"좋아. 일단은 살려서 보내주지. 이 밤 안으로 멀리 도망가라. 우린 날이 밝으면 추격하겠어. 그때 잡히면 죽음을 각오해야 할 거야. 미리 말해 두지만 아주 멀리 도망가는 게 좋을 거야. 우린 한번 노린 사냥감은 놓친 적이 없으니까."

무영은 잠시 서 있다가 돌아섰다. 손님 대접 운운했지만 결국 낮의 즐거움으로 남겨두겠다는 소리인 셈이다. 하지만 그렇게 뜻대로 해줄 이유가 없었다. 그는 광장을 벗어나 길이 좁아지는 지점에 와서 돌아섰다.

무영이 말했다.

"다 왔다. 덤벼라!"

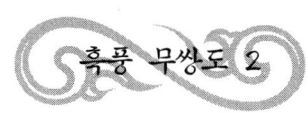

흑풍 무쌍도 2

 초겨울 밤에는 밤새 소리도 없었다. 차갑게 식은 하늘과 산천, 별빛도 얼어붙은 것 같은 투명한 밤이었다. 그 투명한 밤하늘 아래 얼어붙은 호수의 얼음장이 깨지는 듯한 목소리가 울려 퍼졌다.
 "뭐라고?"
 흑풍이 일어서고 있었다. 구 척이 넘을 듯한 그녀의 거대한 체구가 완전한 모습을 드러냈다. 그녀는 허리 양쪽에 찬 청룡도를 덜그럭거리며 무영을 향해 다가왔다. 그녀가 다시 한 번 물었다.
 "뭐라고 했어?"
 무영은 입구에 버티고 서서 대답했다.
 "새벽까지 미룰 것 없다. 덤벼라."
 그는 흑풍을 위시해서 그 뒤로 버티고 있는 많은 무사들까지 일별하며 한마디 덧붙였다.

"모두 죽여주겠다."

혹풍의 얼굴이 일그러졌다. 검은 얼굴 한복판에 박힌 두 눈이 살기로 붉게 타올랐다. 무사들이 입구로 몰려들었다.

"저희가!"

성급한 자가 먼저 칼을 빼 들고 무영에게 달려들었다. 그 뒤로 서넛이 붙었다.

무영은 파천황을 땅에 박아놓고 양손으로 묵염혼을 쥐었다. 그는 달려드는 무사를 향해 묵염혼을 휘둘렀다. 도끼 휘두르듯 격식도 법도 없이. 엄청난 파공음이 일었다. 무사가 칼과 함께 박살나 흩어졌다.

무영은 허공으로 치켜 올린 묵염혼의 방향을 틀어 이번에는 수평으로 휘둘렀다. 첫 번째 무사의 뒤에 따라붙었던 세 명이 멈추지도 못하고 묵염혼의 파괴력에 걸려들었다. 한 명은 허리가 동강나고, 그 옆의 놈은 칼로 간신히 막았지만 묵염혼의 힘이 칼과 허리를 같이 잘라 버렸다. 약간 뒤쪽에 있던 놈은 묵염혼의 끝에 걸려 배가 갈라지고 창자를 뿌렸다.

달려들던 무사들이 주춤 물러섰다. 무영은 피와 살점을 떨구는 묵염혼을 비스듬히 아래로 들고 그들을 노려보고 서 있었다. 보석 눈알이 별빛을 받아 투명하고 차가운 빛을 뿜어냈다. 그게 살기보다 더한 한기로 비춰져 두려움을 모르는 혹풍단 무사들을 잠시 얼어붙게 했다.

혹풍이 소리쳤다.

"죽여! 죽여 버려!"

그 고함이 무사들을 다시 움직이게 했다. 무영에게 세 명이나 한꺼번에 당한 것은 입구가 좁아 세 명이 나란히 설 공간밖에 되지 않았기 때문에 적절히 대처하지 못한 것이라고 무언으로 동의한 그들이 이번에는 둘씩 짝을 지어 공격해 들어갔다.

　일반적으로 한 사람을 포위 공격할 땐 전후좌우 네 방향의 공격로가 있다고 말한다. 하지만 맨손으로 공격을 할 때라면 몰라도 무기를 든 상태에서는 다르다. 방어자의 반격만이 아니라 함께 공격하는 자의 무기도 두려워해야 할 대상이기 때문에 협격술(協擊術), 즉 함께 공격하는 법을 오랫동안 수련하지 않았다면 한 명씩 차례로 공격할 수밖에 없다. 무기에는 눈이 없으니 적과 동지를 구분하지 않기 때문이다.

　지금 무영의 후방으로 돌아가서 공격하는 것은 불가능하기 때문에 공격은 전면에서 가능할 수밖에 없는데, 그나마 두 명이 동시에 할 수 있는 것은 좌우로 비스듬히 쳐갈 공간은 허용되고, 흑풍단 무사들이 언제 어떤 상황에서도 협공을 할 수 있는 협격술을 익혔기 때문이었다. 하지만 무영에게 흑풍단 무사 두 명이란 상대하기 어렵지 않은 숫자였다. 이백 명이 아닌 두 명씩 백 번이 되는 것이기 때문에.

　무영은 조금도 사정을 두지 않았다. 앞서 흑하와 산에서 치렀던 두 번의 싸움에서는 되도록 그들을 죽이지 말아야겠다는 생각을 했었다. 흑풍에게 말했듯이 무사들을 죽이면 적대감이 깊어져서 흑풍을 설득하는 게 어려워질지도 모른다고 염려했기 때문이었다. 그 자신의 말재주로 누군가를 설득한다는 건 기대하지도 않았지만 여제사장이 한 말, 즉 흑풍의 이야기를 들어주라는 말에는 약간의 기대를 갖고 있었으니까.

　하지만 설득을 포기한 지금 상황에서는 망설일 것도, 사정을 봐줄 것도 없었다. 말 그대로 전멸시킬 작정이었다. 가장 빠르고 단순하게, 그래서 가장 효과적으로 적의 수를 줄여 나갈 생각이었다. 묵염흔의 파괴력이 그 역할을 충분히 해주었다.

　묵염흔은 무영의 손에 들어온 이후 가장 파괴적인 위력을 발휘하고 있었다. 묵염혼을 감싸고 있는 마기, 검은 불꽃으로 드러난 그 마기도 오늘 신이 나서 날뛰고 있는 듯했다. 검이 닿기 전에 칼이 파괴되고 사람이 죽어 나가는 듯한 모습이었다. 묵염혼의 검은 불꽃이 사람을 잡아 삼키고 있는 것 같았다.

무영은 처음엔 두 손으로, 뒤에는 오른손으로 다시 왼손으로 묵염혼을 옮겨 잡으며 거령진천검법을 펼치고 있었다. 때로는 천왕도법을 사용하기도 했다. 묵염혼을 검이라고 부르건 도라고 부르건, 거령진천검법이건 천왕도법이건 상관없었다. 적을 죽일 수 있으면 그만이니까. 그의 검법은 자유자재라는 게 무엇인지 보여주고 있었다.

주위가 조용해졌다. 더 이상 덤벼드는 무사는 없었다. 대신 흑풍이 그 거대한 체구를 흔들며 다가오고 있었다. 두 자루의 청룡도가 그녀의 양손에 들려 그 거대한 머리, 날카로운 혓바닥을 내보이고 있었다.

무영은 묵염혼을 비스듬히 땅에 기대어 세우고 그녀를 바라보았다. 오늘의 최대 위기가 될 순간이었다. 그녀를 쓰러뜨리면 흑풍단의 잔당은 더 이상 적이 되지 못한다. 그에 대한 대비도 있었다. 사슬다리 건너편으로 물러나서 사슬을 끊어버리면 추격하고 싶어도 못할 테니까.

그리고 아직 힘이 남아 있었다. 충분히. 한 사람은 죽일 수 있을 정도로.

흑풍은 땅이 쩌렁쩌렁 울릴 정도의 고함을 질렀다. 병풍처럼 둘러쳐진 절벽이 그것을 메아리로 돌려주었을 때 그녀는 이미 무영의 머리 위에 떠 있었다. 거대한 청룡도가 무영의 머리 위로 떨어져 내렸다.

무영은 잠시 당황했다. 눈앞을 메우며 다가오던 흑풍의 거대한 몸이 갑자기 눈앞에서 사라졌다가 머리 위에 나타났기 때문이었다. 정말 그렇게밖에는 보이지 않았다. 그 비대한 몸이 그렇게 빨리, 가볍고 날래게 움직이리라고는 상상도 못했다. 청룡도 또한 그렇게 날래게 움직였다. 생긴 것 답지 않게 날카롭게, 하지만 생긴 것 답게 육중한 무게는 파괴력으로 그대로 전환되어서 하늘이 떨군 절굿공이처럼 무영을 깔아 뭉개려고 들었다.

무영이 양손으로 묵염흔을 거머쥐고 공중으로 쳐올렸다. 전력을 다한 방어였다. 청룡도와 묵염흔이 공중에서 부딪쳤다. 도저히 강철로 만들어진 두 자루의 무기가 부딪쳐서 내는 소리라고는 믿어지지 않는 굉음이 광장에 울려 퍼졌다. 그게 메아리가 되어 몇 번이고 반복해서 돌아오고 새로운 굉음이 거기 겹쳐졌다. 무사들이 귀를 막고 괴로워했다.

무영은 연거푸 후퇴했다. 흑풍의 무게와 힘은 대단했다. 신속함과 가벼운 움직임이 거기에 위력을 더해주었다. 그녀는 한줄기 검은색 돌개바람처럼 움직여 그를 때리고, 치고, 베었다. 그는 묵염흔으로 방어하며 물러나는 것이 고작이었다. 그는 어느새 파천황을 꽂아놓은 그 자리까지 후퇴했다. 그때가 반격의 기회였다.

무영은 묵염흔을 왼손으로 바꿔 들고 오른손으로 파천황의 손잡이를 잡았다. 그리고 막 가해진 공격을 묵염흔으로 막고 파천황을 휘둘러 빈틈을 노렸다.

흑풍의 칼도 두 자루였다. 그녀는 다른 청룡도를 휘둘러 파천황을 막아냈다. 묵염흔에게 막혀 퉁겨진 청룡도가 다시 되돌아와 무영의 빈틈을 노렸다. 무영의 묵염흔이 그 청룡도를 다시 막아내고 청룡도에 퉁겨진 파천황은 되돌아가서 다시 흑풍의 빈틈을 노렸다. 두 사람은 칼과 검, 청룡도와 청룡도를 바람개비처럼 휘두르며 격전을 벌였다.

쌍도술은 등패도법만큼이나 간단한 무술이다. 등패도법이 방패로 막고 칼로 베는 것이라면 쌍도술은 두 자루의 칼로 막고 베고, 베고 막는 것을 반복하는 도법이다. 그 칼질이 얼마나 빠른가, 얼마나 파괴적인가, 얼마나 정확한가가 무공의 고하를 가리는 관건이었다.

무영의 등패도법 또한 흑풍의 쌍도술과 흡사한 전개를 보였다. 묵염흔이 단순한 방패 역할에 그치는 것이 아니라 그 자체로 무엇보다도 파괴적인 위력을 가지고 있기 때문이었다. 그래서 두 사람은 서로 막고 베고, 베고 막는 것을 연속하며 접전을 벌이게 되었다.

흑풍의 거대한 체격, 큰 키와 긴 팔이 신체 조건이라는 면에서는 압도적인 우위를 점했다. 그녀 앞에서는 꼬마에 불과한 무영을 어린애 다루듯이 두들겨 패면 그만이었으니까. 무기를 비교하면 이쪽은 무영이 우위였다. 길이는 청룡도가 길지만 무게는 묵염흔이 오히려 위고, 그 파괴력 또한 위였다. 파천황 역시 날카로움과 단단함에 있어서는 청룡도가 감히 따라오지 못했다. 청룡도의 날은 부딪치는 대로 이가 빠졌다. 부러지지 않는 것이 다행이었다.

그래도 결국은 속도와 힘에서 우위인 흑풍이 우세를 점했다. 흑풍은 느리지만 단단하게, 강력하게 무영을 압박해서 입구를 지나 사슬다리가 걸린 단애에까지 그를 밀어붙였다. 무사들이 입구를 메우고 와글거리며 그 뒤를 따랐다.

무영은 단애 가장자리에 한 발을 디뎠다가 발밑이 부스러지는 것을 느끼고 힐끔 내려다보았다. 뒤는 어둠이 소용돌이쳐서 깊이를 짐작할 수도 없는 단애였다. 한 발만 더 뒤로 물러났다가는 흑풍의 칼을 빌려 목을 끊을 필요도 없을 것이다. 그는 입술을 깨물고 버텼다. 한층 더 빠르고 강하게 팔을 움직였다.

흑풍이 전력을 기울인 한 칼을 내려쳐 왔다. 무영이 묵염흔을 휘둘러 칼을 때렸다. 칼은 무영의 어깨를 스치고 단애 가장자리를 때려 바스러뜨렸다. 단애의 귀퉁이가 무너졌다. 무사들이 환성을 질렀다.

무영은 단애로 떨어져 가는 것처럼 보였다. 그러나 마지막에 묵염흔으로 칼을 친 것은 방어만이 아니라 다른 계산도 있어서였다. 그는 반탄력을 이용해 스스로 몸을 띄웠던 것이다.

무영이 새처럼 날아서 사슬다리의 한쪽에 내려섰다. 무사들이 실망한 한숨을 내쉬었다. 그러나 다시 그들의 호흡을 정지시킬 일이 벌어졌다. 흑풍이 어느새 무영의 머리 위에 떠 있었던 것이다.

청룡도가 휘둘러지면 묵염흔이 막고, 파천황이 휘둘러지면 청룡도가 막는 싸움이 사슬다리 위에서 다시 벌어졌다. 경공술이 뛰어난 흑풍이 이번에도 우위를 점했다. 그녀는 그 비대한 몸에도 불구하고 외줄 타기를 하는 곡예사처럼 사슬 위에서 걷고, 뛰고, 굴렀다. 반면 무영은 흔들리는 사슬다리 위에서 제대로 중심을 잡지 못해 휘청거리며 간신히 청룡도를 막아낼 뿐이었다.

한순간 청룡도가 그를 향해 육박해 왔다. 무영이 입술을 깨물었다. 더 이상 밀릴 수는 없었다. 계속해서 당하고만 있다는 답답함이 분노로 변했고, 그게 그의 전력 이상을 끌어내는 힘이 되었다.

그는 다리 가장자리로 물러나서 사슬에 기대어 중심을 잡았다. 청룡도가 다가왔다. 그는 사슬에 무게를 실었다. 사슬다리가 휘청거리며 뒤로 기울었다. 청룡도가 그의 코끝을 아슬아슬하게 스쳐 갔다. 사슬다리가 다시 반동을 받아 앞으로 퉁겨 나왔다. 무영은 그 움직임에 맞추어 발을 내딛고 일직선으로 묵염흔을 뻗었다. 달마혜검이 청룡도를 부수고 흑풍의 어깨를 때려 날려 버렸다. 그와 동시에 그의 발밑을 받치던 나무판자가 부러져 버렸다. 무영은 다리 아래로 빠져들다가 파천황을 공중에 던졌다. 그리고 다리 아래로 완전히 빠져나온 뒤 자유로워진 손을 뻗어 사슬을 잡고 한 바퀴 회전하며 다시 뛰어올랐다. 파천황이 그의 머리 위로 떨어졌다. 그는 묵염혼을 검집에 꽂고 파천황을 받아 들었다.

  흑풍이 그때쯤에야 사슬다리 위로 떨어져 한 번 퉁기더니 밖으로 굴러 나갔다. 그녀는 부서진 어깨가 아닌 다른 한쪽으로 간신히 사슬을 잡고 매달렸다. 사슬다리가 코끼리라도 매달린 것처럼 흔들거렸다.

  무영은 왼손으로 잠시 사슬을 잡고 몸을 지탱하다가 한쪽으로 기울어진 다리의 사슬 위로 몸을 날려 올라갔다. 그 역시 외줄 타기를 하는 곡예사처럼 사슬 위를 걸었다. 흑풍에 비하면 불안하긴 하지만 떨어지지 않고 흑풍에게 다가갈 수 있었다. 그는 파천황을 치켜들었다. 이제 흑풍의 생사는 그의 손에 달려 있었다.

  그때 아우성을 지르는 무사들 머리 위로 검은 그림자 하나가 날아올랐다. 그림자는 한 마리 밤새처럼 사슬다리 위로 날아와서 무영을 공격했다. 늑대의 엄니처럼 예리한 두 자루 칼날이 무영을 감싸고 돌며 살갗으로 파고들었다. 무영은 묵염혼과 파천황을 휘둘러 방어했지만 순식간에 십수 개의 상처를 입는 것을 피할 수 없었다. 흑풍의 쌍도술보다 한층 예리한 칼질이었다.

  무영은 급히 발을 떼 뒤로 물러났다. 사슬이 흔들렸다. 불안한 발밑을 안정시키기 위해 균형을 잡기에만도 급급한 무영을 두고 그림자는 방금 전까지 무영이 서 있던 바로 그 자리에 내려앉았다. 그리고는 두 자루 칼을 허리춤에 꽂고 그 자신은 사슬에 발을 걸고 물구나무를 서나 했더니 팔을 뻗어 흑풍을 잡고는 다시 오뚝이처럼 섰다. 흑풍이 그림자의 손에 끌어 올려져 다리 위에 바로 섰다. 그 터무니없는 자세로,

단지 한 손으로 코끼리처럼 비대한 흑풍이 끌어 올려진 것이다.

사슬다리가 엄청나게 흔들렸다. 흑풍의 무게가 이동하는 것에 맞추어서 요동을 친 것이다. 무영은 결국 사슬에서 미끄러져서 다리에 떨어졌다. 한 손으로 사슬을 잡고서야 간신히 다리 밖으로 구르는 것을 피할 수 있었다.

요동이 멈추었다. 무영은 그를 공격하고 흑풍을 구한 그림자의 얼굴을 그때에야 알아보았다.

무영의 눈이 커졌다. 그림자는 흑풍의 품에 안겨 희롱당하던 그 곤륜노 여자였다. 그는 진상을 깨닫고 외쳤다.

"네가 진짜 흑풍?"

탄탄한 지면을 밟고 서 있는 것처럼 꼿꼿이 사슬 위에 버티고 선 여자가 고개를 끄덕였다. 그리고 다시 흔들었다.

"내가 흑풍이야. 하지만 여기 이 아이도 흑풍이고 저기 저 아이들도 흑풍이야. 흑풍단 전원은 모두 흑풍이라 불러도 좋아."

그녀는 덧붙여 말했다.

"흑풍은 하나이면서 전체니까."

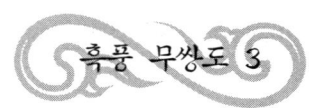

흑풍 무쌍도 3

 무사들이 고함을 질러대고 있었다. 흑풍의 말에 동조한다는, 무영을 죽이라는 고함들이었다. 무영은 그들을 보며 흑풍단의 구성원 하나하나가 죽음을 두려워 않고 덤벼드는 이유의 일단을 알 것 같았다. 흑풍이 그 수하들로부터 제강산보다 더한 신봉을 받는다는 것도 사실인 것 같다는 생각을 했다.
 흑풍이 무영을 향해 말했다.
 "넌 이미 많은 우리 형제들을 죽였어. 그건 흑풍의 일부를 죽인 것이나 마찬가지야."
 무사들이 다시 고함을 질러댔다. 무영을 죽이라는 소리가 대부분이었다. 흑풍이 손을 치켜들었다. 무사들이 입을 다물었다. 흑풍이 무영에게 물었다.
 "할 말 있어?"

무영이 대답했다.

"형제들이 죽어 마음이 아프냐?"

흑풍이 고개를 끄덕였다.

"물론."

무영이 다시 말했다.

"네가 마음대로 약탈하고 죽이면 죽은 사람들의 마음은 안 아플까?"

흑풍이 잠시 침묵하다가 대답했다.

"강자가 힘이고 법이야. 약자는 죽어도 상관없어."

무영이 말했다.

"내겐 너희들이 약자다. 약자는 죽어도 상관없다."

흑풍이 이번엔 오랫동안 침묵했다. 무영이 말했다.

"네가, 아니, 저 여자가 말한 것은 그래서 틀렸다. 규제는 그래서 필요하다. 강자라도 함부로 약자를 죽이지 못하게, 약자라도 마음 놓고 살아갈 수 있게. 제아무리 강자라도 혼자서는 못 산다. 강자의 이익은 약자에게서 나오는 것이다."

무저갱에서 홍진보에게 들은 말을 옮겨놓은 것이지만 흑풍의 잘못을 지적하는 데 이보다 적당한 말은 없을 것 같았다.

흑풍이 갑자기 칼을 빼서 무영을 겨누었다.

"그 따위 말은 충분히 들었어. 하지만 네가 강자가 아닌 한 그런 말은 헛소리일 뿐이야. 약자가 하는 말은 모두 헛소리고 자기 변명이야. 강자가 하는 말은 아무리 그릇돼 보여도 옳은 말이야. 넌 그걸 힘으로 증명해 보여야 할 거야."

무영은 꽂아두었던 묵염혼을 다시 빼 들고 말했다.

"원한다면."

흑풍이 가만히 그를 바라보았다. 무사들이 고함을 질러댔다. 흑풍이 다시 손을 들자 조용해졌다. 흑풍이 말했다.
"넌 아직 내 적수가 못 돼."
무영이 칼끝을 까닥이며 말했다.
"시험해 봐."
흑풍이 훗훗 웃었다.
"그러고 싶지만 지금은 안 돼."
그녀가 덧붙여 말했다.
"넌 종사의 심부름꾼일 뿐이야, 날 데리러 온."
무영이 말했다.
"난 너희들을 토벌하러 왔다."
흑풍이 고개를 저었다.
"네가 우릴 토벌할 순 없어. 넌 아직은 나의, 우리의 적수가 아냐. 심부름꾼 자격은 충분하지만."
그녀는 점점 소리를 높이고 있었다. 목청 높여 소리 지르는 것이 아니라 평상시와 다름없이 조용히 이야기를 하는데 구경하는 무사들뿐 아니라 광장에 대기하고 있는 모든 무사들에게까지 들리도록 소리를 높이고 있었다. 심후한 내공이 있는 사람에게나 가능한 일이었다.
"종사는 지금 내가 필요한 거야. 그래서 널 보낸 거지. 여태 많은 사람들이 토벌대랍시고 왔지만 그건 종사의 진심이 담긴 심부름꾼이 아니었어. 종사는 내가 기다리고 있다는 것을 알고 있어. 그래서 꼭 필요하게 된 지금 날 부른 거야. 바로 널 보내서."
무영은 그녀가 무슨 이야기를 하고 싶은 것인지 몰라 잠자코 듣고만 있었다.

"나는 종사를 떠나면서 생각했지. 우리는 평화 시의 이화태양종에는 필요가 없는 사람들이야. 우리는 철저히 전사니까. 질서니 규제니 따위를 지키면서 게으름 피우고 있어서는 안 되는 사람들이란 말야. 그래서 떠났어. 언젠가 필요할 때가 되면 종사가 우릴 부르러 보낼 거라 믿고 있었지. 적어도 나와 겨룰 수는 있을 정도로 강한 사람을. 그게 너야."

그녀는 칼을 집어넣으며 한마디 덧붙였다.

"네가 아직 내 적수는 안 되지만 겨뤄볼 정도는 된다는 건 인정해 주지. 그걸로 만족해. 아무나 그 정도가 되는 건 아냐."

그녀는 다리에 내려서더니 돌아서서 걸었다. 무영은 멍하니 그 뒷모습을 바라보았다. 그도 납득을 못하는데 무사들은 납득할까? 놀랍게도 그들은 흑풍의 말에 일언반구 반문이 없었다. 그녀가 장례를 치르고 철수 준비를 하라고 시키자 부산히 그 명령에 따를 뿐이었다.

시신들이 치워지고 재물과 보화들이 말에 실렸다. 그동안 그들이 약탈한, 이제 이화태양종에 돌려줄 물건들이었다. 세간이 불태워지고 통나무 집들이 그 불길 속에 타오를 때쯤에는 철수 준비가 완결되었고, 시간은 새벽이었다.

밝아오는 새벽의 광명 속에 그들은 길을 떠났다. 선봉대 십여 명이 앞장을 서고 그로부터 백여 장 뒤에서 흑풍과 무영이 말을 타고 나란히 갔다. 흑풍인 줄 알았던 거구의 여인은 이름을 흑호(黑虎), 검은 호랑이라고 했는데, 풍종호(風從虎) 운종룡(雲從龍)이라는 말에서 딴 이름이라고 했다. 바람과 호랑이처럼 붙어 다니는 사이라는 뜻인 모양이었다. 그 흑호는 탈 수 있는 말이 없어 흑풍의 말고삐를 잡고 걸었다.

흑풍단의 무사들은 잘 조련된 정예들이었다. 그것은 전투에서만이 아니라 행진과 야영에서도 그랬다. 무영은 기마술에 익숙하지 않아서 불편했던 것만 빼면 조금의 불편함도 없이 먹고, 자고, 이동할 수 있었다. 그들은 형제처럼 친한 동료들을 죽인 무영에 대한 적의도 보이지 않았다. 마치 심령까지 지배되는 노예들처럼, 흑풍이 손을 내밀고 '잊어' 라고 하자 싹 잊어버린 것처럼 행동했다.

그게 무영에게는 별로 기분 좋은 일이 아니었다. 어제까지 칼을 겨누고 싸우던 사람들이라 안 그래도 같이 행동하기가 어색했는데, 아무 일도 없었던 것처럼 행동하는 것은 기분 나쁘기까지 했다. 원한을 잊었다기보다는 마치 무영이 눈에 보이지 않는다는 것처럼 구는 것으로 받아들여졌던 것이다.

며칠째 여행이 진행되면서 이런 부분은 해소가 되었다. 흑풍의 눈이 닿지 않는 곳에서 몇몇 흑풍단원들이 무영에게 노골적인 적의를 드러냈던 것이다. 간단하게 손을 봐주고 해결은 했는데, 그건 결국 흑풍의 지배력이 그들의 심령까지 지배하지는 않는다는 증거인 듯해서 무영에겐 오히려 유쾌한 경험이었다.

중간에 그들은 방향을 약간 틀어 흑하대수림에 들렀다. 듀칸 일가를 데려가기 위해서였다. 일정에 차질이 생겼다고 흑호가 투덜거렸지만 무영이 고집을 부리니 하는 수 없이 따른 것이다. 하지만 막상 듀칸 일가, 특히 가하를 보자 흑풍과 흑호는 미친 듯이 좋아했다. 마치 그들의 아이를 본 것처럼 귀여워하는 것이다. 헤이아치가 젖을 먹일 때가 아니면 가하는 거의 그녀들의 품에서 놀았다.

이렇게 듀칸 일가까지 낀 일행은 보름간의 여행 끝에 백림에 도착했다. 거리에 닿기 전에 흑풍은 숲 속으로 들어가더니 황금 투구에 황금 갑주를 차려입고 나왔다. 가죽 장화에조차 황금 비늘이 달려 있었고 안에는 붉은 전복을 받쳐 입어서 옛이야기에 나오는 여장(女將) 같은 모습을 꾸미고 있는 것이다. 그런 모습으로 그녀는 흑풍단 무사들에게도 깨끗한 새 옷으로 갈아입도록 지시했다.

흑풍단 무사들이 길가에서 옷을 갈아입는 동안 무영은 흑풍을 바라보았다. 흑풍이 고개를 돌리고 있는 모습이 마치 일부러 시선을 외면하는 듯해서 이상한 느낌이었다.

잠시 후 다시 출발한 뒤에는 멈추지 않고 태양궁으로 행진해 들어갔다. 긴 여행에 초라한 행색이 되어버린 무영과 눈이 부실 정도로 화려한 복장의 흑풍이 말머리를 나란히 하고 지나가니 누가 누구를 호송해서 가는지 모를 지경이었다.

실제로는 무영이 흑풍의 이상한 행동에 대해 생각하느라 그런 것에는 무관심했고, 초라한 복장이건 어쨌건 그의 보석 눈만은 햇빛을 받아 신비로운 빛으로 번쩍여서 길가에 늘어서 있는 사람들에게는 전혀 한쪽으로 치우친다고 보이지 않았다. 게다가 흑풍단을 데려온 것은 결국 무영이 아니던가.

사람들의 수군거림은 이화태양종의 암적 존재이면서 동시에 영광의 나날들을 상기시켜 주는 흑풍단의 전설과 그들을 꺾어서, 혹은 회유해서 돌아옴으로써 새로운 전설이 된 무영에 대한 이야기로 분주했다.

거리 중도에 매소봉의 모습이 보이자 무영은 손짓해서 그녀를 불렀다. 그리고 짧게 듀칸 일가를 부탁한다는 말을 하고 다시 가려는 그의 말고삐를 매소봉이 잡았다.

"나 보고 싶었어?"

무영의 얼굴이 붉어졌다.

"나중에 말하자."

흑풍 무쌍도 171

매소봉은 여전히 고삐를 놓아주지 않았다.

"여기서 말해."

흑풍단 무사들이 키득거리기 시작했다. 무영이 고개를 끄덕였다.

"그래, 보고 싶었다."

매소봉은 기쁜 듯이 웃으며 고삐를 놓아주었다. 무영이 짐짓 태연한 척하며 정면에 시선을 고정시켰다. 흑풍이 물었다.

"네 여자?"

무영이 대답했다.

"그렇다."

그걸로 이야기는 끝이었지만 거리를 지나 태양궁의 정문이 보일 때가 되자 죽영을 비롯한 이화태양종의 중요 인사들이 대기해서 기다리고 있는 것을 발견할 수 있었다. 문득 흑풍이 무영에게 고개를 기울여 속삭였다.

"심부름꾼으로 죽영을 보냈으면 난 안 돌아왔을 거야. 저놈은 싫어."

무영이 대답했다.

"왜?"

흑풍이 말했다.

"속을 알 수 없어서. 무슨 생각을 하는지 알 수 없는 놈은 믿을 수 없어. 저런 놈을 심부름꾼으로 보냈으면 난 종사의 진심도 믿을 수 없었을 거야."

무영이 대답했다.

"난 믿는다는 거냐?"

흑풍이 말했다.

"물론."

그녀가 설명했다.

"구질구질하게 싸우는 놈들은 못 믿어. 하지만 사내답게, 전사답게 싸우는 자들은 믿지. 그게 강자니까."

결국 또 강자가 최고라는 논리였다.

노인이 그들을 맞아 걸어나왔다. 이화태양종 서열 오위, 마교혈맹록 서열 백칠십이위였고, 태양궁의 총관 직을 맡고 있어서 실질적으로는 이화태양종의 재무, 행정 등 실무를 다루고 있는 맹유(猛儒) 사도헌(司徒軒)이었다. 평소에는 유학자처럼 점잖지만 화가 나면 미친개처럼 된다는 소문이 있는 자였다. 그가 공손히 포권하며 그들을 맞았다.

"어서 오시오, 흑선봉(黑先鋒). 오랜만이오."

흑풍이 이화태양종에서 맡았던 직책이 선봉장이었기 때문에 그렇게 부르는 것인데, 선봉장은 원래 전쟁에서 가장 앞서 싸우는 사람을 뜻하는 것으로 한 사람에게 주어지는 호칭이 아니지만 이화태양종에서는 정해놓고 흑풍이 나섰으므로 그 이름으로 고정되어 버린 것이다.

흑풍이 고개를 끄덕이고 말에서 내렸다. 무영이 같이 내려서자 사도헌은 그에게도 말했다.

"먼 길 수고했네."

무영은 대답없이 고개만 끄덕였다. 사도헌이 약간 불쾌한 표정을 했다. 무영의 태도가 불손한 것으로 받아들여진 것이다. 나중에 한마디 꾸중이라도 해줘야겠다고 생각하는데 흑풍이 물었다.

"종사는?"

사도헌의 얼굴이 한층 더 불쾌감을 드러냈다. 그는 물론 뒤에 선 죽영을 비롯해 회심원주(回心院主), 호교원주(護敎院主), 금궁원주(禁宮院

土) 등 태양궁의 중요 인사들을 무시하고 종사부터 찾는 그녀가 못마땅했던 것이다. 거기에 덮여 무영에 대한 불쾌감은 까맣게 잊혀졌다. 그러나 흑풍은 예전에도 원래 이랬었던 것을 기억하고 성질을 누르며 그가 대답했다.

"이화전에서 기다리시네."

흑풍은 정문 앞에 대기하는 사람들을 지나쳐 가서 안으로 들어갔다. 그 뒤는 흑호만이 따랐다.

사도헌이 하는 수 없다는 듯 사람들에게 말했다.

"같이 들어가세."

사도헌을 비롯해서 기다리고 있던 인사들이 모두 궁으로 들어갔다. 무영 또한 그들을 따라 들어갔다. 혈영이 소리없이 눈으로만 아는 척을 했다. 무영은 가볍게 고개를 숙여 보였다.

흑풍이 마치 개선장군처럼 행동하고, 막상 공로를 세운 그는 반무시 당하고 있다는 것을 무영은 지금 생각조차 않고 있었다. 그의 전 신경은 죽영, 두심오에게 향하고 있기 때문이었다. 죽립에 가려진 저 얼굴은 지금 어떤 표정을 하고 있을까. 속으로는 무슨 생각을 하고 있을까. 우연인지, 아니면 의도적인지 그는 어느새 두심오와 나란히 걷고 있었다. 그러나 두심오는 아무 말도, 어떤 의사 표현도 해오지 않았다. 역시 무슨 생각을 하는지 알 수 없는 놈이었다.

이화전 앞에 제강산과 갈맹덕이 나와 있었다. 흑풍은 천천히 제강산 앞에 걸어가 무릎을 꿇었다. 그녀가 떨리는 목소리로 말했다.

"돌아왔습니다."

제강산이 잠시 그녀를 내려다보더니 어깨를 잡아 일으켰다.

"잘 왔다."

그것으로 인사는 끝이었다. 제강산은 모여든 사람들을 향해 말했다.

"전원 취의청에 대기하시오. 회의를 하겠소."

그는 다시 죽영을 비롯해 혈영과 월영, 마지막으로 무영을 보며 말했다.

"호교오영은 나를 따르라."

제강산의 뒤를 따라가며 무영은 흑풍의 얼굴을 흘깃 보았다. 그 검은 얼굴이 붉게 상기되어 있었다. 오는 내내 무영을 괴롭히던 의문 한 가지가 풀렸다.

제강산에 대한 흑풍의 충성심은 보통의 것이 아니었다. 흑풍은 제강산을 사랑하고 있었던 것이다.

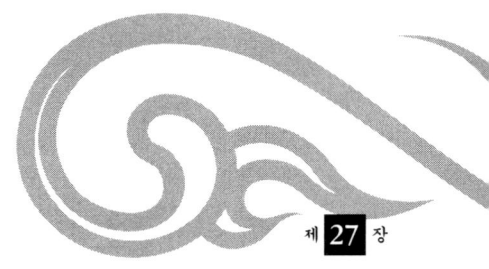

제27장
달단 광풍사

그는 이미 이름을 부르지 않고 적이라고 부르고 있었다
전쟁 직전의 살벌한 분위기가 좌중을 사로잡고 있었다

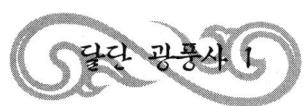

달단 광풍사 1

 마영이 빠진 호교오영은 제강산의 뒤를 따라 성전으로 들어갔다. 변함없이 타오르는 화염 앞에 선 제강산이 그들을 향해 물었다.
 "마영은 왜 없느냐?"
 무영이 움찔 놀라 제강산을 바라보았다. 그의 표정은 여느 때와 다름이 없어 생각을 짐작할 수 없었다.
 무어라 말해야 할까? 그가 죽였다고 해야 할까? 그러면서 죽영이 자기를 죽이려 했다고, 마영이 거기 합세해서 하는 수 없이 죽였다고 사실을 밝혀야 할까?
 증거를 대보라고 하면 어떻게 할까? 죽영에게 다친 상처 자국을 보이면 될까? 아니면…….
 그는 품속에 간직한 물건을 생각했다. 듀칸이 마영의 시체를―물론 마영인 줄도 모르고 한 일이었지만―뒤져서 가져온 물건 중 하나였다.

금붙이니 뭐니 하는 것에는 관심이 없었지만 특이한 물건이 하나 있어서 눈길을 끌었다. 검고 반짝반짝 빛나는 돌로 만든 작은 화살촉에 구멍을 뚫어 목에 걸 수 있게 한 일종의 목걸이였는데, 거기 작은 글씨가 새겨져 있었다. 더듬더듬 읽어보니 '광풍사(狂風沙)' 석 자였다. 뒷면에도 글자가 새겨져 있었는데 그건 '비(秘)' 자였다.

광풍사라면 그도 들어본 일이 있었다. 북해의 이화태양종을 견제하기 위해 삼면에 배치해 둔 세력 중 하나가 달단의 흑사광풍가, 그 원래의 이름이 광풍사라고 하지 않았던가. 이화태양종의 호교오영 중 하나인 마영이 왜 광풍사라는 이름이 새겨진 목걸이를 가지고 있었을까? 그것이 의문스러워 가져온 물건이었다. 그게 지금 그의 품속에 있는 것이다. 하지만 이것과 마영의 죽음에는 아무런 관련이 없다.

무영은 뭐라고 말을 꺼내야 좋을지 몰라 잠시 망설였다. 그때 죽영이 말했다.

"마영은 올 수 없었습니다."

그가 잠시 말을 끊었다가 천천히, 또박또박 말했다.

"제가 죽였습니다."

무영이 놀라 죽영을 쳐다보았다. 죽립에 가려진 얼굴이 지금 어떤 표정을 하고 있는지 알 수가 없었다. 할 수만 있다면 지금 죽영의 머리에 들어가 보고 싶었다.

제강산이 명령했다.

"죽립을 벗어라. 그리고 다시 말해라."

죽영이 죽립을 벗었다. 그는 한 치의 거짓도 없다는 맑은 눈으로, 그리고 태연한 표정으로 말했다.

"그는 배신자였습니다. 그래서 죽였습니다."

제강산이 물었다.

"그가 한 배신 행위는? 그리고 그 증거는?"

죽영이 소매 속에서 무언가를 꺼내어 제강산에게 바쳤다. 제강산이 그것을 살펴보는 사이 죽영이 말했다.

"광풍사의 신물입니다. 아시다시피 흑요석으로 만든 화살촉은 광풍사에서도 일급 이상의 인사들만이 가지고 있는 것입니다. 그걸 마영이 가지고 있었습니다."

제강산이 문제의 신물을 들어서 나머지 사람들에게 보여주었다. 검고 반짝반짝 빛나는 돌로 만든 작은 화살촉, 무영이 품속에 간직하고 있는 것과 같은 모양의 물건이었다.

죽영이 말했다.

"앞면에는 '광풍사', 뒷면에는 '비'라고 새겨져 있습니다. '비' 자는 비랑대(秘狼隊)의 앞 글자입니다. 비랑대, 즉 비밀 감찰 조직을 뜻합니다. 첩보와 감찰, 암살 등을 하는 자들이니 우리의 '금궁원'과 같은 역할을 합니다. 마영은 거기 포섭되었습니다."

제강산이 물었다.

"증거가 이것뿐인 것은 아니겠지?"

죽영이 당연하다는 듯 대답했다.

"그동안 포착한 증거들과 배신 사례들이 있습니다. 서류로 제출하도록 하겠습니다."

제강산이 손을 들어 제단 옆에 놓인 큰 상자 하나를 가리켰다. 손도 대지 않았는데 상자가 스르르 바닥을 미끄러져 와서 그들 앞에 멈추었다.

"열어봐라!"

호기심 강한 월영이 얼른 상자 뚜껑을 열었다. 그리고는 작은 소리로 비명을 지르며 물러났다. 상자 안에는 마영의 시체가 있었다.

제강산이 말했다.

"흑하에서 보내왔다."

죽영이 고개를 끄덕였다.

"예, 거기서 죽였습니다."

제강산은 아무 말도 않고 죽영을, 그리고 무영을 바라보았다. 감정이 담기지 않은 모호한 눈빛이었지만 무영은 그 눈빛이 가슴을 꿰뚫는 것 같다고 느꼈다.

제강산이 말했다.

"취의청으로 가자."

취의청은 성전에서 한 층 아래 지하에 있었다. 아무런 장식도 없는 사각형의 넓은 공간 한쪽 벽면에는 거대한 지도가 걸려 있고, 중앙에는 사각형의 긴 탁자가 있었다. 사람들은 의자에 앉아 있다가 제강산이 들어오자 일어났다.

제강산이 상석에 앉자 다른 사람들도 자리를 잡고 앉았다. 무영은 어디에 앉아야 좋을지 몰라 망설였다. 혈영이 그의 옆 자리를 가리켰다. 상석에 가까운 쪽이었다. 각자 앉을 자리가 정해져 있는 듯했다.

사실 그것은 이화태양종 내의 서열에 의한 배치였다. 제강산이 앉아 있는 탁자의 좁은 쪽 한끝을 상석으로 해서 길게 뻗은 탁자 왼쪽의 자리 아홉 개가 서열 십위까지의 자리였다. 그리고 그 맞은편의 아홉 개가 십일위부터 십구위까지의 자리, 제강산의 맞은편이 말석이라 할 서열 이십위의 자리인데 오늘은 갈맹덕이 그 자리를 차지했다. 그는 서열이 없는 사람이었기 때문이다.

서열 이십위까지의 사람들이 모두 모였다면 거기 갈맹덕까지 추가되어 자리가 하나 부족해야 할 텐데 자리는 남았다. 그것도 여러 개가 남았다.

서열 이위인 종리매는 무저갱에 갇혀 있다. 그래서 한 자리를 비워두고 세 번째 자리에 삼위인 두심오가 앉아 있었다. 그는 아까 벗어버린 죽립을 더 이상 쓰고 있지 않았으므로 맨얼굴을 드러내고 있었다. 그걸 이상하게 보는 사람이 없는 것으로 보아 다들 죽영이 두심오인 것을 아는 모양이었다.

사위는 흑풍인데, 오랫동안 그 자리는 비어 있다가 오늘 모처럼 주인을 맞았다. 흑갈색으로 빛나는 그녀의 얼굴이 황금빛 갑옷과 조화를 이루고, 그녀의 바로 앞 탁자에 놓인 황금 투구마저도 장식처럼 그녀를 꾸며주고 있었다.

문득 무영은 그녀가 몇 살이나 되었을까 생각했다. 마교 통일대전 당시에 이미 혁혁한 활약을 했다고 들었으니 적어도 마흔 이하는 아닐 것이다. 통일대전은 벌써 십칠 년 전에 일어난 일이니까. 그러나 그녀의 얼굴은 도저히 마흔으로는 보이지 않았다. 곤륜노의 얼굴을 보고 나이를 짐작한다는 것 자체가 어렵기도 하지만 피부의 팽팽함이나 주름 하나 없는 눈가 같은 것은 소녀의 그것과도 같았다.

오위는 사도헌이었다. 그는 강퍅한 얼굴에 염소수염을 기르고 있어서 유생이라기보다는 어느 초라한 객잔의 회계 정도로나 보이는 보잘것없는 몰골이었다. 하지만 서열 오위가 궁내의 역할만으로 주어지는 것이 아님을 생각하면 지닌 바 무공 또한 만만치 않으리라.

육위는 회심원주였다. 별호를 당곤(撞棍), 이름을 하리(何璃)라고 하는데 노인인데도 수염도 없이 반질반질한 얼굴이었다. 언뜻 보기에는 뽀얗게 분이라도 바른 듯한 모습이라 묘한 분위기를 풍겼다.

당곤이라는 건 항상 몽둥이를 휴대하고 못마땅한 일이라도 보이면 잘못한 사람을 때리고 다닌다고 해서 붙은 별호라고 했다. 형벌을 주재하는 자리에 있어서 붙은 별호이기도 할 것이다. 거기서 주로 사용하는 것이 몽둥이니까. 실제로도 곤법의 고수라고 했다.

칠위 자리는 비어 있었다. 원래는 지금 무저갱의 제왕으로 군림하고 있는 구자헌이 앉아 있어야 할 자리였다.

그리고 팔위가 무영, 구위가 혈영이었다. 입교 의식날 무영이 혈영을 이겼기 때문에 혈영이 구위로 밀려난 것이다.

이전까지 구위였다가 이젠 십위로 내려앉은 사람은 이화태양궁에서 가장 무서운 자라고 소문이 자자한 위인이었다. 광풍사의 비랑대와 비슷한 일을 하는, 즉 비밀 감찰 조직인 금궁원의 원주 직을 맡고 있는 그는 오십 대의 평범해 보이는 사내였다. 그저 평범한 중늙은이였다. 얼굴도, 기세도 특이한 곳이 없었다. 무인검(無刃劍)이라는 별호만 알려졌을 뿐 본명은 제강산 외에는 아무도, 어쩌면 제강산조차도 모른다는 소문이 있었다.

종리매가 앉아 있었어야 했을 빈자리의 맞은편 자리도 역시 비어 있었다. 원래는 귀영이 그 자리의 주인이었으나 무영에게 죽었고, 그 후 십위였던 마영이 한 칸 내려앉아 거기 앉았어야 정상이었겠지만 그 역시 죽었다. 그래서 십일위 자리는 공석이었다.

그 옆은 십이위를 유지한 월영의 자리였고, 다시 그 옆은 십삼위인 포교원주(布敎院主) 해시신루(海市蜃樓) 소방도(蘇方導)였다. 이름만 포교원주지 실제로는 북해의 각 파견대를 총괄하는 직책이었다.

십사위가 흑호였다. 그녀의 무공으로 봐서는 그보다는 높은 서열이어야 하는 것이 당연했지만 너무나 거칠어 야만적으로 보이기까지 하는 성질과 무식하다고 평가되는 머리 때문에 그 정도에 그쳤다는 이야기를 무영은 나중에야 듣게 되었다.

십오위는 무사들의 수련을 책임지는 연무원주(鍊武院主), 십육위는 무사들의 평소 생활과 근무를 통솔하는 호교원주, 십칠위는 호법단, 즉 황실로 치면 어림군(御臨軍)이라 할 고수들을 책임지고 있는 호법원주, 십팔위는 태양궁의 경비를 맡고 있는 호궁사자대(護宮使者隊)의 대주였다. 십구위의 자리는 비어 있고, 이십위의 자리 역시 주인이 안 와서 갈맹덕이 앉아 있는데 원래 거기 앉았어야 할 사람이 누구인지는 무영도 몰랐다.

그렇게 비어 있는 네 개의 자리와 열여섯 명의 사람이 모여 회의가 시작되었다.

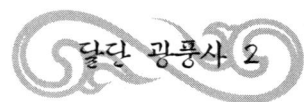

회의는 제강산의 방식대로 간단하고 단순하게, 돌리거나 외곽을 때리거나 하지 않고 사안에 직접 파고드는 방식으로 진행되었다. 그 첫 번째가 흑풍의 복귀와 재등용 문제였다.

제강산은 흑풍을 가리키며 말했다.

"오늘 흑풍이 돌아왔소. 나는 그녀를 받아들이기로 했소. 자리도 서열도 전과 동일하게. 이의있으면 말하시오."

다들 이의를 제기하지 않고 박수를 쳤다. 흑풍이 몸을 반쯤 일으켜 여러 사람을 향해 공수(拱手)했다. 얼굴이 조금 상기된 것 같아 보였다. 무영은 아까 보았던 그 얼굴을 다시 떠올리고, 그때 했던 생각을 다시 했다. 흑풍이 제강산을 사랑하는 것 같다고 본 것이 과연 옳았을까?

남자인 그로서는 자신이 누굴 좋아한다는 것만 느낄 뿐 타인이 다른 타인을—그게 바로 자신이라도—좋아하거나 사랑하는 것에 공감할 수는 없다. 단지 그러려니 하고 머리로 이해하는 정도였다. 그러니 흑풍이 제강산을 사랑하는가는 그럴 수도 있고, 안 그럴 수도 있는 일이었다. 그가 잘못 봤을 가능성은 충분히 있는 것이다.

운중룡에게 이른바 색공이라는 것을 배우긴 했고, 거기에 여자의 감정 변화를 파악하고, 유혹하는 요령이라는 것이 있긴 했지만 그는 아직도 그걸 제대로 수련했다고 생각하지 않았다. 그가 지금 아는 것은 진심만이 사람을 감동시킨다는 것뿐이었다. 그의 어떤 진심이 매소봉을 감동시켰고, 그게 매소봉이 그를 좋아하게 만든 것이 아닐까 하는 짐작에 의해 하게 된 생각이었다.

그래서 그는 자신이 흑풍의 감정을 제대로 파악했다고 생각하지 않았다. 그저 이번 일을 계기로 제강산을 인간으로, 남자로 다시 생각하게 되었다는 점이 재미있었다. 여태 그를 괴물로, 인간을 초월한 어떤 존재로 생각했지 한 번도 그를 서서 오줌 누는, 그와 같은 족속이라고는 생각해 보지 않았던 것이다.

그런 생각을 하는 사이 의제는 그 자신에 대한 것으로 옮겨지고 있었다. 제강산은 흑풍의 인사가 끝나기를 기다렸다가 무영을 가리키며 말했다.

"무영이 입교 의식 때 받은 과제를 잘 처리했소. 이것으로 그를 우리 이화태양종의 한 사람으로 받아들일 자격이 충분함을 인정받았다고 생각하오. 그를 서열 팔위로 인정하고 호교오영 중 하나로 정식 임명하오. 이의는?"

역시 박수가 터져 나왔다. 무영은 멍하니 앉아 있었다. 월영이 눈치를 주고 혈영이 옆구리를 찔렀다. 무영은 엉겁결에 일어나 이쪽저쪽을 향해 꾸벅꾸벅 절했다. 그리고 다시 앉았다.

제강산이 말했다.

"오늘 회의에서 가장 중요한 문제일 걸로 생각되오만, 역시 무영의 일이오. 그 부분은 갈맹덕 봉공께서 말씀해 주실 것이오. 혈맹록에 등재되는 일에 대한 것이오."

갈맹덕이 일어났다. 그는 주목을 끌기 위해서인지 헛기침을 몇 번 했지만 쓸데없는 일이었다. 마교혈맹록에 등재되는 문제에 대해서라면 여기 있는 그 누구도 초연하지 않았다. 그건 단순히 서열 문제가 아니라 마도천하에서 이화태양종의 위치, 성쇠와 존망에까지 확장되는 문제였으므로 충분히 주목할 만한 일인 것이다. 제강산의 말이 떨어지자 좌중의 시선은 갈맹덕에게 집중되었다.

갈맹덕이 말했다.

"총단에 올린 소청(訴請)에 대한 답장이 돌아왔소. 이미 사흘 전에 받았지만 그동안 무영이 돌아올 때까지 기다렸다가 오늘 공식적으로 발표하오."

그는 무영을 언급하면서 한번 인상을 찌푸렸다. 무영에게 쌓인 악감정이 그렇게 표현되는 것일 텐데 사람들은 그런 것보다는 '공식적으로 발표하오'라는 말 뒤에 숨은 의미를 생각했다. 즉, 제강산은 이미 알고 있는 내용일 것이다. 그리고 그게 모두가 기대하고, 혹은 이미 예상하고 있던 평범한 답변이 아닐 것이다. 그게 아니라면 회의까지 소집해서 발표하지 않았을 테니까. 더구나 과장을 싫어하는 제강산이 무심결에 '가장 중요한 문제'라고 수식을 붙여가며 언급하진 않았을 테니까.

무언가 파격이 있는 것은 당연한데 그 파격이 무엇인가가 흥미로운 것이다. 무영, 저 녀석은 등장할 때부터 돌풍을 일으키고 파격을 몰고 다닌 놈이니까. 그게 사람들의 관심거리였다.

갈맹덕이 두루마리 하나를 펼쳐서 읽었다.

"이화태양종 서열 팔위이자 마교혈맹록 서열 칠백팔십삼위 도전 자격자인 무영의 인정비무(認定比武)를 다음과 같이 지정한다. 북해빙백종(北海氷魄宗) 서열 칠위이자 마교혈맹록 서열 백오십위, 제삼설녀(第三雪女). 도전자는 양 종파의 구성원이 아닌 사람으로 혈맹록 서열 백위권 안의 인사 일 인을 참관인으로 해서 빙궁(氷宮)으로 가 비무를 벌이고 그 결과를 비무 당사자 이 인과 참관인까지 연명(連名)해서 보고할 것. 이상."

갈맹덕이 읽기를 마쳤지만 사람들은 잠시 그가 읽어준 구절들의 의미를 생각하느라 조용히 있었다. 저런 명령서는 한 구절 안에 인정, 혹은 허락하는 것과 그 대신 요구하는 것이 동시에 표현되어 있고, 그 요구는 조건이기도 하면서 명령이라서 반드시 이행되어야 하는 것이었다. 총단에서 무언가를 주면 반드시 그에 상응하는 대가를 요구하는 것이다.

사람들이 술렁거렸다. 무영에 관련된 일이 항상 그래 왔지만 이번에도 대단히 파격적인 일이 벌어졌다는 걸 뒤늦게 깨닫기 시작한 것이다.

'이화태양종 서열 팔위이자 마교혈맹록 서열 칠백팔십삼위 도전 자격자'라고 무영을 호칭한 것은 혈영을 이겨 서열 팔위를 차지한 것은 인정하지만 혈맹록 도전 서열은 그가 대신해야 하는 귀영의 서열을 인정한다는 것으로, 이건 언뜻 당연한 듯하지만 이화태양종 내부의 결정을 무시하고 있다는 것으로 받아들일 수도 있는 부분이었다. 그래도 이건 대충 넘어갈 수 있더라도 그 인정비무의 상대가 진짜 문제였다.

서열 백오십위의 사람과 싸우라고 하는 것은 무영의 도발이 있었고, 그에 대한 갈맹덕의 공갈도 있었으니 좀 과하게 높은 사람이긴 하지만 그럴 수도 있다고 이해할 수는 있었다. 그들 이화태양종 서열 오위인 사도헌도 겨우 백칠십이위일 뿐이라 지금 얼굴이 모욕감으로 인해 흑색으로 변해 있긴 해도 말이다. 하지만 북해빙백종이라니.

지금 그들이 지배하고 있는 북해에 뿌리를 두고 있는 종파는 사실 많지 않았다. 그중에서도 무림에 영향력이 있는 종파, 마도천하의 한 축이 된 종파가 북해빙궁이었다. 나중에 그들 동맹 종파들을 마교의 팔가십종으로 재편할 때도 굳이 지명을 종파 이름에 포함시킬 정도로 그들은 북해에 집착하고 있었다. 그런데 그런 북해빙백종, 빙궁의 무리들을 저 먼 남쪽 해남도(海南島)로 보내고, 원래는 신강을 중심으로 세력을 쌓아온 이화태양종에게 북해를 주었던 것이다.

이화태양종의 교도들도 이건 유배라며 화를 냈지만 뿌리를 박고 있던 지역에서 뽑혀져 나간 빙궁 사람들의 분노와 원한은 이루 말로 다 할 수 없었다. 대종사의 위세와 공포에 눌려 표현은 못하고 있지만 그러는 게 당연하다고 다들 공감하는 것이다. 게다가 그 분노와 원한의 상당 부분은 그들 이화태양종에게 돌려져 있다고도 했다. 자기들의 터전을 대신 차지하고 앉은 자들에 대한 분노일 것이다.

그들로서는 억울한 일이지만 자연 반감 또한 생겨나서 앙숙처럼 돼버렸던 것인데, 이번 일은 그 관계를 한층 더 복잡하게 만드는 일이 될 것이 뻔했다. 무슨 수를 써서라도 무영을 이기려 할 것도 뻔했고.

월영이 조심스럽게 물었다.

"그럼 해남도까지 가야 하나요?"

그녀의 얼굴에는 부러움이 깔려 있었다. 그 얼굴과 질문이 사람들에게 이 명령이 수반하는 다른 문제를 생각하게 했다.

명령대로라면 빙궁에 가서 비무를 해야 한다. 빙궁은 지금 해남도에 있다. 북해에서 해남도까지 가려면 그들이 떠나온 중원을 가로질러 남쪽 바다까지 가야 한다. 근 일 년은 넘어 걸릴 멋진 여행이 되지 않겠는가. 사람들 얼굴에 월영과 같은 부러움의 빛이 떠오를 때 갈맹덕이 말했다.

"명령서에는 '빙궁'이라고 명시되어 있소. 지금 '북해빙백종'은 해남도에 있지만 '빙궁'은 아직 북해에 있소. 아마도 그런 접근의 용이성 때문에 그렇게 상대를 지정한 총단의 배려도 있었을 것이오."

그는 다른 종이 한 장을 펼쳐 들고 장부를 확인하듯 보며 말했다.

"비무 상대로 지정된 그…… 제삼설녀는 현재 북해빙궁에서 신전을 지키는 무녀로 지내고 있다고 하오. 북해의 빙궁에 있다고 다시 한 번 강조되어 있구려. 그러니 무영은 해남도가 아니라 반대쪽으로 가야 하오. 저 북쪽으로."

그는 종이로 얼굴을 가리듯 하며 자리에 앉더니 사람들의 시선을 외면했다. 뒤이어질 사람들의 반응을 예상한 것이리라. 과연 사람들의 차가운, 혹은 분노로 뜨거워진 눈빛이 그에게 집중되었다.

빙궁이 북해에 있다는 것은 그들 이화태양종에게도, 북해빙백종에게도 골치 아픈 부분이었다. 그건 북해빙백종의 고집에 의해 그렇게 된 것인데, 그들에게는 빙궁이라는 존재가 단순히 '거처'라거나 '발원지' 정도가 아니라 '그들의 모든 것'이기 때문이었다. 이화태양종에게는 태양과 불이 숭배의 대상이니 어디든 태양이 있고 불씨가 있으면 그만이었다. 하지만 북해빙백종에게는 빙궁의 신전에 모셔져 있는 무엇인가가 그들의 숭배 대상이었다. '영원한 얼음의 결정', 혹은 정수라고 부르는 그것, 이른바 그들의 용어로 영세빙정(永世氷晶)이라고 하는 것이 그들의 신이고 상징이었다. 그걸 두고 다른 곳에 갈 수 없다는 그들의 고집이 이해가 안 되는 일은 아니었다. 남의 지배 영역 안에 그들의 정신적인 고향을 그대로 유지하고 있다는 것이 '빙궁'이라는 존재가 그들과 이화태양종에 함께 던져진 문제고, 의미였던 것이다.

그 빙궁으로 가서 비무를 하라는 것은 과연 어떤 의미를 갖는가. 당장 사람들은 서너 가지의 문제를 지적할 수 있었다. 그중에서도 가장 문제가 되는 것은 안 그래도 묘한 관계인 이화태양종과 북해빙백종 간의 갈등을 심화, 증폭시킬 수 있다는 것이었다. 하지만 두심오가 그보다 더 민감한 문제를 지적했다.

"총단에서는 우리가 중원에 나가는 게 매우 꺼려지시나 보군요."

사람들이 그 말에 정신이 맑아져 한층 미묘하고 민감한 문제를 생각하기 시작했다. 과연 무영이 해남도로 가기 위해 중원을 지나가야 한다면 그 수행원과 동행으로 많은 사람들을 붙여서 같이 나갈 수 있다. '타 종파의 영역을 침범하는 것을 금한다'고 하는 마교의 금제에 의해 개인 자격으로도 영역을 떠나 여행할 수 없는 것이 현실인 작금의 상황에서 대규모로 여행을 할 수 있다는 것은 여러 가지 의미가 있었다.

그 도정에 통과하는 각 종파의 상황을 탐문할 수 있다는 것이 첫 번째 이득이고, 여차하면 그중 수뇌부와 접촉해서 모종의 일을 꾸며볼 수도 있다는 것이 두 번째 이득이었다. 그런데 그게 열릴 뻔하다가 막혀버린 것이다. 두심오의 말대로 총단에서는 그게 꺼려져서 이번 명령을 내린 것인지도 모른다. 결국 영역을 못 떠나게 막아놓고 요청받은 일은 처리할 수 있는 방안으로 빙궁을 선택한 것이다.

갈맹덕이 다시 헛기침을 했다.

"총단에서 그런 걸 왜 꺼려하겠소."

누군가가 말했다.

"꺼려하는데 뭘."

누가 말했는지 보려고 갈맹덕이 두리번거렸다. 그러나 모두 시치미만 떼고 있었다. 갈맹덕은 코웃음을 치며 두루마리 하나를 더 꺼내 들었다.

"사실 이번 일을 계기로 총단 내에서도 서열 인정비무에 대해 논란이 있었던 모양이오. 그래서 지금까지처럼 관습적으로 해오던 방식을 정비하기로 결정하고 새로운 방식을 발표했소."

총단이 새로 결정한 방식이란 이랬다.

지금까지의 서열 인정 방식을 쓰면, 즉 공석이 날 때만 서열 이동이 이루어지는 방식으로는 최악의 경우 서열 이동을 하기 위해 의도적으로, 가령 암살을 한다거나 해서 공석을 만드는 경우도 있을 수 있고, 실제로 그런 일이 발생했다는 의혹도 있었다. 이것은 마도천하를 만든 공신들에게 심각한 위해가 되고, 새로 일어나는 신진 마두들에게는 갑갑함의 원인도 된다. 그러므로 서열 이동을 삼 년에 한 번 전면적으로 시행함으로써 이와 같은 불안의 씨앗을 없애겠다는 것이다.

사도헌이 물었다.

"서열 이동을 삼 년에 한 번 전면적으로 시행한다는 게 무슨 뜻이오?"

갈맹덕이 대답했다.

"말해 준 그대로요."

사도헌이 말했다.

"말해 준 그대로는 도저히 이해를 못하겠소."

갈맹덕이 답답하다는 듯 말했다.

"삼 년에 한 번 마도천하의 전 고수들이, 아, 이건 참가하고 싶은 사람들만 그렇다는 이야기요. 하여간 전 고수들이 모여서 비무대회를 벌이고, 거기서 서열을 결정한다는 이야기요. 즉, 서열 결정 비무대회가 열린다는 이야기지. 그리고 첫 시행은 앞으로 삼 년 후 원단(元旦)에 북경에서 열린다오. 준비 기간 및 이동 기간을 감안한 조치요."

말을 끝내고 사람들이 서로 물어보고 답해주며 의견을 나누는 사이 갈맹덕이 다시 말했다.

"아, 물론 서열 백위권 안은 예외요."

이화태양종 안에 마교혈맹록 서열 백위에 속하는 사람은 단둘밖에 없었다. 제강산과 종리매였다. 각 종파에서도 비슷했다. 각 종파의 종사들, 혹은 가주들이 백위 안에 드는 것은 당연하고, 그 외에는 문파의 성세에 따라 몇 명씩 더 있거나 없었다. 가령 이화태양종은 특급고수의 수가 많아서 강했던 것이 아니라 중견 고수가 많고, 그들이 하나같이 죽음을 두려워 않는 전사들이었기 때문에 강했으므로 백위 안에 둘밖에 없는 것이다.

그러나 북해빙백종의 경우에는 내부 서열 칠위인 자가 이화태양종 서열 오위 사도헌보다도 마교혈맹록 서열은 오히려 높은 데서도 알 수 있듯이 특급고수가 많았다. 무영의 상대자가 된 서열 칠위 바로 위, 즉 서열 일위에서 육위까지는 전원 마교혈맹록 백위권 안에 드는 고수들이었다.

백위권 안에 가장 많은 수를 보유하고 있는 것은 물론 총단이었다. 거기에는 근 오십 명 정도의 고수들이 득시글거리고 있었다. 그리고 마교혈맹록에는 이름을 올리지 않은, 또는 기회가 없어서 이름을 올리지 못한 고수들이 천마도에 우글거리고, 현재도 새로 키워지고 있다는 소문이 있었고, 그것이 천마도의 전설을 이루었다.

어쨌든 그것은 여기 모인 사람들의 관심사가 아니었다. 이 명령이 무영 개인에게 미치는 영향도 관심거리가 아니었다. 사람들의 관심은 이화태양종에 대한 총단의 견제로부터 시작되었다가 지금은 삼 년 후에 있을 서열 이동 비무대회로 집중되었다. 구체적으로 어떻게 진행될 것인지, 누가 나가야 하는 건지, 그리고 나가려 할 것인지.

제강산이 탁자를 두드렸다. 사람들이 조용해졌다. 그가 말했다.

"무영은 사흘 안에 빙궁으로 출발하라."

무영이 대답했다.

"그렇게 하겠다."

좌중에 불쾌한 기류가 잠깐 흘렀다. 무영의 말투는, 특히 제강산에 대해서까지 그러는 것은 다른 사람들로서는 좀처럼 적응할 수 없는 것이었다. 하지만 제강산도 용인하는 것을 어쩔 것인가.

해시신루 소방도가 헛기침을 하고는 말했다.

"이미 겨울로 접어들었고 북쪽으로 갈수록 점점 추워질 것입니다. 겨울 산맥을 넘으려면 한 달은 넘게 걸릴 텐데 거기서부턴 살인적인 추위를 견뎌야 합니다. 차라리 겨울을 보내고 날이 풀리면 가도록 하는 것이 어떻습니까?"

제강산이 말했다.

"날이 풀리면 거긴 못 가오, 헤엄이라도 치거나 날아가기 전에는. 빙궁에 걸어서 가고 싶으면 반드시 겨울에 가야 하오. 바다가 얼어붙어야 길이 열리기 때문에."

갈맹덕이 고개를 끄덕였다.

"딱 한 번 빙궁에 가본 적이 있소. 정말 사람 살 곳이 못 되더구려."

제강산이 말했다.

"갈 봉공께 부탁드리겠소."

갈맹덕이 물었다.

"뭘 말이오?"

제강산이 무영을 가리켰다.

"무영은 빙궁의 위치를 모르니 안내가 필요하지 않겠소. 마침 그 명령서에도 서열 백위권 안의 인사로 참관인을 대동하라고 명시되어 있으니 갈 봉공이 적합한가 하오."

갈맹덕의 얼굴이 파랗게 질렸다. 빙궁에 간다는 생각만으로도 추운 모양이었다. 그러나 제강산은 그가 항변할 기회를 주지 않았다.

"그럼 다음 문제로 넘어갑시다."

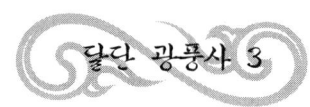

"심 원주!"

제강산이 호교원주 패도권천(覇刀捲天) 심학(沈鶴)을 불렀다. 심학은 학이라는 이름과는 달리 육십 대의 비대한 노인이었는데, 그 비대한 허리를 꺾으며 씩씩하게 대답했다.

"옙!"

"무사들을 써야 할 일이 온 것 같소."

"하명만 하십시오!"

당장이라도 칼을 뽑아 달려나갈 것 같은 기세였다. 학이라는 이름보다는 패도권천이라는 별호가 정확하게 그를 표현했다는 생각이 들게 하는 언행이었다.

무영은 빙궁이라는 곳이 어떤 곳인지, 이름 대신 제삼설녀라고 불리는 사람은 또 얼마나 강할지에 대해 생각하고 있다가 심학의 대답에 정신을 차리고 이야기에 집중했다. 호교원주라면 이화태양종의 군권을 쥐고 있는 자리로 알고 있었다. 물론 실제로 쥔 사람은 종사고 심학은 그 대리에 불과하지만. 그런 호교원주가 움직인다는 것은 전쟁을 뜻하는 것이다.

문득 무영은 흑풍을 처음 만났을 때 한 말을 기억했다. 그녀가 필요해 부르는 것은 싸움이 다시 시작될 때가 된 증거라고 하지 않았던가. 그 말대로 제강산은 무언가 큰 싸움을 시작하려고 하는지도 모른다. 전쟁 규모의 큰 싸움을. 무영은 아직 전쟁을 체험해 보지 않았기 때문에 그때의 양상은 소규모의 싸움과 어떻게 다를 것인지 궁금해했다. 마교통일대전 때는 어땠을까. 그걸 경험해 본 사람에게 물어보면 알 수 있을까?

제강산이 말했다.

"이미 알고 있겠지만 근래 접경 지역에서 소규모의 분쟁이 있었소."

갈맹덕이 처음 듣는다는 듯 눈을 크게 떴다.

"언제, 어디서 그런 일이 있었다는 거요? 난 금시초문인걸!"

그러면서 그가 쳐다본 것은 포교원주 해시신루 소방도와 금궁원주 무인검이었다. 둘 중 한쪽에서라도 보고가 있었어야 하지 않았느냐 하는 뜻이었다. 무인검은 못 본 척 외면하고 소방도가 호인처럼 웃으며 고개를 숙였다.

"사소한 일이라 생각하고 미처 말씀을 못 드렸습니다. 광풍사 도적 떼가 변경에 출몰하는 게 어제오늘 일도 아니고 해서……."

갈맹덕은 소방도의 호인 같은 얼굴에 속지 않았다. 해시신루라는 별호는 신기루를 뜻하는 것이다. 눈앞에 있는 것 같지만 다가가면 사라져 버리는 그 신기루처럼 소방도의 태도와 말은 모두 가장된 것이고 거짓이라는 것은 이화태양종에서 이미 유명한 일이었다. '그게 포교자의 올바른 자세'라는 농담도 떠돌고 있을 정도였다.

"광풍사를 말했던 거요? 그들이 변경에 출몰한다는 이야기는 나도 많이 들었지. 하지만 대체 북해와 달단의 경계라는 게 명확하기나 해야 말이지. 거긴 허허벌판에 사막 아닌가. 거기 어디 금 그어놓고 여기서부터 우리 땅이요 할 수 있단 말이오. 접경 침범이란 그야말로……."

마음만 먹으면 언제든 잡을 수 있는 트집이라는 이야기를 하려고 했던 것인데 제강산이 절묘하게 그 부분을 자르고 끼어들었다.

"이번에 유력한 증거가 나왔소."

그가 두심오를 향해 눈짓했다. 두심오가 재빨리 알아듣고 자리에서 일어나 취의청을 나갔다.

잠시 후 그는 마영의 시체가 담긴 상자를 들고 와서 취의청 한쪽에 놓았다.

제강산이 갈맹덕에게 말했다.

"마영의 시체요."

"마영의 시체? 그가 언제, 왜 죽었다는 거며, 광풍사 이야기를 하다가 갑자기 마영 이야기는 왜 하는 거요? 광풍사가 마영을 죽였다는 거요?"

혼란스러워하는 갈맹덕에게 제강산이 말했다.

"직접 가서 보시오. 그 뒤에 설명해 드리리다."

갈맹덕이 시체를 살펴보는 동안 무영은 좌중의 사람들이 서로 눈짓을 교환하는 것을 보았다. 특히 호교, 포교, 연무 등 이화태양종의 실무를 담당하는 사람들이 그러는 것을 보고 그는 심상치 않은 기미를 알아차렸다. 이들은 이미 마영의 죽음을 알고 있었던 것 같았다.

달단 광풍사

물론 그건 이상한 일이 아니다. 마영이 죽은 건 이미 몇 달 전이고, 시체가 발견되어 여기로 옮겨온 것도 꽤 됐을 것이다. 어떤 방식으로 시체를 처리해서 부패도 되지 않고 이렇게 온전히 보관되어 있는지는 모르지만 어딘가에 보관해 두고 면밀히 조사를 했을지도 모른다.

하지만 월영은 모르고 있지 않았던가. 보고 놀라지 않았던가. 죽영도 모르고 있었던 것 같았다. 그 자리에서 질문을 받고 대답하지 않았던가.

아니, 어쩌면 호교오영만 그걸 모르고 있었던 것인지도 모른다. 마영을 죽였다는 의혹을 받은 것이 그들 호교오영이었기 때문에 이번 일에 대해 감추고 있었을지도 모른다. 종사가 후계자인 죽영에게까지 그런 것을 감출 정도로 그를 믿지 못하고 있었던 것일까? 후계자를 따돌리고 실무를 담당하는 사람들과 무슨 음모를 꾸민 것일까? 저건 음모를 꾸민 자들만이 주고받는 눈짓이 아니었던가.

갈맹덕이 자리로 돌아갈 때 제강산이 아까 죽영에게 받은 화살촉을 넘겨주었다. 갈맹덕이 받으며 중얼거렸다.

"이건 또 뭐요?"

제강산이 말했다.

"아시는 물건일 텐데."

갈맹덕이 화살촉을 자세히 보더니 다시 넘겨주었다.

"광풍사의 신물이라는 정도는 알겠소. 하지만 그게 어쨌다는 거요?"

"마영의 품에서 발견된 거요."

간단히 대답하고 그는 죽영에게 설명하도록 지시했다.

두심오가 일어나 성전에서 제강산에게 했던 말을 반복했다. 갈맹덕의 표정이 굳어졌다. 두심오가 자리에 앉자 그는 엄숙하게 말했다.

"이건 중요한 도발 행위요. 총단에 보고해서 엄밀히 조사하고 단호한 조치를 내리도록 보고 올리겠소."

제강산이 손을 들어 그의 말을 막았다. 그는 할 말이 많이 남은 눈치였지만 억누를 수밖에 없었다. 오늘 이 일에 대해서 그는 아는 바가 없었고, 그래서 연달아 얻어맞은 셈이었기 때문에 위상이 많이 약화되어 있었던 것이다. 제강산이 말했다.

"총단에 보고해 주시오. 하지만 이렇게 도발을 당하고도 가만히 있을 이화태양종이 아니라는 것도 덧붙여 보고하시오. 나는 가만히 있지 않을 생각이기 때문이오."

갈맹덕이 급히 말했다.

"총단의 승인을 받지 않은 단독 행동은 용납되지 않소."

제강산이 말했다.

"총단까지 가는 데 석 달, 총단에서 보낸 사자가 조사하러 오는 데 석 달, 조사하려면 빨라도 석 달, 보고가 올라가는 데 석 달, 다시 조치가 취해지기까지 석 달."

그는 갈맹덕을 비웃듯 바라보며 말했다.

"나는 기다릴 수 없소."

그는 일어섰다. 좌중의 사람들이 동시에 일어섰다. 제강산이 입을 벌렸다.

"연무원주!"

"옙!"

연무원주의 대답도 호교원주처럼 씩씩하게 나왔다. 분위기가 그래서일 것이다. 제강산이 명령했다.

"무사들의 수련을 한층 강화하시오."

연무원주가 허리를 꺾었다.
"존명!"
"호교원주!"
"옙!"
"무사들을 달단 쪽으로 이동시키시오. 영역 보호에 필요한 최소 인원만 빼고 전원!"
"존명!"
"포교원주는 각지의 파견대에 경계를 강화하도록 주의를 주고, 금궁원주는 적의 정보를 모으시오. 이미 가지고 있는 정보는 취합해서 내게 제출하시오."
"존명!"
제강산은 이미 광풍사라 부르지 않고 적이라고 부르고 있었다. 전쟁 직전의 살벌한 분위기가 좌중을 사로잡고 있었다.
"흑풍!"
"예!"
흑풍이 눈을 반짝이며 대답했다. 제강산은 그녀에게 말했다.
"네겐 특별한 임무를 주겠다. 날 따르도록! 금궁원주도 동석하시오."
그는 좌중을 돌아보며 말했다.
"나머지 사람들은 평소의 일을 하되 언제라도 지시가 내려가면 따를 수 있도록 준비할 것."
그는 돌아서면서 말했다.
"회의 끝!"
제강산이 취의청을 나가고 흑풍과 흑호가 그 뒤를 따랐다. 금궁원주도 나가고 난 후 사람들은 한숨을 내쉬며 자리에 앉았다. 호교원주가 말했다.

"오랜만에 바빠지겠는걸. 늘그막에 이게 웬 고생이람."

그렇게 말하는 얼굴에는 기대에 벅찬 홍조가 떠올라 있었다.

탁자에 고개를 처박듯이 하고 앉은 갈맹덕이 중얼거렸다.

"이건 아니야. 이건 반드시 징벌을 받게 될 거야."

사람들이 그를 보다가 하나둘씩 일어나 취의청을 나갔다. 무영은 혈영과 월영 등과 함께 나가며 생각했다. 아니, 그는 확신했다. 적어도 제강산과 죽영은 짜고 하는 행동이었다. 이렇게 일사천리로 일을 진행하는 건 사전에 준비되지 않고는 가능하다고 생각되지 않았다. 마영의 죽음과 그에게서 나온 화살촉 이야기 등은 이미 두 사람 사이에, 어쩌면 월영과 그만 모르고 나머지 사람들은 다 알고 있었을 수도 있었다.

무영이 혈영에게 물었다.

"마영이 죽은 걸 알고 있었나?"

혈영이 고개를 저었다. 좋다. 혈영은 모르고 있었을 수도 있다. 종사의 명령만 따를 뿐 다른 일엔 관심이 없는 사람이니까.

무영이 이번엔 월영에게 물었다.

"당신은?"

월영이 대답했다.

"나 아까 놀란 것 못 봤어?"

그녀는 분한 듯이 입술을 씹었다.

"아유, 정말 나만 모르게."

그녀가 분한 이유는 따로 있었다. 최근 몇 달간 그녀는 갈맹덕에게 붙어 있었다. 그것도 종사의 명령으로. 무언가 기분을 맞춰줄 필요가 있어서 그런가 하고 열심히 늙은이와 놀아주고 있었더니 지금 생각해 보면 갈맹덕의 눈을 가려놓기 위한 공작이었던 것이다. 그 바람에 그녀도 세상 돌아가는 걸 모르고 있지 않았던가.

무영은 마침 죽영이 옆을 지나가는 것을 보았다. 그는 품속에 손을 넣어 화살촉을 꺼냈다. 그리고 죽영에게 다가가서 내밀었다.

"진짜는 이거다."

아직 죽립을 쓰지 않은 죽영이 그를 보며 묘한 미소를 지었다. 그는 화살촉을 받아 소매에 보관하고 죽립을 쓰며 말했다.

"아깐 잘했어, 꼬마. 입이 무겁다는 건 여러모로 좋은 일이지."

멀어져 가려 하는 죽영의 소매를 무영이 잡았다.

"대체 무슨 속셈이냐?"

죽영이 멈춰 섰다. 그는 불쾌한 듯 무영이 잡은 소매를 떨치고 작은 소리로 속삭였다.

"아까 성전에서 있었던 일은 내가 아니라 널 시험한 거라는 사실은 아냐? 마도천하에선 어떤 사실은 말에 따라 바뀌지. 내가 죽였다면 내가 죽인 거지 네가 죽인 건 아냐. 만약 네가 죽였다고 나섰으면 넌 더 이상 쓸모없는 놈이라는 걸 종사에게 보여준 셈이 되는 거야. 언제든 일을 망칠 위험한 놈이라는 걸 증명하는 거란 말이지. 한 목숨 건진 줄이나 알아."

그는 돌아설 듯하다가 다시 말했다.

"널 죽이고 싶은 건 진심이다. 아직은 그럴 때가 아니라 참을 뿐."

무영이 말했다.

"종사의 명령을 무시하고?"

그게 무영의 의문점이었다. 그를 죽이려 해놓고 아무 일도 없었다는 듯 여기 와서 그를 기다리는 그건 대체 무슨 꿍꿍이란 말인가. 죽영이 낮게 웃었다.
 "잊은 모양인데 네게도 약점은 있어. 내가 저 탄지신통 자국을 지우느라 얼마나 고생했는지 알았다면 넌 내게 아주 고마워했을 거다."
 그는 무영에게서 멀어져 갔다.
 월영이 다가와 물었다.
 "남자들끼리 뭘 속닥거린 거야?"
 무영은 고개를 젓고는 자리를 떠났다. 월영이 발을 굴렀다.
 "젠장, 왜 나만 따돌리는 거야!"

제 28 장
백림 태양궁

> 금광은 언젠가는 다 파내겠지
> 그 다음엔 뭘로 먹고 살 거야?

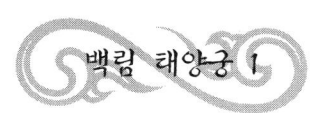

백림 태양궁 1

이화전을 빠져나가는 일단의 무리들이 있었다. 이화태양종을 움직이는 십여 명의 사람들이었다. 이들 중 누구라도 죽거나 빠진다면 이화태양종이 멈춰 버릴 거라는 이야기를 듣는, 말 그대로 이화태양종의 중추들이었다. 그중 한 사람이 다른 한 사람에게 다가갔다.

"할 말이 있다."

해시신루 소방도는 가늘게 뜬 눈으로 무영을 살펴보고는 희미하게 웃었다.

"우리 영웅께서 내게 무슨 할 말이 있으신가?"

무영이 입을 열려고 하자 소방도는 고개를 돌려 연무원주, 호교원주 등에게 인사를 했다.

"아, 먼저들 가시오. 난 볼일 좀 보고 가겠소."

그가 다시 무영에게 말했다.

"어디 이야기해 보게. 긴 이야기면 내 방으로 가든가."

무영이 말했다.

"흑하의 파견대장에 대해서다."

포교원주의 관할 업무이기 때문에 말을 건 것이다.

소방도가 손뼉을 쳤다.

"아, 그 이야기면 길어질 것 없겠군. 걱정 말게. 내가 잘 처리했네."

"어떻게?"

"우리 영웅께서 성격이 좀 거칠어 그랬으니 이해하고 푹 쉬었다가 다시 복귀하라고 위로의 말을 전해줬지. 그 친구도 마음이 넓은 편이니 별 원한 같은 것은 품고 있지 않을 걸세."

그는 웃으며 무영의 어깨를 두드렸다.

"하지만 자네도 손이 너무 매워. 다리를 꺾어놓다니. 하하."

무영은 소방도가 파견대장의 비리를 제대로 알고 있는 건지 의아해서 물었다.

"흑풍과 내통한 건 아나?"

소방도가 고개를 끄덕였다.

"진작부터 알고 있었지. 안 그러면 흑하의 안전을 보장할 수 없는데 어쩌겠나."

무영의 말문이 막혔다. 소방도가 덧붙여 말했다.

"약간의 비리, 인간적인 약점 같은 것은 사람인 이상 누구에게나 있고, 있어야 하는 걸세. 안 그러면 그 사람 빡빡해서 어떻게 부리고 모시나. 특히 아래로는 여러 수하들을 관리해야 하고 위로는 첩첩이 상관을 모셔야 하는 관리 체계에 있는 우리 같은 사람들에게 비리는 필수적인 거라네. 반듯한 사람에게야 비리는 나쁜 거고 약점은 고치려고 노력해야 하는 거고 하겠지만 알고 보면 그 반듯함과 청렴함이야말로 관리 체계에서는 독이고 해악인 걸 모르고 하는 소리지. 비리나 약점은 뭐랄까…… 인간관계의 윤활유인 셈이야."

그는 눈을 반쯤 뜨고 웃으며 무영의 앞에 엄지손가락과 검지를 붙였다 뗐다 하며 말을 맺었다.

"없어서는 안 될 중요한 것이지."

그는 하하 웃고는 다시 한 번 무영의 어깨를 두드렸다.

"자네도 곧 아주 높은 자리를 차지할 텐데 이런 걸 모르면 안 되지. 상사가 너무 엄격하면 수하들이 숨을 못 쉰다네. 그런 상사를 말로는 모두 존경한다고 할지 몰라도 실제로 따르는 사람은 별로 없거든. 수하를 제대로 부리려면 틈을 보여줘야 한다는 걸세."

무영이 물었다.

"진심이냐?"

소방도가 처음으로 굳은 표정이 되었다. 무영의 진지함이 위압적으로 받아들여진 모양이었다. 그러나 그는 곧 안색을 풀고 말했다.

"내게 진심과 거짓을 묻는 건 의미없다는 이야기도 못 들었나? 물론 진심이지. 난 정말로 그렇게 생각하고 있다네. 오늘 자네에게 귀중한 교훈을 하나 가르쳐 주지. 실제로는 어떻건 지휘자 된 사람은 수하에게 마음의 칠 푼만 보여줘야 하네. 아무리 아끼는 수하라고 해도 다 열어서 보여줬다간 언젠가 뒤통수를 맞게 되지."

무영이 말했다.

"종사는?"

소방도의 안색이 다시 한 번 굳어졌다. 그는 씁쓸한 표정으로 말했다.

백림 태양궁 211

"종사는 예외지. 하지만 종사처럼 말도 없고 약점도 보이지 않는 사람이 그런 위치에 올라가기까진 참으로 지난한 고통을 거쳐야 한다네. 아무나 흉내 낼 수 있는 것이 아니지."

그는 무영의 귀에 대고 속삭였다.

"구대흉신의 한 사람으로서 주는 교훈일세."

무영의 눈이 번뜩였다. 과연 이 사람도 종리매가 말해 준 명단 안에 있었다. 이 사람 역시 구대흉신의 한 명인 것이다.

소방도가 자세를 바로하고 말했다.

"더 물어볼 건 없나?"

무영이 말했다.

"연무원은 어디냐?"

연무원은 태양궁 한쪽 구석에 사각으로 구획된 넓은 공간이었다. 세 길은 될 듯한 높은 담 너머에서 밤낮으로 무사들이 수련하며 내지르는 소리들이 들려오는 곳이었다. 무영은 태양궁에 온 후로 한 번도 이곳에 온 일이 없었지만 오늘은 여기 볼일이 있었다.

마침 연무원주가 막 문을 통과해 들어가려고 하는 찰나였다. 무영이 급하게 걸어가 그 뒤를 따랐다. 문을 지키던 무사들이 가로막으려 하자 연무원주가 돌아보았다. 그는 손을 흔들어 무사들을 말리고 무영에게 들어오라고 했다. 무영이 다가가자 연무원주가 말했다.

"왜 이제야 왔나. 그동안 내가 얼마나 기다렸는지 아는가?"

무영이 잠시 숨을 고르고 있다가 그에게 말했다.

"당신도 구대흉신이지?"

연무원주가 말했다.

"당연하지."

그는 천천히 연무원 안으로 걸어 들어갔다. 연무원 담장 안쪽은 넓은 연무장이었다. 한쪽 벽면을 따라 몇 개의 숙소가 있는 것을 빼면 텅 빈 공간이나 다름없는데, 지금도 수십 명의 무사들이 권법을, 무기술을, 혹은 기공을 연마하고 있었다.

연무원주, 별호를 병기보(兵器譜)라 하고 이름을 장거(張鋸)라 하는 이 사람은 별호대로 병기의 특성과 사용법에 대해서는 모르는 게 없다고 했다. 어떤 기묘한 무기도 보여주기만 하면 그 내력과 특성, 사용 시 주의할 점, 그 무기를 사용하는 몇 가지 대표적인 방식 등을 풀어놓을 수 있다는 것이었다. 그래서 연무원주가 된 것인데, 지금 연무장을 가리키며 그가 말했다.

"구대흉신이 자네를 수련시킬 사부라고 하면 나만큼 적합한 사람이 어디 있겠나. 매일 이곳으로 나오게. 내가 알고 있는 모든 것을 가르쳐 줌세."

"필요없다."

장거가 돌아보았다.

"뭐라고 했나?"

무영이 그를 향해 또박또박 말했다.

"필요없다고 했다."

그는 돌아서서 연무원을 나왔다. 그는 단지 구대흉신의 나머지 사람이 누군지 궁금했을 뿐이다. 이미 충분히 배웠다. 알고 있는 것을 소화하기에도 벅찬데 다른 무언가를 더 배울 필요는 없었다. 적어도 이미 준비된 무언가를, 제강산이 주는 무언가를 배우기는 싫었다. 그렇게 해서는 언제까지라도 제강산을 넘어서지 못할 것이다.

그는 연무원을 나와서 잠시 망설였다. 그는 이미 여덟 명의 흉신을 알아냈다. 독귀탈혼 구자헌, 사의 소광정, 철우 공야장청, 적발귀 양웅, 색마 운중룡, 여제사장, 포교원주에 지금 연무원주까지 여덟 명이었다. 나머지 한 명은 누굴까? 종리매가 말해 준 이름에서 아직 구대흉신으로 밝혀지지 않은 사람은 네 명이었고, 오늘 다 보았다. 호교원주와 호법원주, 금궁원주, 그리고 호궁사자대장이었다.

어차피 그들에게서 무언가를 더 배우고 싶은 생각은 없었지만 마지막 한 명의 정체는 밝혀내고 싶었다. 그래서 그는 그들을 차례로 찾아가서 만났다. 호교원주는 그게 무슨 소리냐는 듯 멀뚱멀뚱 바라보았다. 아닌 모양이었다. 호법원주는 구대흉신이라는 게 대체 뭐냐고 꼬치꼬치 따지는 바람에 얼버무리느라 진땀을 뺐다. 더 찾아다닐 필요가 있을까 망설이다가 그는 마침 눈에 띈 호궁사자대장까지 만나보았다. 모르는 건 마찬가지였다.

금궁원주 하나만 남았다. 이때쯤 해서 무영은 이렇게 좋지도 않은 이름을 동네방네 떠들고 다니는 게 좋은 일일까 걱정하기 시작했다. 수뇌부는 다들 아는 공개된 비밀인 줄 알았더니 그도 아닌 모양이었다. 공연한 풍파만 일으킨 게 아닐까?

더구나 마지막 후보로 남은 금궁원주는 어쩐지 껄끄러운 사람이다. 무영은 망설이다가 그냥 집으로 돌아가기로 했다. 그런데 돌아가는 길가에 금궁원주가 서 있었다.

태양궁은 좁지도 않고, 설사 좁더라도 금궁원주를 길에서 마주친다는 것은 극히 가능성이 적은 일이다. 그는 볼일이 있는 사람 앞에만 나타난다고 했다.

무영은 금궁원주 앞에 가서 멈추었다. 금궁원주가 말했다.

"내가 왜 온 건지는 알겠지. 일차 경고일세. 구대흉신이라는 이름을 다시 꺼냈다간 그로 인해 발생하는 문제에 대한 전적인 책임을 져야 할 걸세."

돌아서려는 무인검에게 무영이 물었다.

"너도 구대흉신이냐?"

무인검이 우뚝 멈추었다. 그는 냉기를 넘어서서 한기까지 발산하는 눈으로 무영을 노려보았다.

"아닐세. 그리고 다시 한 번 내게 그 딴 말투를 썼다간 용서치 않겠어."

무영이 말했다.

"알았다."

무인검이 한 대 얻어맞은 사람처럼 꼿꼿이 서 있다가 한참 만에야 입을 벌렸다.

"선전 포고로 받아들이겠다."

그는 골목을 돌아서 사라져 가고 무영은 집으로 돌아왔다. 반년 만이었다.

무영의 머리에는 무인검의 위협이 주는 불길한 울림 같은 것은 남아 있지 않았다. 구대흉신 중 남은 한 사람이 누굴까 하는 궁금증뿐이었고, 그나마도 집에 오자 잊혀져 버렸다. 열렬히 환영하는 매소봉의 법석 때문이었다.

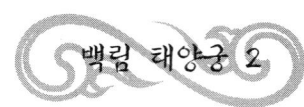

백림 태양궁 2

앓는 듯한 신음을 흘려보내던 매소봉이 갑자기 고함을 지르기 시작했다.

"나쁜 놈! 나쁜 놈! 나빠!"

무영은 동작을 멈추고 매소봉을 내려보며 물었다.

"왜?"

매소봉이 무영의 목을 휘감아 안았다.

"계속해. 빨리! 얼른!"

무영은 다시 허리를 움직였다. 매소봉의 앓는 듯한 신음이 다시 시작되었다. 중간중간 아픈 듯한 비명과 함께. 그러다가 다시 욕설을 내뱉기 시작했다. 무영의 목을 부러지도록 끌어안으며 욕설을 퍼붓는 것이다. 무영이 이번에는 멈추지 않았다. 매소봉이 흥분해 욕설을 퍼붓는 건 오늘이 처음이었지만 그런 유형의 여자도 있다는 것은 들어서 알고 있었다. 그는 엉덩이의 움직임에 기교를 더했다.

갑자기 매소봉이 숨넘어가는 듯한 신음을 내질렀다. 그녀의 팔에 힘이 들어가고, 양다리는 무영의 허리를 감고 조였다. 그녀의 몸 전체가 경련을 일으키고 있었다. 그래도 무영은 멈추지 않았다. 더욱 힘주어 매소봉의 안으로 파고들었다가 나오고 다시 파고들었다. 기교 같은 것은 이제 없었다. 그 또한 매소봉과 함께 절정으로 치달아가고 있었다.

정사가 처음이 아니고, 매소봉과의 정사 또한 처음이 아니었다. 집에 있는 동안은 매일같이, 하루에도 몇 번씩 나누었던 것이니까. 그것조차도 매소봉이 아파하기만 할 뿐 별로 좋아하지 않았기 때문에 자제한 것이었다. 한번 불이 붙은 소년의 정욕은 색마까지는 아니더라도 그 비슷한 수준까지는 올라가 버렸으니까.

그러나 그는 또한 운중룡에게 전수받은 색공의 도는 잊지 않고 있었다. 여자를 만족시키는 것이 힘만은 아니고 기교로만 되는 것도 아니다. 하지만 이왕이면 그게 있어서 나쁘지는 않은 법이고, 특히 삽입은 고문을 참아내듯 받아들이고 있는 매소봉이 상대고 보면 다른 여러 가지 방법으로 매소봉도 즐겁게 해주는 것이 사내의 도리라고 생각하는 무영의 색공 기교는 나날이 발전하고 있었던 것이다.

하지만 오늘 그는 매소봉이 절정에 도달하는 것을 같이 느끼고, 같이 흥분하며 절정에 도달했다. 무영의 몸도 경련을 일으켰다. 온몸의 힘이 한곳으로 빠져나가는 듯한 무력감, 그러나 기분만은 하늘을 떠다니는 듯한 황홀경에 접어들고 있었다.

두 사람은 꼭 껴안은 채 침상에 쓰러졌다. 한참이 지난 후 무영이 매소봉의 흐트러진 머리카락을 정리해 주며 말했다.

"이젠 안 아프냐?"

매소봉이 고개를 끄덕였다. 그녀의 얼굴은 발그레한 홍조가 떠올라 있었고, 입꼬리는 만족스럽게 올라가 있었다. 갑자기 그녀가 손가락으로 무영의 코를 퉁겼다.

"실패했잖아. 채음보양."

삼봉파의 색공비결에 의하면 같이 절정에 도달하는 것은 경계해야 할 일이었다. 그런데 오늘 같이 절정에 도달했으니 실패라는 뜻이었다. 무영은 고개를 저었다.

"그러고 싶지 않아."

어느 여자에게든 채음보양 같은 것을 하고 싶지는 않다는 게 무영의 심정이었다. 미노 운요우를 죽인 것만으로도 충분히 괴로웠던 것이다. 하물며 매소봉에게야.

매소봉은 만족스럽게 웃더니 침상에서 일어났다. 그녀는 옷을 주워 입으며 말했다.

"배고프지? 얼른 음식 차릴게."

그녀는 부끄러운 듯 얼굴을 붉히며 말했다.

"나도 참 나쁜 년이지. 먼 길 다녀온 낭군을 침상으로 먼저 끌어들이다니."

집에 오자마자 제일 먼저 한 일이 정사였다. 물론 처음부터 그런 생각은 아니었고, 반가운 김에 포옹했다가 입맞춤까지 하게 되고, 그러다 보니 둘 다 흥분해서 침상부터 찾게 된 것이었다. 덕분에 색공수련 동안에도 맛보지 못한 절정의 쾌감을 즐길 수 있게 되었다는 것은 좋은 일이었지만.

무영도 느릿느릿 일어나서 옷을 걸쳐 입었다.

매소봉이 방문을 열자 대청의 탁자에 월영이 기대어앉아 있는 것이

보았다. 월영이 입을 삐죽거렸다.

"대단하더군. 소리가 아주 죽여줬어."

매소봉이 혀를 내밀었다.

"남의 침실에서 나는 소리는 왜 엿듣고 그래."

월영이 벌컥 화를 냈다.

"듣고 싶어 들었니, 이년아! 귀를 막아도 들려오는데 어떻게 해!"

무영이 밖으로 나와 탁자에 앉았다.

"미안하다."

월영이 고개를 돌려 외면했다.

"미안은 무슨. 너희들끼리 재미나게 잘살면 됐지. 난 짐 싸서 나가야겠다. 흥!"

말끝에 붙은 냉랭한 코웃음 소리가 그녀의 기분을 말해 주고 있었다. 무영은 머리를 긁다가 말했다.

"술이나 하지."

매소봉이 날아갈 듯한 걸음으로 차려온 음식과 술이 탁자에 펼쳐졌다. 무영이 술병을 들어 월영에게 내밀었다. 월영은 여전히 냉랭한 표정으로 그를 외면하고 있었지만 술잔은 들었다. 투명한 화주(火酒)가 술잔에 가득 담겼다. 월영은 그것을 단번에 털어 넣었다.

무영이 월영에게 다시 한 잔을 권했다. 월영은 거절하지 않았다. 그리고 이번에는 술병을 뺏어 들더니 무영의 잔에 술을 따라주었다. 무영 역시 마셨다. 두 사람은 그렇게 술을 주고받으며 말없이 음식을 들었다.

매소봉이 준비한 음식을 모두 내오고 나서 자리에 앉았다. 그리고는 말했다.

"자기들끼리만 마시네. 나도 줘."

월영이 술병을 내밀었다.

"직접 따라 마셔!"

매소봉이 그녀를 향해 다시 혀를 내밀고는 술잔을 들어 무영에게 내밀며 말했다.

"한 잔 주시와요, 낭군님."

월영이 냉랭한 코웃음을 연속으로 터뜨렸다. 무영은 싱긋 웃으며 매소봉에게 술을 따랐다.

"이젠 친해질 때 아닌가?"

월영이 도끼눈을 뜨고 말했다.

"내가 이년이랑 왜 친해져?"

무영은 쓸쓸하게 웃고 말을 돌렸다.

"듀칸은?"

매소봉이 대답했다.

"태양궁 밖에 처소를 마련해 줬어."

무영이 다시 물었다.

"무슨 돈으로?"

매소봉이 대답했다.

"당신 녹봉이 있잖아. 입교 후부터 계속 받았는데, 제법 액수가 돼. 당신 지위 정도라면 녹봉도 꽤 된다고."

월영이 말했다.

"돈 많으면 너희들도 집 얻어서 나가! 왜 여기서 버티고 있니!"

매소봉이 어깨를 으쓱거렸다.

"불편한 점 없고, 돈 안 들고, 경비 따로 세울 것 없고, 이 좋은 곳을 왜 떠나?"

월영이 또 무어라 말하기 전에 매소봉이 화제를 돌렸다.

"근데 그 사람들 둘 다 여진족 같던데 왜 애가 까매?"

무영이 잠자코 생각하다가 말했다.

"그럴 이유 있다."

매소봉과 월영이 궁금한 듯 그의 입을 쳐다봤지만 무영은 술만 마셨다. 매소봉은 무영이 말해 주지 않을 눈치라 그냥 참는 듯했지만 월영은 참지 못했다. 그녀는 주먹으로 탁자를 내려치고 말했다.

"다들 왜 이렇게 비밀이 많아! 아, 거 정말 짜증나네! 비밀 많은 사람들이랑 못 살겠다. 나가 버려! 안 나가면 내가 나간다!"

무영은 쓸쓸하게 웃었다. 그는 하는 수 없이 무저갱에서부터 시작된 그들과의 인연을 이야기했다. 헤이아치가 몸을 팔아 알려준 열양신공과 임신, 흑하 인근에서 다시 만나 생명을 구원받기까지.

매소봉이 눈물을 글썽이며 말했다.

"그럼 그쪽이 오히려 은인인 셈이잖아. 더 좋은 집으로 구해줄 걸 잘못했네."

무영이 말했다.

"그건 됐다. 하지만 일할 걸 찾아줘야 한다."

월영이 말했다.

"양웅에게 데려가 봐. 그곳에서 써줄지도 모르지. 아니면 돈 벌 방법이라도 알려줄 거야."

양웅이 거명되자 다시 구대흉신 생각이 난 무영이 물었다.

"그 사람은 왜 중요한가?"

월영이 되물었다.

"그게 무슨 소리야?"

무영은 잠시 망설였다. 종리매가 구대흉신은 아마도 이화태양종을 떠받치는 아홉 개의 기둥일 가능성이 높다는 말을 한 걸 기억하고, 양웅이 과연 이화태양종에서 어떤 역할을 하는가 궁금해서 한 말인데 막상 그걸 설명하자니 구대흉신에 대한 것부터 다 털어놔야 하게 생겼다. 금궁원주 무인검의 경고 따위야 별로 두려워하지 않고 있었지만 월영에게까지 말해도 좋을 것인지는 망설이게 되는 것이다.

그러나 월영의 눈이 다시 도끼 형상으로 변해가자 무영은 말해 주기로 결심했다. 이왕 이곳저곳 알려놓은 바에야 한 명 더 안다고 대수랴.

"구대흉신이라는 게 있다."

무영의 설명이 이어지는 동안 월영은 귀를 기울여 들었고, 매소봉은 이미 아는 일이라 술만 홀짝였다. 월영의 표정이 점점 놀랍다는 쪽으로 변해가더니 나중엔 감탄사를 터뜨렸다.

"종사가 네게 뭔가 큰 걸 기대하나 봐. 이건 아주 총력으로 밀어주고 있는 거잖아. 쳇. 나는 부려먹기나 하고."

매소봉이 말했다.

"크게 부려먹으려고 크게 키워주는 거겠지. 그동안도 힘에 겨운 일만 맡아서 했는데, 나중엔 뭘 요구할지 생각하면 겁부터 나. 당장 빙궁의 일도 그렇고."

무영이 월영에게 물었다.

"나머지 한 명이 누굴까?"

월영이 피식 웃었다.

"다른 구대흉신에게 물어봐. 자기들끼린 알 것 아냐."

무영이 입을 벌렸다. 그렇게 간단한 방법이 있었던 것이다. 그는 고개를 끄덕였다. 내일이라도 당장 사의 소광정에게 찾아가서 물어볼 생각이었다.

"양웅은 말야, 이화태양종의 재정을 책임지고 있어."

월영이 말했다. 이야기를 하는 중에 이미 상당히 술을 마셔 그녀의 눈빛이 약간 풀려 있었다. 새 술병을 가지러 부엌을 오가는 매소봉의 걸음도 약간 비틀거리기 시작한 지 오래였다.

무영이 물었다.

"그건 호교원주의 일이다. 금도 있잖은가."

업무상 재정 문제는 호교원주의 책임 하에 있었다. 지금 이화태양종의 재정은 무저갱에서 나오는 황금에 거의 전적으로 의지하고 있으니 그걸 관리하는 호교원주가 이화태양종 재정의 책임자라고 할 수밖에 없었다. 그런데 월영은 양웅이 그렇다고 말하는 것이다.

월영은 비실비실 웃으며 무영의 이마를 손가락으로 찔렀다.

"바보 같으니. 영리한 줄 알았더니 멍청하구나."

술에 취해 의자에 늘어져 있던 매소봉이 중얼거렸다.

"야, 남의 낭군에게 멍청하다고 하지 마."

월영이 그녀에게 욕설을 뱉었다.

"넌 닥치고 자빠져 자, 이년아!"

매소봉이 무어라고 중얼거렸지만 그건 이미 알아들을 수 없는 소리에 불과했다. 그녀는 그걸 끝으로 잠들어 버렸다.

월영이 무영에게 말했다.

"양웅이 재정을 책임지고 있다는 건 말야, 금광을 제외한 북해의 산물 모두를 움직이고 있다는 걸 말하는 거야. 금광은 언젠가는 다 파내겠지. 그 다음엔 뭘로 먹고 살 거야? 북해에서 가장 많이 나오는 산물을 이용할 수밖에 없다고. 가죽이나 약초 같은 것들이지. 양웅이 포목점을 하면서 가죽도 같이 다루는 건 그것 때문이야. 뭐라더라…… 종사가 그에게 부탁했다는 게 있는데…… 아, 경세제민(經世濟民)을 할 방안을 만들어보라고 했다. 경세제민! 근데 그게 무슨 뜻이지?"

그녀는 혼자서 하하 웃더니 술을 반쯤은 흘리고 나머지 반은 마시고는 탁자에 잔을 팽개치듯 놓으며 고개를 처박았다. 정신을 잃었나 했더니 울고 있었던 모양이다. 그녀가 중얼거렸다.

"사람을 창녀 취급하고 말야! 내가 갈맹덕의 첩이야, 아님 기녀야!"

무영도 많이 마셨지만 정신은 멀쩡했기 때문에 그녀에게 물었다.

"무슨 일이냐?"

월영이 얼굴을 들었다. 눈물 콧물로 범벅이 된 얼굴이었다. 그녀는 손으로 코를 풀고는 그 손을 옷에 닦고 말했다.

"말 좀 들어봐."

그녀가 마영의 죽음과 갈맹덕의 눈을 가리는 일이 갖는 연관성에 대해서, 그리고 그 과정에서 창녀, 혹은 기녀처럼 대우받은 그녀의 손상된 자존심에 대해 푸념을 늘어놓았다. 마지막엔 흥분해서 탁자를 치며 말했다.

"내가 남자랑 좀 놀아. 그래! 나 원래 좀 그래! 하지만 좋아하지도 않는 작자랑은 나도 하기 싫어! 난 노는 여자일진 몰라도 창녀는 아냐!"

그녀는 취한 눈으로 무영을 바라보며 말했다.

"너도 나랑 한 번 할래? 줄까?"

그녀가 갑자기 옷을 홀렁홀렁 벗더니 젖가슴을 드러내었다.

"자, 만져 봐! 나이는 들었어도 아직은 탱탱하다구! 네 꼬마 계집애만 여자가 아냐!"

무영이 일어나 월영에게 다가갔다. 그녀는 취한 눈에 본능적인 흥미를 띠며 그를 바라보았다. 무영은 그녀가 벗어 던진 옷을 집어 그녀의 상체를 감싸주었다. 그는 다시 자리에 돌아와 앉았다. 그는 술잔을 채워서 월영에게 내밀었다.

"술이나 마셔."

그녀는 손을 내밀어 술잔을 잡았다. 그리고 단숨에 비워 버렸다. 무영 또한 술잔을 비웠다. 월영이 말했다.

"두심오가 널 죽이려 했지?"

무영이 고개를 끄덕였다. 월영은 웃었다.

"그러고도 남을 사람이야."

그녀는 무영에게 얼굴을 가까이 가져가더니 말했다.

"비밀을 말해 줄까?"

무영이 고개를 끄덕였다. 월영은 뭐가 그렇게 재미있는지 키득거리고 웃었다.

"두심오는 남자가 아냐."

그녀는 참지 못하고 소리 내어 웃었다. 무영은 고개를 갸웃거렸다. 멀쩡한 남자보고 남자가 아니라니? 그건 무슨 소린지 알 수가 없었다.

월영이 말했다.

"전에 한 번 나랑 해보려고 시도한 적이 있었어. 그게 안 서더라구. 겉은 멀쩡한 남잔데 그게 안 서!"

무영이 말했다.

"동자공을 익힌다고 했다."

월영이 손을 내밀어 무영의 **뺨**을 때렸다. 건드리려고 한 게 힘을 조절하지 못한 것으로 보였다. 월영이 말했다.

"바보자식, 동자공을 익히는 놈이 왜 나랑 하려고 했겠어."

무영이 잠시 생각하다가 말했다.

"고자?"

월영이 고개를 끄덕이다가 다시 흔들었다. 그 서슬에 그녀는 의자와 함께 넘어져 버렸다. 무영이 다가가서 부축해 일으켰다. 그녀는 탁자에 엎드리며 말했다.

"나도 처음엔 그건 줄 알았지. 근데 그게 아니더라구."

그녀가 고개를 치켜들고 무영을 정면으로 바라보며 말했다.

"두심오는 마음에 드는 남자애를 보면 죽여."

그녀가 히죽 웃었다.

"좋아하게 될까 봐."

그녀는 소리 내어 웃었다. 그 웃음은 곧 쓸쓸한 웃음으로 바뀌었다.

"세상에 간단한 사람은 없어. 모두 복잡하고 어렵게 살지. 나도, 너도, 우리 모두가."

무영은 술을 마셨다. 월영의 말은 충격적이었지만 대충 무슨 뜻인지는 알아들었다. 무저갱에도 여자를 살 돈이 없는 노예들은 남자끼리 하곤 했다. 소위 남색(男色), 혹은 비역질이라고 부르는 그것은 노예들끼리나 하는 것으로 받아들여졌다. 무영만 해도 그런 유혹도 받았고, 강제로 하려는 놈도 있었지만 때려눕혀 버리곤 했었으니까.

그런데 여자 대용으로 남자를 선택하는 게 아니라 애초에 남자를 즐기는 사람들도 있다는 것은 운중룡에게서 처음 들은 것이었다. 이해할 수 없는 일이었지만 그냥 그러려니 하고 넘어갔는데 두심오가 그렇다는 것이다.

만약 그랬다면 두심오로서는 치욕적인 일이라고 생각했을 것이다. 조금이라도 마음이 끌리는 사람을 죽인다는 건 심한 일이긴 했지만 이해할 수도 있을 것 같았다. 월영의 말대로 세상에 간단하고 단순한 사람은 없다. 두심오의 이해할 수 없는 성격과 태도의 한 부분을 들여다본 듯한 기분이었다.

월영이 그의 손목을 잡았다. 무영은 정신을 차리고 월영을 보았다. 그도 술이 꽤 된 모양이었다. 잠깐 정신을 놓은 듯했다.

월영이 말하고 있었다.

"정말 나랑 한 번 안 할래? 난 너랑 하고 싶어."

무영이 다시 술을 권했다.

"마셔."

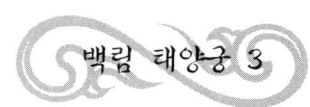

백림 태양궁 3

　두심오는 자신이 남색가(男色家)라고 전혀 생각하지 않았다. 남색을 한 일도, 그런 욕구를 느낀 적도 없었으니까. 그러니 만약 월영이 그런 말을 하고 있었던 걸 알았더라면 평소 아무리 괜찮은 여자라고 생각하고 있었다 해도 당장에 때려죽였을 것이다. 그는 단지 여자에게 욕정을 안 느낄 뿐이었다.
　선천적으로 그는 여자에게 무감동했다. 사랑이라고는 한 번도 느껴 본 적이 없었다. 태양신공을 완성한 이후 시험 삼아 여자랑 자보려고 했지만 되지 않았다. 오랫동안 같이 지내왔기 때문에 그나마 호감 비슷한 것을 가지고 있던 월영에게 다시 시험해 봤지만 역시 욕정이 생기지 않았다. 그건 두심오에게는 당연한 일이었다. 그와 같은 남자가 사랑하지도 않는 여자를 보고 욕정이 생길 리가 없다고 멋대로 생각하고 한 번 웃고는 잊어버렸던 것이다. 그 후로는 억지로 여자와 정사를 나누려고 한 적이 없었다.

　호감 가는 남자는 왜 죽이냐고? 천만의 말씀이었다. 월영이 그렇게 봤을지는 몰라도 그 자신은 보통 호감 가는 남자라고 남들이 말하는 자들에게 강렬한 적의를 느꼈다. 그 적의가 왜 시작되었는지를 따지고 들어가면 월영의 직감이 맞는지도 모른다. 그러나 그는 그런 걸 한 번도 그쪽으로 생각해 본 일이 없었다. 하고 싶으면 하고 하기 싫으면 않는다는 게 그가 살아가는 방식이었으니까. 대개의 일에는, 특히 그 자신의 욕구에 대해서는 이유를 묻지 않는 게 그였다.

　그가 변덕스럽고, 때로는 말도 안 되는 일들을 한다고 사람들이 그러는 것을 그도 잘 알고 있었다. 그건 그가 바라는 일이기도 했다. 그는 속을 알 수 없는 사람이라고 사람들이 생각해 주기를 바랬다. 윗사람이 아랫사람에게 속을 빤히 읽히는 것만큼 바보 같고 위험한 일도 없다고 생각하고 있기 때문이었다. 그는 언젠가 이화태양종의 종사가 될 테고—그건 의심할 여지가 없는 일이라고 그는 생각하고 있었다—제강산보다 더 잘해 나갈 자신이 있었다.

　한 가지는 확실했다. 그는 자신감에 넘치는 사람이고, 자기 자신을 그 무엇보다도 더 사랑하는 사람이었다. 또한 그는 자신이 한 말을 스스로 먼저 믿는 사람이기도 했다. 무영에게 한 말은 그 자신의 신조이기도 했던 것이다.

　하늘이 노랗다고 그가 말했다면 노란 것이다. 실수로 그렇게 말했다고 해도 그는 정말로 그렇게 믿을 것이다. 그렇게 말한 이유가 무의식 중에라도 반드시 있을 테니까. 잘못 말했다고 생각하느니 차라리 하늘이 노랄 수도 있는 이유에 대해 고민해야 한다는 게 그의 신조요 확신이었다.

힘이 받쳐 주지 않는 말은 공허하다. 그 자신이 누구보다도 더 그렇다고 생각하고 있었으므로 그는 꾸준히 자기 자신을 단련하고 수련했다. 오늘도 그랬다. 밤이 깊어가고 새벽이 다가올 때까지 열심히 신공을 수련하고 기예를 닦았다.

 그는 손을 둥글게 모으고 기를 집중하고 있었다. 그의 손은 파르스름하게 빛나고, 그 빛이 모여 작은 구를 형성하고 있었다. 이화태양종 최강의 신공인 이화태양강(離火太陽罡)을 만들고 있는 것이다. 오단계에 접어든 이화진기로는 좀 버겁긴 하지만 가능하지 않은 것은 아니었다. 하지만 그에게는 오늘이 처음이었다. 강기의 정화가 유형의 구로 떠오르고, 그 구가 좀 더 커져서 둥글게 모은 손을 감쌀 정도가 되면 그땐 발출할 수 있게 된다. 아직 그는 한 번도 그 정도까지 만들어본 적이 없었고, 그래서 오늘은 반드시 하려고 했다. 제강산이 옆에서 지켜보고 있었기 때문에 더욱 그랬다.

 하지만 오늘은 힘들 것 같았다. 구가 더 커지기는커녕 점점 작아지고 있었다. 전신의 기가 바다에 흘러드는 강물처럼 저 구를 만들고 유지하는 데에 빨려들고 있었다. 강물에는 지류가 있고 원천이 되는 샘이 있겠지만 그에게는 진기가 샘처럼 솟는 원천이 없었으므로 곧 진기의 고갈을 느끼게 되었다.

 '오늘도 안 되나?'

 두심오가 안간힘을 쓰며 버티다가 끝내는 포기하려고 할 때 명문혈로부터 진기가 흘러 들어왔다. 그의 손에서 시들어가던 청색의 광망이 급격히 확장되었다.

 "쏴 보내라!"

 제강산의 목소리가 귀에 들렸다. 두심오는 진기를 밀어내었다. 완벽

한 이화태양강이 그의 손을 떠나 정면의 암벽에 명중되었다. 암벽에는 둥근 구멍이 뚫리더니 그 구멍을 중심으로 균열이 퍼져 나가 이윽고 소리도 없이 가루가 되어 흩어졌다. 집채만큼이나 큰 암벽이 완전히 가루가 되어버린 것이다.

이런 놀라운 신위를 발휘하고도 두심오는 즐거워하지 않았다. 그는 묵묵히 걸어가서 수건을 들어 땀을 닦았다. 자기 힘으로 이룩하지 않은 성과는 그의 것이 아니다. 기뻐할 이유가 없다.

제강산이 말했다.

"처음이 힘들다. 한 번이라도 하고 나면 그 뒤는 쉬워질 것이다."

두심오의 표정이 다시 밝아졌다. 그는 금방 유쾌해져서 제강산에게 말했다.

"곧 혼자서도 할 수 있게 될 것입니다, 사부님."

제강산은 고개를 끄덕이고 자리에 가 앉았다. 창밖이 밝아오고 있었다. 제강산이 말했다.

"오늘 그곳으로 출발해라."

두심오가 확인했다.

"그곳입니까?"

제강산이 대답했다.

"그렇다. 그곳이다."

그는 잠시 침묵하다가 다시 말했다.

"이번 일에서 그곳이 얼마나 중요한 역할을 하게 될 것인지는 너도 잘 알 테니 더 강조하진 않겠다. 이번 일의 성패는 네 어깨에 달려 있다. 폐쇄적이고, 우리와는 생각하는 게 아주 다른 사람들이니 신중하게 처리하길 바란다."

두심오는 옷을 차려입고 공손히 손을 모았다.

"기대에 어긋나지 않도록 하겠습니다."

제강산이 말했다.

"무영에게서는 이제 손을 떼라. 그는 이제 네 자극이 필요없다."

두심오의 표정이 약간 변했다.

"벌써 그 정도가 됐다고 보셨습니까?"

제강산은 고개를 저었다.

"만족할 만한 수준은 아니다. 하지만 이번 빙궁행이 끝나면 그 정도가 될 것이다. 아니면 죽거나. 그러니 네가 더 신경 쓸 필요 없다는 뜻이다."

두심오는 여전히 불만스러운 듯했다.

"저는 사실……."

그가 말을 잇지 않자 제강산이 부드럽게 말했다.

"괜찮으니 그냥 말해라. 이 사부의 뜻에 불만이 있는 게구나."

두심오는 결심한 듯 고개를 끄덕였다.

"그 녀석을 너무 키워주는 게 아닌가 걱정입니다."

제강산이 희미하게 웃었다. 그에게만, 그가 사랑하는 제자 두심오에게만 간혹 보여주는 웃음이었다.

"너도 그런 과정을 거치지 않았느냐."

두심오도 희미하게 웃었다.

"지금 제가 하고 있는 역할을 과거 운중룡 대사형이 했었지요. 세월이 지나 그가 색공이나 가르치게 되리라고는 상상도 못했었습니다."

"그게 그놈의 한계였다."

제강산은 자리에서 일어나 서성거리며 말했다.

"지금 우리에겐 특급고수가 절실하게 필요하다. 너와 내 손만으로는 해결할 수 없는 일이 너무 많아. 그런 시점에 무영을 발견한 것은 더없는 행운이다. 급히 써먹기 위해 급하게 키운 면은 있지. 그건 그가 너무 클까 봐 두렵다기보다 크기도 전에 망가져 버릴까 봐 두려워했어야 할 일이고, 나는 실제로 그걸 두려워했었다. 이번에 빙궁에 보내는 것도 그런 면에서 걱정이 안 되는 것이 아니다."

그는 멈춰 서서 잠시 생각을 하다가 한숨을 내쉬었다.

"재능이든 운명이든 그것밖에 안 되면 하는 수 없는 일이겠지."

두심오는 문득 제강산의 눈가에 쓸쓸한 그림자가 스친 것을 본 듯한 기분이었다. 이거였다. 무영을 보면 문득 제강산을 생각하게 되고, 제강산이 무영을 생각하는 그 마음이 단순히 써먹을 만한 인재를 보는 이상이 아닐까 의심하는 이유가 이것이었다.

그는 한때 무영이 제강산의 아들이 아닐까 의심한 일도 있었다. 하지만 그가 알기로 제강산의 아들은 무영보다 나이가 일곱 살은 위고, 지금 현재 천마도에 인질로 끌려가 있었다. 대종사가 마교 십팔마왕 모두에게서 하나씩 받아둔 인질이었다. 그 이후로 제강산과 제사장 사이의 부부 관계는 다시 복구되지 않았고, 제강산에게는 달리 여자도 없었다. 아무리 연결을 지으려 해도 제강산과 핏줄로는 연결이 안 되는 것이다.

두심오가 말했다.

"무영이 익힌 정종 무공은 나중에라도 문제가 되지 않겠습니까?"

제강산이 고개를 저었다.

"상관없다. 조만간 정종 무공을 익혔건 마교 무공을 익혔건 상관없는 때가 온다."

그는 다시 한 번 희미하게 웃었다.

"정종의 그 많던 고수들, 그 많던 무공들이 어디로 갔겠느냐? 팔가 십종에서는 지난 십칠 년간 틀어박혀서 그것만 연구했을 것이다. 마공, 사공들이 가져올 부작용을 해소하기 위해서는 정종 무공밖에 없으니까 말이다."

그는 창밖을 바라보며 말을 맺었다.

"무영이 소림, 무당 무공의 정수를 간직하고 있는 것 역시 우리에겐 행운이다. 정종 무공의 정수는 역시 소림과 무당이니까."

머리가 깨지는 것 같았다. 오랜만에 느껴보는 숙취였다. 무영은 타오르는 입술과 방광의 고통을 못 이겨 잠에서 깨어났다. 답답하다 했더니 매소봉의 팔이 그의 목을 감싸 누르고 있었다. 다리는 허벅지에 얽혀 있었다. 무영은 그 팔을 치우다가 깜짝 놀랐다. 매소봉이 아니라 월영의 팔이었다. 다리 역시 그랬다.

무영은 침상에 일어나 앉았다. 매소봉은 침상 아래 굴러 떨어져 손으로 어깨를 감싸고 떨면서 자고 있고, 월영이 벌거벗은 채 그를 부둥켜안고 있었다. 무영은 머리를 움켜쥐고 어젯밤 생긴 일을 기억해 내려고 했다.

늘어진 월영을 그녀의 방에 안고 가서 눕히고, 매소봉도 방에 안고 와 침상에 같이 누운 것까지는 기억이 났다. 그 후에 무슨 일이 일어난 것일까?

한참을 생각했지만 아무것도 기억나지 않았다. 그는 혹시나 하고 입은 옷을 점검했다. 약간 흐트러져 있긴 했지만 벗겨지진 않았다. 특히 바지는 멀쩡했다. 끈이 조금 풀리다 말았을 뿐이었다. 이건 아무래도 월영의 짓인 듯했다. 그가 잠든 후에 와서 옷을 벗기다가 지쳐 잠든 게 아닐까.

그는 어이가 없어서 월영을 노려보았다. 중년의 풍만한 몸매가 그의 눈앞에 펼쳐져 있었다. 무영은 씁쓸하게 한번 웃고는 이불을 끌어다 덮어주었다. 그리고 침상을 내려와 매소봉을 안아 월영 옆에 눕혔다. 그녀는 가볍게 신음하며 월영의 목을 끌어안았다. 월영 역시 잠결에 매소봉을 안았다. 둘은 그렇게 사이좋게 잠에 빠졌다.

무영은 피식 웃고는 이불을 끌어다가 매소봉까지 덮어주고 밖으로 나왔다. 뜰에 있는 모방(茅房:변소)에 갔다가 나와서 우물가로 가다가 그는 의외의 사람을 발견했다. 듀칸이 마당을 쓸고 있었던 것이다.

"아침부터 웬일이냐?"

듀칸이 꾸벅 절했다.

"집까지 구해주셨는데 보답할 길은 달리 없고, 청소라도 하려고 왔습니다."

"그럴 필요가……."

무영은 말을 멈추었다. 집 안에서 여자의 고함 소리가 들려오고 있었다. 왜 여기 있는 거야. 무슨 짓을 한 거야. 등등의 고함 소리였다. 매소봉과 월영이 깬 모양이었다.

무영은 얼른 우물가에서 물을 퍼 세수를 하고 소매로 대충 물기를 훔치며 듀칸에게 말했다.

"네 집으로 가자."

듀칸과 함께 걷다가 무영은 방향을 틀어 사의 소광정에게 들렀다. 어제 월영이 한 말을 기억해 내고 구대흉신의 마지막 한 사람에 대해 물어보려는 것이었는데, 소광정은 말해 줄 수 없다고 딱 잡아뗐다.

"네가 몰라야 효과가 있는 사람이야. 그 말밖엔 할 수 없어. 알면 더 이상 구대흉신이 아니게 되는 사람이지."

그런 수수께끼 같은 말을 지껄이고는 더 이상 말하려 하지 않는 것이다. 무영은 위협을 해볼까도 생각했지만 별로 효과가 없을 것 같았다. 그동안 그렇게 많은 은혜를 입어놓고 제대로 위협할 수 있을 리도 없고, 위협한다고 해서 말할 것 같지도 않았다.

소광정의 거처를 나오며 그는 답답해했다. 무공을 익히는 건 노력과 끈기로 어떻게 해결되지만 이런 류의 일에 대해서는 방법이 없는 것이다. 그는 문득 무저갱의 홍진보가 그리워졌다. 만약 그라면 몇 가지 단서만으로도 그럴듯한 해답을 내려줄 수 있었을 것이다. 태양궁의 이런 저런 일들에 대해 금방 파악해서 시원한 그림을 그려주었을 것이다. 최소한 근사치에 가까운 추측이라도 할 수 있었을 텐데 지금 여기 없으니 다 소용없는 생각이었다.

언젠가 그를 데리고 나오리라 결심을 굳히며 그는 듀칸의 안내를 받아 태양궁을 나섰다. 백림의 거리를 지나 변두리의 수수한 통나무 집에 도착했다. 거기가 듀칸의 집이었다.

정방형의 사각형으로 이루어진 집은 문을 열고 들어서면 마당이 있고, 그 마당을 둘러싸고 세 채의 집이 지어져 있으며 처음 들어선 문 옆으로는 외양간과 창고가 있는 그런 형태의 집이었다. 긴 겨울 동안 집 안에서 모든 일을 처리할 수 있도록 만들어진 구조인 것이다.

그 마당 한쪽에 한 사내가 앉아 있었다. 작은 키였지만 단단한 체구, 사각형의 얼굴이 성실해 보이는 인상이었다. 듀칸이 물었다.

"누구십니까?"

사내가 대답했다.

"맹룡(猛龍)이라 하네. 두목을 모시고 왔지."

그가 가리킨 방 안에서 여자들의 웃음소리가 새어 나오고 있었다. 듀칸이 고개를 끄덕였다.

"아, 흑풍 어르신의……."

맹룡이라 자신을 밝힌 사내가 무영을 훑어보더니 물었다.

"무영?"

무영이 대답했다.

"그렇다."

맹룡이 말했다.

"내가 없는 사이 우리 애들을 여럿 손보셨더구려. 언제 한번 붙어봅시다."

무영이 대답했다.

"원한다면 언제든지."

맹룡이 말했다.

"오늘 당장 하고 싶지만 그건 안 되겠소. 곧 출동해야 하거든. 나중에, 돌아온 뒤에 찾아뵙겠소."

무영이 고개를 끄덕였다. 그는 방문을 열고 들여다보았다. 예상대로 흑풍과 흑호가 가하를 어르고 있었고, 헤이아치는 걱정스럽게 바라보고 있었다. 헤이아치가 무영을 보고 얼른 일어나 인사했다.

"오셨어요, 주인님."

흑풍이 무영에게 소리쳤다.

"얼른 문 닫아. 바람 들어와!"

무영은 문을 닫고 물러났다. 그는 맹룡에게 물었다.

"어디로 출동하나?"

맹룡이 간단하게 대답했다.

"기밀 사항이오."

무영은 고개를 끄덕이고 듀칸에게 말했다.

"일자리를 구하러 가자."

듀칸과 함께 집을 나서려다 문득 한 생각을 떠올리고 멈춰 서 맹룡에게 하나 더 물었다.

"너는 몇 위냐?"

흑호가 서열 십사위니 만만치 않아 보이는 이 사내도 제법 될 거라고 생각했던 것이다. 과연 맹룡의 서열도 제법 높았다.

"십구위요. 어젠 먼 곳에서 달려오느라 회의에 참석 못했소."

무영은 듀칸과 함께 집을 나섰다. 흑풍단에는 서열 이십위권에 세 명이나 있는 셈이었다. 그러니 이화태양종 최강의 세력이라는 말을 듣기도 하는 것이리라. 그 셋이 하나나 다름없이 뭉쳐진 셋이라면 더욱 그랬다.

그런 생각을 하며 거리를 다시 가로질러 포목점으로 향했다. 적발귀 양웅은 언제나 그렇듯이 바쁘게 움직이다가 무영을 보고 멈춰 섰다. 그가 이상하다는 듯 눈을 크게 뜨고 있는 것을 보고 무영이 물었다.

"왜?"

양웅이 무영을, 정확하게는 무영의 머리카락을 가리키며 말했다.

"검어졌네?"

무영의 머리카락은 원래의 윤기 흐르는 흑색을 되찾은 채였다.

무영은 머리카락을 만지며 말했다.

"그런가?"

"그렇네."

"그런가 보지."

무영은 아무 일도 아니라는 듯 담담히 말하고 듀칸을 소개했다.

"오늘은 이 사람 때문에 왔다."

양웅은 듀칸은 거들떠보지도 않고 뒤를 향해 소리쳤다.

"여기 거울 좀 가져와!"

아무래도 이상한 모양이었다. 그에게는 무영의 머리카락이 검어진 문제는 무영처럼 그런가 보지 한마디로 넘어갈 사안이 아닌 것이다. 무영은 이 문제를 해결하지 않고는 대화가 가능할 것 같지 않아서 잠자코 기다렸다.

듀칸이 말했다.

"음…… 주인님의 머리는 그때 검어졌습니다. 제가 봤지요."

양웅이 물었다.

"언제?"

듀칸이 잠시 말을 고르다가 대답했다.

"나무 아래에서 한 달 반간 참선을 하실 때요. 그걸 하기 전에는 녹색이 물들어 있었는데 끝나고 나서 보니까 그냥 새까매지셨더군요. 당시엔 이런저런 일이 많아서 머리 색깔 이야기는 꺼내지도 못했습니다만."

양웅이 무영을 향해 물었다.

"언제 나무 아래에서 참선을 했다는 건가? 몸 상태는 어때? 구현기는? 설마 완성한 것은 아니겠지? 난 벌써 삼십 년째 녹색 머리로 있는데 자네가 한 달 반간 참선한 걸로 그걸 성취한 것은 아니겠지?"

무영은 잠시 망설였다. 무엇으로 구현기의 성취도를 시험해 볼 수 있을까? 그가 배운 것은 호심과 정심, 은신의 세 가지였다. 호심은 생명력을 높이고 정심은 정신력을 높여준다. 이건 겉으로 드러나는 것이 아니었다. 은신은 그나마 시험해 볼 수 있는 것이긴 했지만……. 마침 염색일 하던 여인이 구리 거울을 가져오고 있었다. 양웅이 그 거울을 받는 사이에 무영은 몸을 숨겼다. 공간에 틈을 만들고 거기 스며드는 듯한 모습이었다.

듀칸의 눈이 믿을 수 없는 일을 보았다는 듯 커졌다. 거울을 받아 든 양웅이 무영을 향해 얼굴을 돌리고 말했다.

"보게, 자네 머리카락이……!"

무영이 없었다. 양웅은 두리번거리다가 듀칸에게 물었다.

"이 사람 어디 갔나?"

듀칸이 고개를 저었다. 화등잔처럼 커진 눈을 그대로 하고.

"모르겠습니다. 갑자기 사라지셨어요."

양웅이 인상을 썼다.

"사람이 허깨빈가? 갑자기 사라지게."

문득 그는 듀칸처럼 눈을 크게 떴다. 마당 한구석이 아지랑이라도 낀 것처럼 흔들리더니 무영이 나타난 것이다.

"설마, 설마……!"

무영이 물었다.

"정말 안 보였나?"

양웅의 몸이 천천히 뒤로 기울었다. 썩은 고목이 넘어가듯이 그렇게 쓰러진 양웅은 잠시 후에 마당가의 긴 의자에 눕혀져서야 정신을 차리고, 정신을 차리자마자 앓는 소리를 냈다.

"에고, 누구는 몇십 년을 피땀 흘리며 고련했는데도 바닥을 기고 있는데, 어떤 놈은 한두 달 만에 뚝딱 익혀 버리고 그게 뭐 그리 대단하냐는 소리나 하고 있으니 내가 미친다, 정말."

무영이 말했다.

"그런 말 안 했다."

양웅이 벌떡 일어나며 고함을 질렀다.

"한 거나 다름없어!"

그는 다시 이마를 잡고 뒤로 넘어갔다. 입에서 앓는 소리가 나왔다. 무영은 잠시 이맛살을 찌푸리고 있다가 말했다.

"나중에 다시 오겠다."

양웅이 다시 벌떡 일어났다.

"오지 마! 말할 것 있으면 그냥 오늘 다 하고 가! 내일부턴 얼굴도 내밀지 마!"

무영이 듀칸을 가리켰다.

"이 사람이 할 일을 찾아내라."

양웅이 투덜거렸다.

"찾아내라? 너 같으면 그런 식으로 말하는데 찾아주고 싶겠냐?"

무영이 잠시 망설이다가 한마디 덧붙였다.

"부탁한다."

양웅이 묘하다는 눈빛으로 무영을 잠시 보다가 듀칸에게 시선을 돌렸다.

"이 녀석이랑 무슨 관계냐?"

듀칸이 말했다.

"제가 큰 은혜를 입었습니다. 모시는 주인님이기도 하고요."

무영이 끼어들었다.

"은혜는 내가 입었다."

양웅이 시끄럽다는 듯 손을 젓고는 다시 듀칸에게 말했다.
"여진족 같은데?"
"그렇습니다."
"어디 출신인가?"
"요동 쪽이었습니다."
"요동 쪽이라… 발해(渤海)?"
"그렇습니다."
"흠, 사냥은 당연히 잘하겠고?"
"남 못지않게는 합니다."
"무공도 배웠나? 중원 무공?"
"무저갱에서 조금 배웠습니다."
양웅이 무저갱 소리에 잠깐 인상을 쓰더니 곧 고개를 끄덕였다.
"제법 쓸 만하겠군. 좋아. 나랑 잠깐 이야기 좀 더 하세."
그는 무영을 향해 말했다.
"이 친구는 내가 맡을 테니 가봐."
무영은 고개를 끄덕이고 자리를 뜨다가 다시 돌아와서 말했다.
"위험한 일 시키면 안 돼. 아내와 애가 있다."
양웅이 인상을 썼다.
"다른 사람들도 그래. 맡겼으면 걱정 말고 그냥 가봐."

집에 돌아오자 매소봉과 월영이 대청에 앉아 있는 것을 볼 수 있었다. 서로 외면하고 있는 사이로 싸늘한 냉기가 흘렀다. 무영을 보자 매소봉이 벌떡 일어났다.
"어디 갔었어? 아침에 무슨 일이 있었는지 알아? 아, 글쎄 이 여자가!"

무영이 손을 들어 입을 막았다.

"취해서 내가 거기 재웠다. 아무 일도 아니니 떠들지 마라."

매소봉의 기세가 수그러들었다.

"아, 그런 거였어? 그랬구나. 근데 당신은 어디서 잤어? 일어나니 안 보여서 걱정했잖아."

무영이 말했다.

"듀칸의 일 때문에."

그는 탁자에 앉아 월영을 보았다. 숙취로 일그러진 얼굴을 하고 있는 월영이 그를 힐끔 보며 말했다.

"내가 어제 무슨 말실수라도 하지 않았어?"

무영이 고개를 저었다. 월영이 중얼거렸다.

"그럼 다행이고. 애고, 머리 아파. 근데 어제 뭔가 말을 많이 한 것 같았는데."

그녀는 무영을 향해 진지하게 말했다.

"혹시 내가 무슨 말을 했더라도 다 잊어버려 줘."

무영이 고개를 끄덕였다.

"다 잊었다."

월영의 눈이 번쩍였다.

"내가 뭔가 말을 하긴 했군. 뭐야? 내가 무슨 말을 했어? 뭔가 실수했지? 얼른 불어!"

말 않으면 목이라도 조를 것 같은 분위기였다. 무영이 말했다.

"다 잊었다."

월영이 그를 노려보더니 일어나 방으로 걸어갔다. 그러다가 다시 돌아와서 이번에는 애절하게 호소하듯 말했다.

"정말 잊어줘. 종사에 대한 말도, 죽영에 대한 말도."

잊은 것처럼 말했지만 사실은 다 기억하고 있었던 것이다. 무영은 고개를 저었다.

"무슨 말 하는지 모르겠다. 난 다 잊었다."

월영이 고맙다는 빛으로 바라보다가 갑자기 부엌으로 달려갔다.

"다들 아침 안 먹었지? 술 마신 다음날 먹을 만한 걸 만들어주지. 이것만 먹으면 속이 편해질 거야."

매소봉이 눈을 동그랗게 뜨고 바라보다가 무영에게 속삭였다.

"당신 능력있다. 이걸로 한동안은 부려먹을 수 있겠어. 근데 월영이 무슨 말을 했어?"

무영이 무뚝뚝하게 말했다.

"잊었다."

제 29 장
북해 여행기

차가운 기온 때문에 엷게 언 눈이 말발굽에,
수레바퀴에 바작거리며 부서지고,
하얀 눈가루가 공중으로 퍼져 올라가 꽃잎처럼 날렸다
그들은 아지랑이 피어오르는 봄날의 들판을 달리는 것처럼,
연기를 뚫고 가는 것처럼 눈길을 달려나갔다

북해 여행기 1

무영과 갈맹덕의 빙궁 방문단 준비는 포교원주인 해시신루 소방도가 맡아서 했다. 시간은 사흘밖에 안 남았고, 도대체 무얼 준비해야 하는지는 애매해서 쉽지 않은 일이었다. 그도 가을산맥 너머로는 가본 적이 없었다.

소홍안령산맥 북쪽에는 주로 타타르 인들이 살았다. 그리고 몇몇 소부족들이 있는데, 그들은 소홍안령 북쪽 평원을 달리다가 부딪치는 산맥, 동서로 길게 가로지른 그 산맥을 겨울산맥(스타노보이 산맥)이라고 불렀다. 겨울이 오면 넘어가선 안 될 곳이라는 뜻이었다. 겨울산맥 북쪽에는 다시 평원이 있고, 그 북쪽에는 한줄기 산맥이 서북쪽으로 달리고 있었는데 그건 가을산맥(베르호얀스크 산맥)이라고 불렀다. 가을에도 넘어가선 안 될 곳이라는 뜻이었다.

겨울산맥과 가을산맥 사이에는 타타르 인들조차 없고, 사냥을 주로 해서 살아가는 몇몇 소규모 부족들만 있었다.

그들 부족의 전설에 따르면 가을산맥 너머에는 여름에도 서늘한 대습지가 있다고 했다. 그보다 더 가면 바다가 나오는데, 하얀 얼음덩어리가, 그것도 엄청나게 거대한 얼음덩어리들이 떠다니는 바다라고 했다. 해표(海豹)만이 사는 영원한 겨울바다라고 했다.

그들의 전설 속에서 거긴 생명이 가라앉는 죽음의 바다였다. 사람이 접근해서는 안 될 곳이었다. 그런데 지금 무영과 갈맹덕은 그 바다 건너로 가야 하는 것이다.

대책이 서지 않았다. 백림에서 흑하까지는 어떻게 마차를 이용해서 갈 수도 있다. 그보다는 그냥 말을 타는 게 편하지만 중간에 마차를 들어서 옮겨가며 간다면 불가능하진 않았다. 흑하에서 더 동쪽으로 가면 바닷가에 접어들어 산맥이 고개를 숙인 곳이 있다. 그곳을 통해 북쪽으로 이동하면 겨울산맥까지는 쉽게 갈 수 있을 것이다.

하지만 거기까지가 말을 타고 갈 수 있는 한계였다. 적어도 한 달은 걸리는 여정인데, 그때쯤에는 온 북해는 눈의 바다에 잠겨 버릴 것이다. 키를 넘는 눈 속에서 말은 쓸모가 없었다. 하물며 산맥을 넘어야 하는데 말을 끌고 간다는 건 어불성설이었다. 그러니 그때부턴 사람이 짐을 지고 가야 한다.

겨울산맥 너머에 사는 부족들을 만나면 약간의 도움을 얻을 수 있을 것이다. 그들은 썰매와 그걸 끄는 개들을 목숨같이 아끼지만 사례를 많이 한다면 남는 것을 살 수도 있으리라. 가을산맥을 만날 때까지는 그렇게 구한 개 썰매를 이용해서 이동해야 한다. 가을산맥을 어떻게 넘어가는가, 개를 데려가는가 어쩌는가에 대해서는 아무도 모른다. 그때부터는 갈맹덕과 무영이 알아서 해결하는 수밖에 없었다.

수행원은 출발 시에 오십 명을 딸려서 보내주겠지만 가을산맥 초입에서 모두 돌려보내야 한다. 거기서부터는 초인적인 무공을 지닌 사람이 아니면 짐만 될 뿐이며, 사람이 많을수록 먹을 것과 준비물도 많이 가져가야 하니 오히려 단둘이 감만 못할 것이다.

그래서 일단은 오십 명분을 준비했다. 각자가 입을 옷 한 벌과 신발, 모자, 장갑 등속의 의복과 식량이었다. 의복은 물론 전부 털가죽으로 만들어졌다. 여진족들이 쓰는 것보다 한결 개량된 설상화와 눈을 보호할 가죽 띠, 귀마개와 얼굴을 가릴 천도 준비되었다. 식량이 문제였다. 추위 속에서는 체력이 보통 때보다 훨씬 빨리 떨어진다. 충분한 식량이 준비되어야 하는데, 그러면 또 짐이 무거워진다. 최대한 가볍고 휴대가 간편하면서도 체력 보존에는 도움이 되는 음식이 있어야 하는데, 그 조건에 맞는 것은 전통적으로 내려오는 건량밖에는 없었다. 볶아서 줄여놓은 쌀과 육포였다.

특별히 강한 화주가 준비되었는데 마시고 취하라는 게 아니라 비상시에 약으로 쓰라는 것이었다.

갈맹덕과 무영을 위해서는 특별한 장비가 추가되었다. 초피(貂皮), 즉 담비 가죽으로 만든 의복 일습과 산초(山椒), 인삼(人蔘) 등 이른바 고려삼보(高麗三寶)라 부르는 것들이었다. 고려는 저 요동 남쪽의 나라로 원래는 조선국(朝鮮國)이라 하는데 예전부터 한족들은 그냥 고려라고 불러왔다. 그 고려에서 나오는 세 가지 보물이 초피와 산초, 인삼이었다.

초피는 다른 짐승의 가죽에 비해 털이 촘촘하고 아름다워 옛 귀족들이 멋을 낼 때도 많이 썼지만 그보다는 방한 효과가 탁월해 추운 지방의 보물이 되었다. 호랑이 가죽보다도 오히려 비싼 것이 이 초피였다.

산초는 초피(椒皮)나무의 열매를 말하는데, 음식에 넣으면 향신료도 되지만 몸이 뜨거워져서 이 역시 추운 지방의 보물이었다. 지니고 있다가 몇 알씩 먹어가며 여행을 하는 것이 요동 지방 부호의 방한법이라고 했다.

인삼 역시 열을 일으키고 몸을 보양하는 영약인데, 중원에서 나는 것은 약효가 형편없이 떨어지고 고려의 것을 극상품으로 쳐준다고 했다. 소방도가 특별히 준비한 것이 이 고려삼보였던 것이다.

소방도가 짧은 기한 중에도 열심히 돌아다녀 준비를 갖추는 동안 갈맹덕은 처소에 틀어박혀 화롯불을 쬐고 있었다. 다시는 못 볼 것처럼 애잔한 눈빛을 하고 화롯가에 쪼그려 앉아 있는 모습을 본 시녀가 퍼뜨린 소문이었다.

무영은 소방도만큼이나 바빴다. 공야장청에게 묵염흔과 파천황을 손보도록 부탁하고, 강물에 빠지고 추위에 비틀어진 검집과 도갑을 수리해야 했다. 듀칸의 일은 양웅에게 맡긴다고는 하지만 확인을 않을 수는 없었다. 그래서 찾아간 헤이아치의 집에 듀칸은 없고 헤이아치 혼자 걱정스럽게 앉아 있었다. 듀칸은 양웅을 만나고 온 이후 계속 들떠서 길 떠날 준비를 한다는 것이다. 그러다가 오늘도 양웅을 만나러 간다며 나갔다고 했다.

헤이아치와 이야기를 하고 있는데 마침 듀칸이 들어왔다. 그는 검은색 가죽 몇 장을 들고 있었다. 무영에게 인사를 하고 듀칸은 헤이아치에게 가죽을 넘겨주며 말했다.

"좋은 가죽이지? 초피라고 하는데 보물이라 불리는 거야. 그걸로 당신이 잘 만드는 모자와 옷 같은 걸 만들어봐. 망치면 안 돼. 아주 비싼 거라니까."

무영이 손을 내밀어 만져 봤더니 그 부드러움과 따스함이 보통 털가죽과는 달랐다. 헤이아치가 그걸 펴서 들고 말했다.

"모자는 몰라도 옷을 만들기는 너무 작은데? 여러 장 이어야겠는걸."

듀칸이 말했다.

"그걸 표시 안 나게 잇는 게 중요해. 양 대인이 솜씨있는 사람을 찾길래 내가 당신을 추천했지. 당신이 바느질 솜씨는 좋잖아."

말하면서 시종 싱글벙글하는 것이 과연 들떠 있다고 볼 만했다. 무영이 물었다.

"양웅이 뭘 시키더냐?"

듀칸의 표정이 굳었다. 그는 난처한 듯 머리를 긁적이더니 말했다.

"양 대인이 비밀로 하라고 하셨지만……."

무영은 자리에서 일어났다.

"그럼 됐다. 말하지 않아도 된다."

듀칸이 얼른 그를 잡고 말했다.

"아닙니다. 주인님께 비밀로 할 수야 없지요. 말씀드리겠습니다."

듀칸이 맡은 일은 요동의 여진족들과 교역하는 것이었다. 북해와 요동은 서로 넘어가선 안 되는 곳이지만 그건 무림인들에게나 그런 것이고 여진족에게는 해당 사항이 없었다. 물론 경계를 넘나드는 것에 대해 감시는 있지만 철 따라, 사냥감 따라 산악을 오르내리며 이동하는 여진족들에게 철저한 감시가 붙지는 않는 것이다.

그런 신분을 이용해서 요동의 여진족들과 교류하되, 특히 기회를 보아 백산(白山) 인근까지 가서 고려삼보를 구할 방도를 찾아보라고 하는 것이 양웅의 지시였다. 백산, 즉 한족들은 장백산이라 부르고 고려인들은 백두산(白頭山), 혹은 불함산(不咸山)이라고도 하는 그 대산악 지대에는 여진족과 고려인들이 혼재해서 살아간다고 했다. 간혹 조선에서 고려삼보를 가지고 넘어오는 자들이 있는데, 그들과 접촉해 보라는 이야기였다.

헤이아치의 얼굴이 걱정으로 흐려졌다.

"요동은 이곳 이화태양종과는 달리 악독하고 괴이한 사람들이 다스린다는데 괜찮겠어요? 고려인들도 어쩐지 무섭고……."

듀칸이 걱정 말라는 듯 가슴을 폈다.

"악독하기로 말하자면 무저갱 사람들도 만만치 않았지. 거기서도 버티고 살았던 나야. 뭐가 두렵겠나. 고려인들도 그렇지. 그들이 우리와 말은 잘 안 통하고, 자기들끼리만 뭉치려는 기질은 있다지만 한번 신뢰하기 시작하면 친척처럼 대해주는 정도 있다더군. 내가 어떻게든 관계를 터보겠어."

무영이 물었다.

"고려인을 본 적이 있나?"

듀칸이 고개를 저었다.

"본 적은 없지만 소문은 많이 들었습니다. 학을 타고 하늘을 날고, 검을 날려 기러기를 떨구는 등 도술을 부린다 합니다. 요동을 지배하는 자들에게 대항해서 나라를 지켰다니 오죽하겠습니까."

무영은 잘 모르는 일이라 잠자코 듣기만 했다. 요동을 명왕유명종이 지배하고 있다는 건 알고 있었다. 그러나 그 아래쪽에 나라가 있는 줄은 몰랐고, 그 나라가 마교 팔가십종의 하나인 명왕유명종에 대항해서 영토를 지켜낸 줄은 더욱 몰랐다.

무영은 듀칸을 향해 말했다.

"몸조심해라."

듀칸이 머리를 숙였다.

"주인님이야말로 먼 길 떠나실 테니 몸조심하십시오. 이번에 가시면 다시 반년 후에나 뵙겠군요."

무영은 말없이 고개를 끄덕이곤 집으로 돌아왔다. 집에서 할 일이 제일 많았다. 다시 반년을 떨어져 있어야 한다고 투덜거리는 매소봉이 그를 잡고 놓아주지 않았던 것이다.

"소문을 들어보니까 빙궁엔 여자만 산대. 제일설녀, 제이설녀 하는 식으로 번호 붙여서 이름 대신 쓰는 요녀들이라잖아. 당신은 안 그래도 여자에게 약한데 거기 가서 그 요녀들에게 넘어가면 어떡해. 가기 전에 정력을 다 쓰고 가라구. 반년은 여자 생각 나지 않게."

그러면서 달라붙는 매소봉을 무영은 몇 번이나 만족시켜 줘야 했다.

사흘이 날아가는 화살처럼 빠르게 지나갔다. 갈맹덕과 무영은 이화태양종 중요 인사들의 배웅을 받으며 태양궁을 떠났다. 소흥안령을 넘고, 겨울산맥과 가을산맥을 넘어 영원한 동토(凍土)의 대지 어딘가에 있다는 빙궁을 향해서였다.

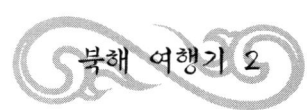

북해 여행기 2

갈맹덕은 끝내 마차를 고집했다. 안고 지낼 수 있는 화로와 불을 피우기 위한 연료, 그걸 편하게 즐길 수 있는 내부 구조를 갖춘 마차였다. 또한 그는 초피 의복만으로는 만족할 수 없다며 그걸로 만든 특별한 이불까지 요구했다. 이틀 사이에 그걸 만들어내느라고 소방도는 죽을 고생을 했다. 백림에서 구할 수 있는 초피는 모두 구해서 누덕누덕 기워서야 갈맹덕의 요구를 들어줄 수 있었던 것이다.

그런 준비까지 마치고 나서야 그들은 백림을 떠났다. 배웅을 나온 이화태양종의 사람들, 특히 앓던 이가 빠진 듯한 표정을 하고 기쁘게 서 있는 소방도의 모습을 뒤로하고 무영과 갈맹덕, 오십 명의 수행원들은 백림을 빠져나가는 대로를 날듯이 달렸다. 빙궁에 갔다가 올 겨울 안에 다시 빠져나오려면 시한이 별로 남지 않았으니 최대한 빨리 움직이라는 제강산의 특별한 지시가 있어서 전원 날래고 튼튼한 준마를 타고 있었다. 짐을 실은 말만도 사람 숫자만큼 더 있었으니 백여 필의 말이 동원된 적잖은 규모의 대열이었다.

수행원 중 지휘자는 곽대우(郭大禹)라고 하는 사람인데, 순박한 얼굴에 항상 미소를 짓고 있어 낙천적으로 보이는 중년인이었다. 그는 마차의 창문을 열고 좀 천천히 가라고 고함을 지르는 갈맹덕에게 꼬박꼬박 대답을 하면서도 행렬의 속도를 늦추진 않았다. 그러면서도 웃음도, 예의도 잃지 않고 있으니 갈맹덕은 화도 못 내고 창문을 닫아버렸다.

이미 눈이 내리기 시작한 지 며칠째가 되었지만 백림에서 빠져나가는 길에는 울창한 수림 덕분에 눈이 덜 쌓여 있었다. 차가운 기온 때문에 엷게 언 눈이 말발굽에, 수레바퀴에 바작거리며 부서지고, 하얀 눈가루가 공중으로 퍼져 올라가 꽃잎처럼 날렸다. 차가운 바람이 달리는 속도만큼 거세게 몰아쳐 왔지만 말도, 사람도 땀을 흘리고 있었다. 그들의 입에서, 몸에서 뿜어져 나오는 열기가 허공에서 하얗게 얼어붙었다. 그들은 아지랑이 피어오르는 봄날의 들판을 달리는 것처럼, 연기를 뚫고 가는 것처럼 눈길을 달려나갔다.

중간에 말들을 쉬게 하기 위해 두세 번 멈춘 것을 빼면 그들은 식사도 하지 않고 저녁때까지 내리 달렸다. 덕분에 보통은 사흘, 말을 타고 가도 이틀은 걸리는 거리를 하루 만에 주파하고 대열은 백림 가장자리까지 가서야 야숙 준비를 했다.

몇 군데에 불을 피우고 바쁘게 식사 준비, 잠자리 준비가 이루어졌다. 떠나온 당일이라 그래도 식사 같은 식사가 준비되었다. 고기가 구워지고, 장도의 무사함을 기원하며 술잔이 돌았다. 곽대우는 무영과 갈맹덕에게 따로 준비된 모닥불로 다가와 그 가장자리에 앉았다. 그는 갈맹덕에게 술과 식사를 권하고, 무영을 향해 말했다.

"힘들지 않았습니까?"

무영은 몸을 조금 움직였다. 기마술을 특별히 익히지 않았기 때문에 하루 종일 말을 탄 오늘 같은 날은 엉덩이가 아프고 허리까지 불편한 것이 사실이었다. 그러나 무영은 괜찮다고 대답했다. 사실 떨어지지 않고 매달려 있을 수 있었던 게 다행이었다.

곽대우는 미소 지으며 말했다.

"달리는 건 말입니다. 말에게 맡긴다고 생각하고 타십시오. 대신 말에게 최대한 부담을 주지 않아야 합니다. 자세를 바로하되 무게는 싣지 말고, 긴장을 푸시면 됩니다."

"그게 말이나 되는 소리야, 젠장."

투덜거리는 갈맹덕을 향해서 다시 미소를 보내주고 곽대우가 말했다.

"여진족 사람들은 말을 타고 하루에 삼사백 리를 달립니다. 우리도 오늘 그쯤은 달렸지요. 하지만 내일부턴 좀 느려질 겁니다. 밖에는 눈이 쌓여 있거든요. 여기까지."

그는 가슴 어림에 손을 수평으로 갖다 대었다.

"그 정도 눈이면 달리는 게 불가능해지지요. 게다가 길도 좁아지고……."

그는 마차를 가리키며 말했다.

"내일 오후쯤부터는 몇 명이 들고 가야 할 겁니다. 산곡을 완전히 빠져나갈 때까지요. 눈길에선 바퀴가 빠지니까 평지라고 쉽지는 않은데, 뭐 준비한 건 있습니다."

그는 갈맹덕을 향해 웃었다.

"갈 봉공께서 걸어가시도록은 않겠습니다."

갈맹덕이 퉁명스럽게 대꾸했다.
"당연하지."

곽대우가 준비한 방법이란 마차 바퀴를 떼고 미끄럼 판을 대는 것이었다. 그나마 눈길에서 덜 빠지도록 한 것이다. 그 마차를 앞에서 당기고 뒤에서 밀어 눈길을 헤쳐 가다가 대흥안령을 빠져나가는 산곡에 접어들어서는 아예 여덟 명의 장한이 마차에 가로대를 끼우고 어깨에 걸머졌다. 다른 사람들도 말에서 내려 한 사람이 두 마리, 혹은 세 마리의 말을 끌고 좁은 협곡과 가파른 비탈을 지나갔다. 가슴까지 빠져드는 눈을 헤치고 가는 고된 여정이었다.

그러는 동안 갈맹덕은 꿋꿋이 마차 안에서 버텼다. 무영은 마차에 동석하지도 않았지만 갈맹덕에게 뭐라고 하지도 않았다. 단지 갈맹덕을 더욱 마음에 들지 않아 했을 뿐이었다.

산곡을 헤쳐 나가는 데 나흘이 걸렸다. 그제야 광활한 평원이 그들의 앞에 나타났다. 군데군데 산지가 있고 굴곡이 있지만 산곡을 헤쳐 가는 것보다는 쉬우리라.

곽대우가 그날 저녁 갈맹덕과 무영에게 말했다.

"원래는 이대로 흑하까지 가는 게 일차 목표였습니다. 호교원주께서 지정해 준 길이 그것이지요. 하지만 제겐 다른 생각이 하나 있습니다. 들어보시렵니까?"

갈맹덕이 허락했다.

"말해 보게."

마차 속에서 흔들리며 가는 것에도 지쳤다. 행로를 좀 더 편하게, 빠르게 할 수 있는 길만 있다면 뭐든지 들어주고 싶은 갈맹덕이었다.

곽대우는 품에서 지도 한 장을 꺼내었다. 간략한 선으로 그려져 있는 지도인데 무영은 처음 보는 지형이었다. 그 한 귀퉁이에 그어진 선을 가리키며 곽대우가 말했다.

"이게 대흥안령입니다. 백림은 여기쯤 있지요."

갈맹덕이 기가 막힌다는 듯 말했다.

"그게 무슨 지돈가. 손가락 한마디만한 선이 대흥안령이고 그 옆에 눈곱만한 점이 백림이면 대체 우린 어디 있는 거야?"

곽대우가 대답했다.

"점 옆 어디쯤 있겠지요."

그는 하하 웃고는 말했다.

"이건 아주 간략하게 그린 것입니다. 이걸 보고 골목길 찾을 생각은 말아야겠지요. 여기, 이게 북경입니다. 그리고 여긴 천축이지요. 천하의 반쯤이 이 지도 안에 있는 셈입니다."

갈맹덕이 화를 냈다.

"그 따위 지도를 왜 가져왔어."

곽대우가 지도 위쪽 한 점을 가리켰다.

"우리가 가야 할 빙궁이 아마 이쯤에 있을 겁니다. 거기가 보여야 하니 어쩔 수 없지요."

무영은 지도를 들여다보았다. 손바닥 두 개쯤 되는 공간 안에 천축이 있고 북해가 있었다. 그는 백림에서 북경까지의 거리를 눈대중으로 쟀다. 그 다음 다시 백림에서 빙궁까지의 거리도 쟀다. 빙궁까지의 거리가 북경까지보다 네다섯 배는 멀었다. 무영은 고개를 저었다.

"북경까지 석 달 걸린다는데 여긴 다섯 배는 된다. 열다섯 달이 걸리는 것 아니냐?"

곽대우가 말했다.

"다녀본 경험에 들은 풍월로 대충 만든 지도니 너무 믿지 마십시오. 그리고 사실 백림에서 북경까지는 날랜 말로 열흘이면 갑니다. 사자들이 중간중간 놀아가며, 대접 받아가며 천천히 움직이니 석 달씩이나 걸리는 것이지요."

갈맹덕이 불쾌한 빛으로 코웃음을 쳤다. 곽대우가 지도를 가리켰다.

"보세요. 여기서 원래 행로대로라면 바다 쪽으로 가서, 아, 여기가 바답니다. 밖에 있는 모양들은 섬이지요. 아주 큰 섬들입니다. 작은 섬은 아예 그려 넣지도 않았지요. 하여간 이쪽으로 가서 비교적 평탄한 곳을 따라 소흥안령을 우회한 다음 다시 겨울산맥과 가을산맥을 넘어야 한다는 게 호교원주의 안인데, 저는 다른 길이 있다고 하는 것이지요."

갈맹덕이 물었다.

"그게 어딘데? 얼른 말하게."

빨리 듣고 마차에 돌아가서 쉬고 싶은 눈치였다. 곽대우가 대흥안령과 소흥안령이 만나는 지점을 가리켰다.

"여깁니다. 우린 산곡을 빠져나왔으니 대흥안령을 따라 평원을 달려서 여기 무저갱이 있는 쪽으로 갑니다. 즉, 대흥안령을 비스듬히 넘는 거지요. 그 부근에서 시비르 평원을 거쳐 빙궁으로 바로 가는 것입니다. 이러면 겨울산맥도, 가을산맥도 넘지 않고 갈 수 있습니다."

갈맹덕이 말했다.

"길은 있는 건가? 애초에 그런 길이 있었으면 왜 그쪽으로 안 정했어."

"길은 아마 있을 겁니다. 그 길을 몰라서 탈입니다만."

"그런 말이 어딨나! 길도 모르면서 그쪽으로 가자는 건가?"

곽대우가 히죽 웃었다.

"길이야 사실 만들면서 가면 됩니다. 전설에 따르면 빙궁은 북극성이 머리 바로 위에 뜨는 곳에 있다고 하더군요. 지금은 저기 있잖습니까."

그는 별이 뜬 하늘 한쪽을 가리켰다. 북쪽 하늘에 움직이지 않고 떠 있는 별 하나, 북극성이었다.

곽대우가 기묘한 물건들을 꺼내 보여주었다.

"이건 지남침(指南針)이라고 하는 겁니다. 여기 바늘이 항상 남쪽을 가리키게 돼 있죠. 그 반대 편은, 즉 북쪽이 됩니다. 보세요. 북극성이 대충 그쪽에 있지요? 실제로 북극성이 있는 위치와 지남침의 반대 방향은 정확하게 일치하진 않습니다. 옛날에 심괄(沈括)이라는 사람이 〈몽계필담(夢溪筆談)〉이라는 책에서 처음 지적한 것인데, 왜 그런지 이유는 모릅니다. 어쨌든 우리에겐 두 가지 기준이 있습니다. 지남침을 따라 일단 북쪽으로 갑니다. 그 뒤엔 북극성을 기준으로 가면 되겠지요."

그는 다시 직선과 반원형, 두 개의 막대가 겹쳐진 기묘한 물건을 들어 직선의 한쪽을 자기 눈에, 다른 쪽을 북극성을 향하게 세워서 겨누었다. 그 다음에 눈을 떼고 그 막대가 기울어진 정도를 가리키며 말했다.

"바다를 항해할 때 쓰는 도구입니다만 이게 북쪽으로 갈수록 점점 가팔라집니다. 최종적으로 이 막대가 꼿꼿이 서면 거기가 빙궁이겠지요."

그는 도구들을 치우며 싱긋 웃었다.

"전설이 맞다면 말입니다."

갈맹덕이 고개를 저었다.

"그건 너무 불확실해. 처음 가는 길을 만들어서 가는 게 얼마나 힘든지 알고 있나? 절벽이 나오면 절벽을 건너뛰어야 하고, 강이 나오면 헤엄쳐서 똑바로 가야 한다는 말인데?"

곽대우가 말했다.

"갈 봉공께서 예전에 가셨을 땐 어땠습니까? 길을 찾으실 수 있습니까?"

갈맹덕이 찔끔하는 표정이더니 다시 분노해서 외쳤다.

"그걸 내가 어떻게 알아! 빙궁 여자들이 안내해서 시종 마차 안에서 편하게 갔는데!"

그는 투덜거렸다.

"자네들 종사에게 그래서 난 모른다고 몇 번이나 말했네만 그 사람이 귀가 막혔는지 들어먹질 않아서, 원."

곽대우가 말했다.

"어쨌든 빙궁 여자들은 거길 오간다는 것 아니겠습니까. 당연히 주로 다니는 길이 있을 테구요. 봉공께서 편히 마차를, 아마도 썰매도 있었겠습니다만, 하여간 편안히 가신 걸 보면 제법 정비된 길이라는 뜻이 되기도 하지요."

갈맹덕이 말했다.

"하지만 그 길을 모르잖나."

곽대우가 대답했다.

"사자들도 오갔겠지요. 사자들은 그 길을 알 테고요."

갈맹덕이 수긍했다.

"그야 그렇겠지."

곽대우가 말했다.

"이번에 벌어질 인정비무에 대한 사신도 갔겠지요? 우리에게만 알리고 그쪽엔 안 알렸을 리가 없으니 말입니다."

"그렇겠지."

곽대우가 회심의 미소를 지었다.

"이번에 간 사자가 바로 제가 말씀드린 그 길로 갔다는 정보가 있습니다. 바로 얼마 전이죠."

그는 대흥안령과 소흥안령이 마주치는 바로 그 지점까지 선을 그었다.

"최대한 빨리 따라붙는 겁니다. 시비르 평원의 이쪽 길에는 부족도 많지 않고, 그들이 겨울에 살 만한 곳도 많지 않습니다. 그런 마을들을 거쳐 가다 보면 어딘가에서 사자를 따라잡을 수 있을지도 모릅니다. 최소한 그 흔적은 찾겠지요. 그럼 우린 안내인을 갖게 되는 겁니다. 확실한 안내인이죠."

별빛이 쏟아지고 있었다. 갈맹덕이 마차에 들어가고 난 후 곽대우는 그 하늘을 하염없이 바라보다가 무영에게 말했다.

"사실은 빙궁의 사자들이 오가는 길에 대해 오래전부터 추적을 하고 있었지요."

곽대우의 미소가 짙어졌다. 장난꾸러기 같은 미소였다.

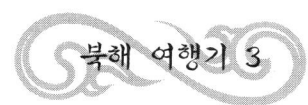

북해 여행기 3

 고된 행진이 계속되었다. 대흥안령을 왼쪽으로 보며 그 사면을 따라 이어지는 행진이었다. 눈이 안 오는 날보다는 오는 날이 많고, 그럴 땐 꼭 강풍이 함께해서 눈보라가 되었다. 말도 사람도 가슴까지 쌓인 눈을 뚫고 걸어가야 하는 길이었다. 추위에 못 이기고 피로에 지친 말이 쓰러져 죽는 경우도 있었다. 그럴 때 곽대우는 안타까운 눈으로 바라보면서도 가차없는 명령을 내렸다.
 "목을 따라! 추운 사람은 피를 마셔라! 적당한 부위로 골라 살을 베어내고 나머지는 버려라! 서둘러라!"
 그날의 식사는 말고기구이가 되는 게 당연했다. 이번에 따라온 사람들은 곽대우를 포함해서 모두가 말을 가족처럼, 아내처럼 아꼈다. 수행원들 중에는 그래서 말고기를 먹지 않으려 하는 사람도 있었다. 그러나 곽대우는 반드시 먹었다. 미소를 잃지 않던 그의 얼굴에 유일하게 웃음기가 사라지는 때였다. 괴로운 얼굴을 하고도 말고기를 씹는 그의 모습은 마치 그것으로 말의 명복을 비는 듯한 경건함까지 보였다.

그런 생각의 일단을 드러낸 것은 소홍안령에 가까워져서 다시 산지로 접어들던 때였다. 험한 비탈을 갈맹덕이 탄 마차까지 지고 가던 수행원 중 하나가 미끄러져 산자락 아래로 구르더니 결국 목이 부러져 죽었던 것이다. 행렬이 멈추고 시체가 수습되었다.

곽대우는 시신을 반듯이 눕히고 수행원 전원을 둥글게 서게 한 다음 하늘을 향해 팔을 뻗어 기도했다.

"위대한 구원자 스라오샤께 간구합니다. 의를 위하여 죽은 자를 보후만의 나라에 도달하게 하소서. 그가 진리와 순결의 도움을 입어 아샤의 길을 걸었으니 영원한 신이 다스리는 천상의 나라에 들어가기를 원하나이다."

기도가 끝나고 그와 수행원들이 동시에 주문을 외웠다.

"네메세테 아타르슈 마즈다오 아후라헤 후다오 마지슈타 야자타!"

장례는 그게 끝이었다. 몇 사람이 달려들어 시신의 옷을 벗기고 그가 소지한 모든 물건을 꺼내었다. 그리고는 시신을 나뭇가지에 걸어두고 다시 행진이 시작되었다.

무영이 곽대우에게 물었다.

"묻어주지 않나?"

곽대우가 말했다.

"시신은 새와 짐승에게 공양합니다. 그게 올바른 죽음의 방식입니다. 평생 땅이 준 것을 먹고 살았으니 죽어서 시신이라도 다시 돌려주는 것입니다."

그는 차가운 대기 위에 낮게 가라앉아 있는 태양을 바라보며 말했다.

"물론 영광을 받아 마땅한 의인들은 신의 영원한 불길 속에 시신을 맡길 수도 있습니다. 하지만 그건 아무나 받는 영광이 아니지요."

무영은 고개를 끄덕였다. 이것도 배화교의 교리 중 하나인 모양이었다. 곽대우를 비롯한 오십 명의 수행원들은 배화교의 일반 교도들이 얼마나 성실한지, 얼마나 순종적인지를 고스란히 보여주는 표본이나 다름없었다. 매일 새벽 일어나 떠오르는 태양을 보며 기도를 하고, 만약 눈보라 때문에 태양이 가려졌으면 화로에 피어오르는 불을 보며 기도를 했다. 자기 전에도 그랬고, 식사 전에도 그랬다.

그들은 고통스럽다는 말 한마디 없이, 불평 한마디 없이 고된 행진을 견뎌내고, 마차를 걸머졌다. 원망조차 없었다. 하지만 무영은 달랐다. 그는 곽대우에게 말했다.

"잠시 멈춰라."

의아하게 바라보는 곽대우를 뒤로하고 그는 마차를 향해 다가갔다. 그의 손이 묵염흔을 잡더니 단번에 뽑아 마차를 때려부수기 시작했다. 걸머지고 있던 수행원들이 분분히 물러나고, 마차 지붕이 터져 나가더니 그 구멍으로 갈맹덕이 솟아올라 왔다.

"뭐냐? 기습이냐?"

저만치 땅에 내려선 갈맹덕이 두리번거리다가 무영이 묵염흔을 뽑아 들고 마차를 부수는 것을 보고 흉광을 흘려보냈다.

"네 짓이냐?"

무영이 손을 멈추고 말했다.

"그렇다."

갈맹덕이 살기를 흩뿌렸다.

"감히 내게 검을 겨누다니, 간이 배 밖으로 나온 게로구나."

무영이 말했다.

"더 이상 마차는 용납 않는다. 걸어라!"

갈맹덕의 낯빛이 분노로 붉게 물들었다.

"감히 마교 총단이 임명한 봉공에게, 이 갈맹덕에게 그 따위 소리를 하다니! 죽어도 싸다는 건 알겠지!"

무영이 파천황까지 꺼내 잡고 말했다.

"죽여봐라!"

갈맹덕이 천천히 무영을 향해 걸어왔다. 그의 손가락들이 까마귀 발톱처럼 구부러져 있는 것이 보였다. 맨손으로 싸울 생각인 듯했다. 무영은 서천노조라 불리는 이 갈맹덕의 주력 무공이 뭔지 전혀 모르고 있었다. 그러나 마교 서열 백위권 안의 고수다운 엄청난 능력이 있을 것은 분명했다. 오늘 그는 갈맹덕의 손에 죽을지도 모른다. 그러나 그의 횡포를 더 이상 용납하고 있을 수는 없었다. 그는 필사적으로 싸워 볼 것을 다짐하고 기를 끌어올렸다.

그때 곽대우가 소매 속에서 쌍비단도(雙飛短刀)를 꺼내 양손에 쥐며 갈맹덕의 측면으로 접근했다.

"갈 봉공, 소인도 있소이다. 이래 봬도 이화태양종 서열 이십위는 되는 사람이오. 물론 봉공의 눈에는 졸자에 불과하겠지만 말이오."

마흔여덟 명의 수행원들이 동시에 칼을 뽑았다. 흉흉한 살기가 산곡을 메우고 대기 중에 떠돌았다. 갈맹덕이 당황하는 빛으로 주변을 돌아보았다.

"뭐냐! 반란이냐!"

곽대우가 말했다.

"더 이상 마차를 타고 갈 순 없소. 봉공께서 그것만 양보하시면 아무 문제가 없지요. 무리한 요구는 아니지 않소."

갈맹덕은 부서진 마차를 바라보다가 말했다.

"마차 문제는 아무렇게나 돼도 상관없다. 하지만 내게 도전한 이 건방진 놈은 도저히 용서할 수가 없어."

곽대우가 다시 말했다.

"그를 빙궁까지 데려가는 게 내 임무요. 그건 갈 봉공의 임무이기도 하지 않소. 나중에 기회를 보시고 오늘은 이쯤 하심이 어떠하오."

갈맹덕은 손을 부들부들 떨며 서 있더니 냉랭하게 코웃음을 터뜨렸다. 그리고 무영에게 말했다.

"빙궁만 갔다 오면 넌 내 손에 죽었다. 적어도 다리 하나쯤은 잘라서 개에게 던져 주고 말 테다. 기대해라!"

그는 마차에서 초피 이불을 꺼내더니 어깨에 둘렀다. 그리고는 휘적휘적 앞으로 걸어갔다. 곽대우는 싱긋 웃으며 쌍비단검을 소매 속으로 집어넣었다.

"늦었다. 출발하자!"

무영은 행진 중에 곽대우에게 다가가 물었다.

"이십위였나?"

곽대우가 대답했다.

"서열이 뭐 큰 의미 있습니까. 전 그냥 백림차행(栢林車行)의 행수(行首)라는 자리가 더 좋습니다. 회의가 있던 날도 그냥 마차바퀴나 깎고 있었지요. 듣는다고 알 리도 없고, 그저 시키는 대로 하면 되니까요."

백림차행은 마차를 만들어 팔고 빌려주는 곳이었다. 누군가를 어디까지 데려다 주는 일도 하는데, 곽대우가 그곳의 주인이었던 것이다.

"전 어려서부터 떠돌아다니는 것을 좋아해서 무공도 제대로 안 익혔지요. 그저 도적에게 안 당할 정도만 되면 된다고 생각했기 때문에. 무기도 크고 무거운 건 짐이 되니까 작은 걸로 선택했습니다."

그는 길가에 선 나무를 향해 손을 뻗었다. 그의 소매 속에서 하얀 빛이 뻗어 나가더니 나뭇가지를 자르고 돌아왔다. 곽대우는 단검의 손잡이 끝에 연결된 줄을 팔목에 감아쥐고 그 손잡이를 잡고 있었다.

"여러모로 편하지요. 던졌다가 주우러 갈 필요도 없고."

그는 무영의 허리에 찬 파천황과 묵염혼을 가리켰다.

"거기 둘 다 큰 고리가 달려 있는데 왜 수실은 안 다셨습니까?"

무영은 무기를 뽑아 한 바퀴 휘둘렀다. 그리고 말했다.

"미끄러져도 안 놓치게 단 것뿐이다."

칼을 쥐고 강하게 휘두르다 보면 아무리 가죽을 감아뒀다고 해도 미끄러져 놓치게 될 우려가 있다. 그때 손잡이를 타고 미끄러지던 손이 큰 고리에 걸려 멈추게 되는데 바로 그 효과 때문에 달아두었던 것이다. 즉, 강력한 힘과 파괴력 위주로 무기를 사용하려는 의도였다.

곽대우가 말했다.

"그것 때문에라도 수실을 달면 좋지요. 어디 잠깐."

그는 품을 뒤지더니 가죽 끈 몇 개를 꺼내었다. 그리고는 걸어가는 도중인데도 솜씨 좋게 재빨리 가죽 끈을 꼬아 멋진 수실을 만들었다. 팔 하나 길이만큼이나 긴 끈 끝에 손가락 길이와 두께의 마디를 만들어놓은 것이었다.

"칼을 잠깐 주시겠습니까?"

그는 파천황을 받아서 고리에 수실을 묶었다. 그런 다음 파천황을 바로 들고 손목을 가볍게 회전시켰다. 수실이 그 움직임을 따라 돌아서 손목에 감겼다. 곽대우는 파천황의 손잡이를 놓았다. 파천황은 그의 손목에 대롱대롱 매달려 있었다.

곽대우가 씩 웃고는 파천황의 손잡이를 다시 잡았다. 그런 다음 이번엔 반대쪽으로 손목을 회전시키자 감겼던 수실이 풀렸다. 그는 파천황을 돌려주고 말했다.

"이런 용도로도 쓸 수 있지요. 강호에선 저 수실만으로 사람을 죽이는 자가 있다고도 합니다만. 가령 목을 조르거나 그 끝으로 때리거나 해서."

무영은 고개를 끄덕였다. 곽대우가 가죽 끈을 꺼내더니 다시 하나를 재빨리 만들었다. 그리고는 무영에게 주었다.

"그 검에는 직접 묶으세요. 그 검은 마기가 흘러서 저는 건들기 싫군요."

무영은 곽대우의 안목도 예리하다는 것을 알게 되었다. 이런 사람이 왜 자신에게 이렇게 공손하게 대하는지 알 수가 없었다. 서열상 아래라도 지위와 나이에 따라서 위아래를 정하는 게 이화태양종의 서열 관계가 아니었던가.

곽대우는 그냥 웃었다.

"손님 아닙니까. 그것도 종사가 맡긴 손님이니 잘 대우해야지요. 그게 제 책무입니다."

험준한 길이 열흘 넘게 이어졌다. 소흥안령을 넘어 시비르 평원으로 나가기 위해서는 수십 개의 봉우리를 넘어야 하고 그보다 열 배는 많은 산곡을 거쳐야 했다. 부상자가 늘었다. 산곡에서 구르고, 떨어지는 낙석에 맞고, 눈사태에 파묻힐 뻔하기도 했다. 그나마 죽은 사람이 없는 것은 전원의 허리를 연결한 밧줄 덕분이었다.

드디어 시비르 평원에 나왔을 때는 저만치 떨어진 곳에 무저갱이 있는 산이 보였다. 거기서 밤을 맞으면서 곽대우가 말했다.

"과거 저 무저갱에 있었다면서요?"

그의 눈이 무영의 목에 감긴 강철 목걸이에 멎는 것 같았다. 무영은 자기도 모르게 목걸이, 강철 족쇄를 만졌다. 거기에는 손가락 자국이 진하게 새겨져 있었다. 구현기가 자기도 모르는 사이 완성된 것을 알게 된 날, 그는 혹시 하고 금강부동심공을 끌어올려 목걸이를 풀려고 해보았다. 적어도 잡아 늘리기라도 하면 머리가 빠져나갈지도 모른다고 생각했던 것이다.

그러나 목걸이는 조금도 구부러지지 않았다. 예전 종리매는 최소한 굴곡은 만들었는데 그는 아직 손자국을 내는 정도에 불과했다. 많이 진보했다지만 종리매에게도 한참 못 미치는 것이다.

곽대우가 말했다.

"무저갱에 한번 다녀오시겠습니까? 하루 정도면 왕복이 가능하겠군요."

무영은 그를 보았다. 무슨 뜻으로 그 말을 하는 것일까. 그가 무저갱에 갈 이유가 있다는 것을 아는 눈빛인가? 그러나 곽대우의 눈빛은 평범하기 그지없어서 뜻을 알 수가 없었다. 무영이 대답했다.

"아직은 아니다. 언젠가는 가게 되겠지."

곽대우는 그 말뜻을 알아듣는 것처럼 고개를 끄덕였다. 그는 타오르는 모닥불을 한참 바라보다가 문득 말했다.

"불은 정말 고마운 겁니다. 우리 이화태양종은 적어도 불에 대해서는 곤란을 겪지 않으니 고마운 일이죠."

모닥불을 피우는 데에는 무영의 힘이 컸다. 아무리 젖은 가지라도 불을 붙일 수 있었으니까. 화섭자의 도움을 받지 않아도 되고, 눈보라가 몰아쳐 와도 괜찮은 것이다. 그건 이화태양종의 태양신공 덕분이었다.

무영이 물었다.

"독실한 신자 같던데?"

곽대우가 고개를 끄덕였다.

"좋은 종교에 훌륭한 신이잖습니까."

그는 배화교에 대해 약간 설명했다. 배화교는 오랜 옛날 짜라투스트라라 불리는 사람이 만들었다. 그가 최초의 교주인 셈인데, 그 이후 모든 교주들을 짜라투스트라라고 부른다. 곽대우는 한때 멀리 서쪽까지 여행해서 당대의 짜라투스트라를 만난 일도 있었다.

"아주 늙은, 선한 느낌의 노인이었지요."

곽대우가 미소 지으며 말했다.

"그리고 예언자였습니다. 보통 사람들은 보지 못하는 것을 보나 봅니다. 종사에게 축원을 전하시기를 '아샤 바히스타의 은총을 받은 자여, 인간을 초극하여 진정한 인간이 되어라' 고 하셨지요. 아샤 바히스타는 유일하고 영원한 신인 아후라 마즈다가 정의와 진리를 지키기 위해 불의 힘으로 현현하신 모습을 말합니다. 우리 이화태양종과 종사에게 정확히 적용되는 모습 아닙니까. 저는 그게 예언자의 입을 통해 나온 신의 말씀이라고 믿습니다."

무영은 잠자코 듣고 있다가 한마디 했다.

"마도천하와는 안 어울린다."

곽대우는 말없이 웃었다. 한참 동안 두 사람은 조용히 불을 들여다보고 있었다. 곽대우가 자려고 누우며 말했다.

"마도천하와 종사가 안 어울린다면 둘 중 하나가 잘못된 거죠. 마도천하가 도래하도록 한 가장 큰 힘 중 하나가 종사와 이화태양종이었으니까요. 하지만 그렇게 해서 도래한 세상이 종사에게 안 어울린다면, 애초의 생각과 다른 모습이라면 종사는 그걸 때려부수고 다시 만들려고 할 겁니다. 그런 분이지요."

곽대우는 돌아누웠다. 무영은 그가 한 말의 뜻을 생각하며 모닥불가에 밤새도록 앉아 있었다.

소흥안령 바깥은 드넓은 시비르 평원이었다. 평원이라지만 연속된 많은 고지의 산맥들로 이루어져 있었다. 그들이 방금 빠져나온 소흥안령산맥보다야 덜 험준하지만 지나가기에 편한 곳들은 결코 아니었다.

갈맹덕이 불같이 화를 냈다.

"이제 어떻게 할 건가! 앞으로도 모두 이런 지형이라면 우린 올해 안에 빙궁에 못 갈 걸세!"

곽대우는 평소와 다름없이 느긋하게 대꾸했다.

"일단 편한 길로만 골라 가보지요. 이렇게 보면 험준하기 짝이 없지만 막상 뛰어들어 가보면 다를 수도 있으니까요."

그들은 북서쪽으로 길을 잡고 이동했다. 얼마 가지 않아서 남서쪽 아래로 거대한 호수가 나타났다. 너무나 넓어서 반대쪽이 보이지 않는 거대한 호수, 바다라고 불러도 상관없을 듯한 곳이었다. 곽대우가 설명했다.

"몽고 사람들이 '바이갈 달라이'라고 부르는 곳입니다. '풍부한 호수'라는 뜻이랍니다. 이 호수를 중심으로 많은 부족들이 고기 잡고 사냥하며 산다지요. 그들을 '시베랴크'라고 부릅니다. 우호적이고, 명예를 존중하고, 선을 사랑하며, 손님들을 정중하게 영접하는 좋은 사람들입니다. 이 사람들은 자부심이 강해서 누가 도와주는 걸 철저히 거절하지요. 대신 남을 돕지도 않습니다. 이 사람들에게서 도움을 바라긴 힘들 겁니다. 교환의 원칙에 따라 철저하게 주고받아야 하겠지요."

갈맹덕이 말했다.

"여기 와본 일 있나? 어떻게 그리 잘 아나?"

곽대우가 웃었다.

"아는 방법은 여러 가지 있습니다. 꼭 와봐야 아는 건 아니지요."

그렇게 얼버무렸지만 무영은 이게 몇 년간에 걸친 조사 끝에 알게 된 사실이라는 쪽에 내기를 걸 수도 있다고 생각했다. 곽대우의 정체가 점점 더 궁금해지고 있었다.

그들은 호숫가를 따라 달렸다. 십여 장이 넘는 키의 삼나무들이 허공을 찌르고 숲을 이루어서 눈이 덜 쌓여 있었기 때문에 그들은 오랜만에 속도를 낼 수 있었다. 그렇게 달리다가 저녁나절이 되어 마을 하나를 발견했다. 곽대우가 일행을 멈추게 했다.

"제가 먼저 들어가서 방문해도 되는지 물어보고 오겠습니다. 우리처럼 대규모로 가면 아무래도 경계할 테니까요."

한참 후에 그가 몇 명의 사람들과 함께 나왔다. 곽대우는 그중 노인한 명을 소개했다.

"이곳 족장이십니다. 방문을 환영한다는군요."

곽대우가 무영과 갈맹덕을 가리키며 무어라고 말했다. 족장 옆에 있던 사내가 그 말을 받아서 다시 무어라고 족장에게 말했다. 족장이 고개를 끄덕이더니 무영을 유심히, 신기한 듯 보았다. 이방인 중에서도 눈에 보석을 박은 이방인은 처음 보는 것일 터였다.

족장이 무어라 말했다. 그걸 옆의 사내가 다른 말로 바꾸어서 말했다. 곽대우가 고개를 끄덕이고 무영에게 말했다.

"대접할 건 없지만 들어와서 쉬랍니다. 전부 쉴 수 있도록 방을 내주겠다는군요."

족장이 다시 무어라고 말했다. 곽대우는 통역을 기다리지 않고 같은 말로 응수한 다음 무영에게 설명했다.

"후헤 문헤 텐그리. 하늘과 산, 신의 축복이라는 뜻입니다. 이 사람들은 하늘과 산을 신봉하지요."

그들은 족장의 안내를 받아 마을로 들어갔다. 추운 지역이고 이미 밤이 되었지만 마을 사람들이 거리에 나와 그들을 구경하고 있었다. 그중에 특이한 사람들이 있었다. 두심오처럼 하얀 얼굴에 금빛 수염이 난 몇 명의 사내들이었다. 털모자를 눌러쓰고 두꺼운 옷을 입었지만 허리에는 두심오처럼 가늘고 긴 칼과 검을 차고 있었다.

곽대우가 말했다.

"아라사 사람들 같은데 여긴 왜 왔나 모르겠군요. 저 멀리 서쪽에 살기 때문에 좀처럼 여기까진 안 오는데."

문제의 아라사 사람들도 그들이 왜 왔나 궁금해하는 모양이었다. 자기들 말로 무언가 떠들더니 족장을 붙잡고 무언가를 질문했다. 이번에도 통역이 들어갔다. 아까 곽대우와 그들은 몽고말로 의사를 소통했었다. 곽대우가 몽고말을 하면 이 마을에서 몽고말 할 줄 아는 사람이 그걸 그들 말로 통역하고, 그들 말은 다시 몽고말로 통역했던 것이다.

이번에는 아라사말을 할 줄 아는 사람이 통역을 맡았다. 아라사 사람들이 족장을 위협하는 듯한 태도였다.

곽대우는 잠시 그들을 쳐다보다가 무영에게 말했다.

"아무래도 이 아라사 놈들이 이 마을을 점거한 모양입니다. 눈치가 그렇군요. 여차하면 한판 싸워야 할지도 모르겠습니다."

그는 한쪽에 숨듯이 서 있는 아라사 사람을 눈짓으로 가리키고 말했다.

"보세요. 길쭉한 통 같은 걸 들고 있지요? 화총(火銃)이라는 겁니다. 저 통 안에 화약을 넣고 콩알 같은 쇠구슬을 쑤셔 넣은 다음 불을 붙이면 쇠구슬이 튀어나와서 사람을 해치는 물건이지요. 이삼십 보 정도 거리에서는 꽤 효과가 있습니다."

그는 웃으며 덧붙였다.

"하지만 이런 추위에도 화약이 폭발할지 의문이군요."

족장과 이야기하던 아라사 사람이 화를 내며 소리 지르고 있었다. 족장이 난처한 빛으로 무언가 말했지만 아라사 사람들은 그 족장을 밀어서 넘어뜨리고 무영 일행을 향해 다가왔다. 아라사말을 할 줄 아는 사람과 몽고말을 할 줄 아는 사람이 다급히 뛰어와 말했다.

"이분들은 먼저 오신 손님들인데 자기들만으로도 좁으니 다른 곳으로 가라고 하는군요."

곽대우가 통역했다. 그리고 그가 몽고말로 말했다.

"좁아도 좋으니 같이 좀 신세 지자고 해봅시다."

몽고말을 그들 말로 바꾸고, 그들 말은 다시 아라사말로 바꾸어 전달되었다. 아라사 사람이 화를 내며 고개를 저었다. 그는 허리에 찬 검을 뽑더니 무영에게 겨누고 흔들었다. 무영이 천천히 말에서 내려 그에게 다가갔다. 그가 파천황을 뽑았다.

사람들이 물러섰다. 아라사 사람은 무영의 칼을 보고 비웃듯 고개를 젓더니 비스듬히 자세를 취했다. 쇠꼬챙이 같은 검을 앞으로 내밀고 한 손은 허리 뒤로 돌려 균형을 잡는 모습이었다. 무영의 눈이 빛났다. 검의 모습도 비슷하지만 자세도 두심오와 비슷했다. 두심오의 검술은 어쩌면 여기서 유래한 것인지도 모른다.

그는 파천황으로 가슴을 보호하며 공격을 기다렸다. 아라사 검술을 몸으로 시험해 보고 싶은 마음이었다.

아라사 사람이 덤벼들었다. 재빠른 보법 뒤에 쇠꼬챙이 같은 검이 바람을 가르며 날아왔다. 무영은 가볍게 그것을 피하고 옆으로 움직였다. 방식은 비슷했지만 속도는 두심오에 비하면 굼벵이나 다름없었다. 피하지 못할 이유가 없었다.

아라사 사람이 연달아 검을 찔러왔다. 몸을 낮추고 허리에 댔던 손은 어깨 위로 치켜 올렸다. 직선으로 전진과 후진을 반복하며 공격하고 피하는 것이었다. 무영은 계속 옆으로만 움직였다. 두심오와 싸울 때 충분히 경험해 몸에 익은 방어법이었다.

아라사 사람은 자신의 공격이 제대로 먹혀들지 않자 짜증이 난 모양이었다. 이번에는 검을 옆으로 휘둘러 무영을 베려 들었다. 무영이 처음으로 반격했다. 그는 파천황을 휘둘러 아라사 사람의 검을 때렸다. 검이 중동에서부터 잘려져 나가 공중으로 떠올랐다. 아라사 사람의 표정이 황당함 다음에 경악으로 바뀌는 순간 무영의 발이 그의 턱을 갈겼다. 그는 그대로 땅바닥에 누워버렸다.

그때 굉음이 울렸다. 무영은 어깨가 화끈해지는 것을 느끼고 돌아보았다. 어깨에서 피가 나고 있었다. 무언가가 스쳐 지나간 것이다.

아까 곽대우가 지적했던 그 아라사 사람이 긴 통을 발 사이에 세우고 허리춤에서 가죽 주머니를 꺼내어 흑색의 가루를 흘려 넣었다. 등에 멘 긴 막대기를 꺼내 들더니 열심히 구멍을 쑤시고, 그 다음엔 콩알 같은 것을 넣었다. 그런 다음에야 통을 무영에게 겨누고 불붙은 끈 같은 것을 통에 찔러 넣었다. 그러고도 한참을 기다려야 했다.

곽대우가 움직이려 했지만 무영이 손을 뻗어 말렸다. 대체 뭐가 어떻게 움직이는지를 보고 싶어서였다.

피시식 소리가 나더니 통을 겨누던 아라사 사람의 표정이 당황스럽게 일그러졌다. 화약에 불이 제대로 안 붙은 모양이었다. 무영이 손을 흔들었다. 다시 해보라는 뜻이었다.

아라사 사람은 통을 거꾸로 기울여 통 속에 든 것을 쏟아 붓고 전 과정을 처음부터 다시 했다. 지루할 정도로 시간이 오래 걸렸다. 이번엔 제대로 되었다. 굉음이 울리고 쇠구슬이 무영을 향해 날아들었다.

무영은 손을 뻗어 쇠구슬을 받았다. 정면이 아니라 측면에서 낚아챈 것인데, 뜨거웠기 때문에 받자마자 공중으로 던졌다가 다시 받았다. 그는 손바닥을 펴보았다. 콩알처럼 생긴 쇠구슬이었다. 별다른 위력은 없었다. 이것에 비하면 두심오의 검끝이 훨씬 무서웠다. 하지만 일반인에게는 먹혀들지도 모른다. 무영은 쇠구슬을 아라사 사람에게 다시 던져 주었다. 그는 쇠구슬이 이마를 때리고 떨어지는 데도 피하지도, 받지도 않고 멍하니 서 있었다. 그는 마치 귀신을 본 듯한 얼굴이었다.

곽대우가 외쳤다.

"계속 싸워볼까? 모두 죽을 작정이라면 덤벼도 좋다."

그는 같은 말을 몽고말로 반복했고, 몽고말이 시베랴크 말로, 다시 아라사말로 바뀌어서 전해졌다. 아라사 사람들이 주춤주춤 물러나더니 와 하고 도망쳤다. 잠시 후 짐을 싸 들고 나온 아라사 사람들의 무리가 마을을 떠났다.

족장이 한층 감사하다는 표정으로 그들을 영접했다. 일행은 마을의

각 집에 한두 명씩 나누어 맡겨지고, 무영과 곽대우, 갈맹덕은 족장의 집에 초대받아 음식 대접을 받았다.

절인 생선과 구운 고기가 나왔다. 독한 술도 있었다. 부드럽고 푹신한 떡 같은 것도 나왔는데 놀랍게도 마을 주변에 자라고 있는 삼나무의 열매를 구운 것이라고 했다. 무엇보다도 불이 있었다. 벽에 붙은 난로에는 장작이 타오르고, 방 안은 그 열기로 따끈하게 데워지고 있었다. 벽과 지붕에서 상쾌한 통나무 냄새가 풍겨와 코끝에 감돌았다.

갈맹덕이 벌써 꾸벅꾸벅 졸기 시작할 때 통역을 통해 족장과 이야기하던 곽대우가 기쁜 듯 말했다.

"찾았습니다! 빙궁의 사자로 짐작되는 여자가 옆 마을에 묵으면서 길 떠날 준비를 하고 있다는군요."

제 30 장
극광 아래에

극광이 새털처럼 휘어져서 하늘 끝까지 뻗어 있었다
그 중심부 바로 아래에
벽록색의 극광을 받아 벽록색으로 빛나는 얼음 궁전이 서 있었다

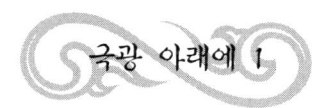

극광 아래에 1

다음날 그들은 마을 사람 하나를 안내원으로 삼아 문제의 사자가 있다는 이웃 마을로 떠났다. 호숫가를 따라 편한 길로 달리니 산보라도 나온 것처럼 여유로운 모습이지만 실제로는 쌓인 눈과 추위를 견디며 달리는 쉽지 않은 여정이었다. 호수도 이미 꽁꽁 얼어붙어서 호수 위로 말을 타고 달릴 수 있을 정도였다. 실제로 여정의 마지막 부분은 호수의 빙판을 달려 거리를 단축하는 것으로 끝났다.

그러나 그렇게 찾아간 마을에 빙궁의 사자는 없었다.

곽대우가 말했다.

"열흘 전쯤 이미 떠났답니다."

그가 보충 설명을 했다.

"이 부근 사람들은 겨울에는 거의 집 밖에도 안 나올 지경이라 이웃 마을과도 완전히 차단되어 있다시피 하지요. 열흘 전에 떠난 걸 모르는 정도는 이상한 일도 아닙니다."

갈맹덕도 이젠 일일이 화를 내진 않았다. 그는 찬바람에 언 입술을 겨우 움직여서 물었다.

"그래서 이젠 어쩔 작정인가?"

갈맹덕은 서천노조라는 별호에서도 알 수 있듯이 서쪽 사람, 그것도 신강처럼 겨울 추위가 있는 곳이 아니라 남쪽 서장(西藏)이 주 활동 무대였던 사람이었다. 그래서 무위에 비해 유달리 추위를 타는 것인데, 그에 비하면 무영은 이 정도 추위쯤은 아무것도 아니라 다른 사람들처럼 얼굴에 천을 두르지도 않고 맨얼굴로 바람을 맞으며 달렸다. 그게 시원해서 차라리 좋다고 생각했다.

곽대우는 머리를 긁었다.

"애초에 생각한 대로 해야겠지요. 여기 있다 떠난 건 확실하니 일단 꼬리는 잡은 셈 아닙니까. 계속 뒤를 추적해야지요."

그래서 그들은 그렇게 했다. 빙궁의 사자는 이 마을에서 썰매와 개들을 준비해 그걸 타고 내륙 쪽으로 갔다고 했다. 그들은 그 방향으로 추적해 갔다. 중간에 드문드문 늘어서 있는 부락들을 거치며 탐문을 하고, 길을 재촉한 결과 그들은 다시 열흘이 지나서 구릉지들을 지나 평원 지대로 나왔다. 오른쪽에는 동북 방향으로 흐르는 큰 강이 있고 그 강을 따라 평원이 형성되어 있는 곳이었다. 그쯤부터 빙궁 사자의 행로가 동북을 향하고 있었다.

곽대우는 곰곰이 생각하더니 무릎을 쳤다.

"강을 따라가려는가 보군요. 과연, 양식만 충분히 준비하면 그쪽이 가장 빠른 길이겠습니다."

강을 따라, 즉 얼어붙은 강물 위로 썰매를 타고 달려간다는 것이었다.

곽대우는 일행을 재촉했다.

"사자가 강을 타기 시작하면 우리는 도저히 못 따라갑니다. 그전에 어떻게든 따라잡아야겠습니다."

강행군이 시작됐다. 지쳐 쓰러지는 말이 속출하고 낙오자가 생겼다. 곽대우는 그들을 보살펴 줄 사람 한둘을 떨궈놓고 마냥 달렸다. 내륙으로 갈수록 더욱 추워졌다. 입김이 그대로 얼어붙어 공중에 남을 듯한 추위였다. 들판도, 거기 선 나무도, 강물도 하얗게 얼어붙어 은색으로 빛나고 있었다. 세상이 온통 얼어붙은 듯한 강추위 속을 그들은 달리고 또 달렸다.

그렇게 며칠을 달려 반수가량이 떨구어진 뒤에야 그들은 강변의 어촌 부락 한 곳에서 막 떠나려 하는 빙궁 사자를 따라잡을 수 있었다. 스물이 될까 말까 하는 차가운 인상의 미녀였다. 수행원도 없이 여자 한 명이 빙궁과 총단을 오가는 사자 역할을 하고 있었던 것이다.

그녀는 자신을 제칠설녀(第七雪女)라고 소개했다. 설녀라는 이름에 걸맞게 차가운 표정과 태도는 원래 그런 것인지 아니면 막 떠나려고 하던 여정이 그들을 만남으로 해서 지체되었기 때문인지 알 수 없었다. 어쨌든 그녀를 잡은 곽대우는 절대 놓아줄 생각이 없는 듯했다.

곽대우가 말했다.

"어차피 가실 길이고 볼일은 이분들과 있는 것이니 같이 가면 좋지 않겠습니까."

제칠설녀는 하늘을 잠깐 살펴보더니 말했다.

"하루 기다려 주죠. 동행한다고 해도 나는 내 갈 길을 갈 테니 알아서 따라오세요."

곽대우는 아부하는 듯한 미소를 지으며 말했다.

극광 아래에 283

"그래도 속도는 조절해 주셔야 따라가지 않겠습니까."
그러나 설녀는 싸늘하게 말하고 돌아섰다.
"알아서 따라오세요."
설녀가 다시 마을로 가버리자 곽대우는 한숨을 내쉬었다.
"설녀가 아니라 빙녀(氷女) 같군요. 바늘로 찔러도 피 한 방울 안 나올 것 같네."
그는 무영을 향해 웃으며 말했다.
"어쨌든 잡았으니 다행이고, 행장을 대충 살펴볼 수 있었으니 더욱 다행입니다. 그녀를 따라가려면 그 비슷한 준비를 해야겠지요."
그들은 마을로 들어가 설녀와 비슷한 준비를 하기 위해 애를 썼다. 썰매가 있어야 하고, 그걸 끌 개가 있어야 했다. 이게 쉽지 않았다. 이 마을 사람들은 개를 가족처럼 생각하는지 개 한 마리 팔라고 하면 미친놈 보듯 했다. 썰매도 그랬다. 가까스로 다 낡은 썰매 하나를 구걸하다시피 해서 얻고는 곽대우가 직접 망치를 들고 손을 봤다. 개는 이 집 저 집에서 애걸해 사서는 열 마리를 간신히 채웠다. 설녀는 대충 스무 마리 정도 준비한 것 같으니 반밖에 안 되는 것이다.
새벽이 되자 곽대우가 말했다.
"말로는 도저히 빙판 위를 못 달립니다. 준비한 건 두 사람이 간신히 갈 수 있을 정도밖에 안 되는군요. 여기서부턴 봉공과 둘이서만 가셔야겠습니다."
갈맹덕이 말도 안 된다는 듯 고함을 질러댔지만 불가능한 일을 어떻게 할 수는 없었다. 갈맹덕이 마을에 불을 싸질러 버리고 썰매와 개를 몽땅 빼앗아가자는 말까지 했지만 곽대우는 싸늘한 침묵으로 무시해 버렸다.

곽대우는 무영을 붙들고 준비한 것들을 설명해 주었다. 예비용 털가죽 옷을 한 벌씩 더, 털가죽을 몇 겹씩 덧대어 만든 노루 주머니, 그건 이제 노루 주머니가 아니라 곰 주머니라 불러야 할 만큼 두툼했다. 그리고 한 달 치 양식이 될 건량과 개 먹이가 있었다. 물은 아예 준비하지도 않았는데 목마르면 얼음이라도 핥아먹으라는 뜻이었다. 대신 그는 화로와 솥을 준비했다.

"얼음 위에서 불을 피울 순 없을 겁니다. 화로에 피우고 눈을 녹여 물을 만들어 드세요. 혹시 사냥이라도 해서 고기가 생기면 구워 드셔도 좋고. 그리고 이건……."

그는 나무 상자 하나를 가리켰다.

"빙궁에 보내는 예물입니다. 처음 가는데 예물도 없이 갈 순 없죠."

그는 의미심장하게 웃었다.

"빙궁 사람들이 받고 좋아할지 어쩔지는 모르겠지만 최소한 무시할 수는 없을 겁니다."

죽은 것처럼 가만히 있다가 호기심이 동한 갈맹덕이 상자를 열어 내용물을 확인했다. 마른풀로 속을 채운 상자 안에는 황금으로 만든 인형이 하나 있었다. 여자의 모습을 정교하게 조각한 인물상이었다.

갈맹덕이 눈을 가늘게 뜨고 그 황금상을 살펴보더니 말했다.

"이건 빙후(氷后) 악산산(岳珊珊) 아닌가."

곽대우가 고개를 끄덕였다.

"예, 현 북해빙백종의 종사인 빙후 악산산의 상(像)입니다. 빙궁에 그녀는 없겠지만 그녀의 상이 예물로 들어가면 무시할 순 없을 거라는 뜻이죠."

갈맹덕은 황금상을 상자에 던져 넣고는 말했다.

"자네들 종사가 저런 것도 준비했나. 별 사소한 데까지 다 신경을 쓰는군."

그는 갑자기 인상을 찌푸렸다.

"이번에 빙궁으로 온다고 갑자기 준비한 건 아니겠군. 시간이 없었으니 말일세. 그럼 전부터 만들어뒀던 거라는 뜻인데……."

중얼거리는 갈맹덕을 곽대우는 차갑게 바라보고 있었다. 그의 눈빛이 그렇게 차가워지는 것은 만난 이래 처음이라 무영은 약간 의외라는 느낌을 받았다. 곽대우의 숨겨진 면모를 발견한 듯한 기분이었다.

갈맹덕은 갑자기 주책맞게 키득거리며 웃었다.

"악산산이 한때 중원 마교의 숱한 청년 고수들에게 연모의 대상이 되었던 일이 있었지. 자네들 종사도 그중 하나였을까? 혹시 이 상을 침상 머리맡에라도 세워뒀던 건 아닌지 모르겠군."

"설마 그렇기야 하겠습니까."

곽대우는 어느새 평소의 모습을 되찾고 있었다. 그는 이제 무영이 집어 들어 살펴보고 있는 황금상을 빼앗듯 가져가서 상자에 넣고 봉했다. 그가 말했다.

"어떤 걸 버려도 상관없지만 절대 버려서는 안 되는 게 두 가지 있습니다. 이 예물과 개 먹이입니다. 예물을 버리면 종사의 뜻을 거슬린 것이 되고, 개 먹이를 버리면 그때부턴 걸어가셔야 합니다. 만약 두 가지 중에 하나를 버리라면 저는 예물을 버리겠습니다. 벌을 받을 땐 받더라도 일단 살고는 봐야 할 테니까요."

그는 개들을 지휘할 때 쓰는 채찍을 들어 허공에 휘둘렀다. 채찍의 끝이 허공에서 멈추며 딱 소리를 냈다. 개들이 본능적으로 뛰어나가려 움찔거리다가 멈추었다. 무영이 썰매를 잡고 있었기 때문이다. 곽대우가 채찍을 넘겨주고 웃었다.

"여기 사람들이 채찍 쓰는 걸 봤는데, 정말 대단하더군요. 채찍을 주 무기로 쓰는 월영이 여기 왔다 하더라도 한 수 배워가야 할 정도였습니다. 당장 그렇게 된다는 건 무리겠지만 가시는 틈틈이 채찍 연습도 하셔야 할 겁니다. 개들이 친해지면 말로 해도 따르겠지만 그전에는 채찍 외엔 통제할 방법이 없을 테니까요."

설녀가 강으로 나가고 있었다. 곽대우는 걱정스럽게 바라보며 말했다.

"부디 무사히 돌아오시기 바랍니다."

그는 무영에게 속삭였다.

"가시는 길은 잘 봐두셨다가 나중에 제게 알려주십시오."

그는 눈을 찡긋거리며 웃고는 떠나는 그들을 배웅했다. 갈맹덕은 썰매에 올라타고, 무영은 앞에서 개들을 끌며 설녀를 따라 강으로 내려갔다. 설녀가 채찍을 휘둘러 허공에서 소리를 냈다. 무영이 썰매 뒤에 만들어진 손잡이를 잡고 서서 설녀처럼, 아까 곽대우가 했던 것처럼 흉내 내어 소리를 냈다. 두 번 만에 성공했다. 개들이 달리기 시작했다.

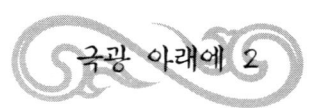

극광 아래에 2

시비르 평원에는 세 줄기 큰 강이 북으로 흐르고 있다. 그중 가장 동쪽, 가을산맥 바로 왼쪽으로 달리는 강을 '레나'라고 부른다. 지금 무영이 썰매를 타고 달려가고 있는 그 강이었다.

레나 강은 바이가알 달라이 서쪽의 산맥에서 발원해서 겨울산맥 부근까지 북동 방향으로 흐르고, 이곳에서부터 방향을 틀어 북쪽으로 흘러 바다로 들어간다. 겨울부터 시작해서 이듬해 오월경까지 결빙되고, 여름엔 범람하기 때문에 봄가을로만 배가 다닐 수 있다. 북쪽으로 방향을 트는 지역에는 야쿠트 족들이 여러 부락을 이루어 살고 있는데, 빙궁 사자와 무영 일행은 단 오 일 만에 여기까지 달려올 수 있었다.

빙궁 사자에게야 이번 여행이 처음도 아닐 테고, 썰매를 타고 개들을 부리는 것에도 익숙해 있어서 그건 별일도 아니었을 것이다. 그러나 무영과 갈맹덕에게는 죽을 고생이었다. 썰매라는 놈이 그리 안정적인 것은 아니라서 급격하게 방향을 틀 때마다 뒤집어지기 일쑤였다. 게다가 개들이 초보자인 무영과 갈맹덕의 말을 전혀 듣지 않았다. 채찍으로 갈겨야 겨우겨우 움직이고, 게다가 여기저기서 긁어모은 놈들이다 보니 자기들끼리 싸우고 호흡은 안 맞아 줄이 꼬여 엉망이 되는 게 다반사였다.

나중엔 무영이 직접 나서서 줄을 잡고 끌었다. 갈맹덕은 수없이 뒤집어지는데도 끝내 썰매에서 안 내리고 고집을 부리고 있더니 자기 몸이 불편하니까 하는 수 없이 썰매 위에서 무게를 이동시켜 균형을 잡는 법을 익혔다. 무영도 이렇게는 도저히 못 가겠다고 생각을 하고 개들의 위치를 바꾸고, 채찍 쓰는 법을 연습하고, 한편 개들을 달래고 얼러서 썰매 타는 기본부터 익혀가며 이동했다.

빙궁 사자는 조금도 기다려 주지 않았기 때문에 이미 그들의 시야에서 사라진 지 오래였다. 하지만 어차피 강을 따라갔을 게 뻔하기 때문에 나중에라도 속도를 내서 바다에 도착하기 전에 따라잡으면 그만이라고 생각하고 하루를 꼬박 훈련에 바쳤다.

다음날부터는 느리게라도 달릴 수 있었다. 무게를 줄이기 위해 무영은 썰매에 타지 않고 그냥 손잡이를 잡고 달렸다.

새벽부터 밤까지, 앞이 조금이라도 보이면 그들은 달렸다. 개가 먼저 지쳐 쓰러질 때까지. 그렇게 해서 야쿠트 족 부락에 도달하자 빙궁 사자가 쉬었다가 다시 출발하기 직전이었다. 그녀는 지쳐 쓰러질 듯 처참한 몰골이 된 무영의 개들을 힐끔 보고는 말도 없이 혼자 출발해 버렸다. 그냥 따라갈 수는 없었다.

무영은 손짓 발짓을 동원해서 야쿠트 족에게 개들을 넘기고, 가지고 있던 가죽 옷까지 줘서 건강한 개들과 바꿀 수 있었다. 잠시 쉴 틈도 없이 그들은 다시 길을 떠났다. 북쪽으로, 빙궁 사자를 따라잡기 위한 강행군이었다.

　북쪽으로 갈수록 추워지고 어두워졌다. 야쿠트 부락을 떠난 지 얼마 되지 않아 그들은 해가 뜨지 않는 기나긴 밤을 맞았다. 아무리 시간이 흘러가도 밤만 계속되었다. 별빛으로 길을 찾는 수밖에 없었다. 간혹 눈보라라도 몰아치면 눈 구덩이에 숨어 쉬던가 직접 줄을 잡고 길을 열어가며 개들을 끌고 가야 했다.

　그렇게 강행군한 보람이 있어서 야쿠트 부락을 떠난 지 사흘 만에 빙궁 사자를 따라잡을 수 있었다. 이제 빙궁 사자가 쉴 때 그들도 쉬고, 그녀가 떠나면 같이 떠날 수 있었다.

　빙궁 사자, 제칠설녀는 썰매 위를 거의 떠나지 않았다. 용변을 보러 떠나는 모습도 보이지 않았다. 식사도 썰매 위에서 해결하고 잠도 거기서 잤다. 그녀는 거의 먹지도 않았다. 간혹 무언가 약과 같은 것을 한 알 삼키고는 마는 게 전부였다. 그런데도 지친 기색 없이 개들을 꾸짖고 달래며, 때로는 채찍을 휘둘러 독려하며 달리는 것이다.

　갈맹덕은 이제 거의 이불 속에 파묻혀 살았다. 썰매를 떠나기 싫어하는 건 설녀나 다름없었다. 하지만 먹을 건 제대로 먹어야 했고 잘 땐 화로를 찾았다. 강가의 나무를 잘라 화로에 불을 피우고, 밤새 타고 남은 재는 버리지 않고 그대로 화로에 담아 낮 동안 품고 있었다.

　무영은 얼음 위에 노루 주머니를 깔고 그 속에서 잠깐 눈을 붙이고는 바로 일어나 가죽 옷도 벗고 웃통은 아예 벌거벗은 채 검을 휘둘렀다. 두꺼운 눈이 덮여 있지만 그 바닥은 미끄러운 얼음이었다. 그 위에서 중심을 잡고 무기 사용하는 법을 연습하는 것이었다. 설녀가 가끔 구경하듯 쳐다보았지만 그는 상관하지 않았다.

요즘 와서 그는 검과 도에 있어서는 법이라거나 격식보다는 뜻이 더 중요하지 않은가 생각하고 있었다. 흑풍과, 아니, 흑풍을 대신한 흑호와 겨루고 난 후 그런 생각이 싹을 틔워서 점점 자라고 있었는데, 그건 천왕도법이니 태극검법이니 하는 식으로 정해진 방식에 따라 싸움이 진행되는 법이 거의 없다고 생각하게 되었기 때문이다. 어쩌면 천왕도법과 태극검법의 오의가 바로 그것 같기도 했다.

그것들은 다양한 동작과 기교들을 그 투로 안에 포함하고 있지만 정해진 대로 적을 끌어당겨 정해진 방식으로 베어버리게 하는 것이 아니라 그 다양한 동작과 기교들을 수련하기 위한 연습용 투로인 것 같았다. 상황에 따라 필요할 때 적절한 동작이 자연스럽게 흘러나오게 되면 그게 바로 천왕도법이고 태극검법인 듯하다는 것이었다. 그래서 그는 바로 그 부분을 연습하고 있었다.

과거 이미 싸워봤던 가상의 적을 두고 그때의 기억을 되새기며 다시 한 번 싸웠다. 구체적인 동작과 초식들에 중심을 두지 않고 적이 어떤 자인지, 주로 어떻게 공격하고 방어하는지를 기억하며 겨루었다. 만약 두심오라면, 만약 혈영이라면, 흑호라면 어떻게 할지 생각하는 것이다.

수련을 거듭할수록 놓쳐 버린 기회들과 빈틈이 보이는 듯했다. 지금이라면 훨씬 쉽게 혈영을, 흑호를 이길 수 있을 것 같았다. 그러나 아직도 두심오는 버거운 상대였다. 아직도, 상상 속에서도 두심오의 검 끝은 보이지 않았다. 그때의 그 느낌, 가슴을 파고들던 뜨거운 검끝만이 아리게 느껴질 뿐이었다.

하루는 그렇게 수련을 끝내고 흘러내리다 얼어버린 땀을 천으로 떼내고 있을 때 설녀가 말을 걸었다. 그녀는 무영의 목에 채워진 강철 목걸이를 가리키고 있었다.

"그거 채웠다 풀었다 할 수 있는 건가요?"

무영의 보석 눈에도 관심을 보이지 않던 그녀가 강철 목걸이에는 관심이 있었던 모양이다.

무영이 대답했다.

"풀 수 없다."

그녀는 무표정한 얼굴로 한참을 생각하더니 다시 물었다.

"근데 왜 차고 있죠?"

무영이 대답했다.

"차고 싶어서 찬 게 아니다."

설녀는 그 대답에 만족하지 못한 모양이었다. 그녀의 얼굴에 처음으로 사람다운 표정이 드러났다. 호기심이었다.

"누가 채웠나요? 왜?"

무영이 대답했다.

"종사가."

그 다음엔 잠시 망설였다. 이유를 뭐라고 설명해야 할지 몰랐기 때문이다. 사실 그 자신도 모르고 있지 않은가. 종사는 왜 그에게 강철 목걸이를 채웠을까. 굴욕을 주기 위해서? 아니면 특별한 인물로 인정한다는 뜻? 이 한계를 깨고 도전해 보라는 뜻일까?

설녀는 여전히 호기심 찬 눈으로 바라보고 있었다. 그때 자는 줄 알았던 갈맹덕이 대신 대답했다.

"죄인이기 때문이지. 이화태양종에서는 최악의 죄인에게 개 목걸이를 채운다. 저게 바로 개 목걸이지."

그렇게 말하고 갈맹덕은 음산하게 웃었다. 웃는 게 아니라 차라리 목에 무언가가 걸려 기침을 하는 것 같은 웃음소리였다.

설녀는 어느새 평소의 무표정으로 돌아가 있었다. 호기심의 빛은 얼음장같이 흐린 표정 속으로 숨어들고 차가운 눈동자는 별빛처럼 무심하게 반짝였다. 그녀는 개들을 깨워 고기를 던져 주었다. 차가운 얼음덩어리나 다름없는 그 고기들을 개들이 으적거리며 씹어 먹는 동안 무심히 서서 기다리다가 썰매에 개들을 묶었다. 그녀의 채찍이 허공에서 소리를 냈다. 썰매가 떠났다.

무영이 바쁘게 준비하고 출발했을 때는 그녀의 모습은 가물가물하게 멀어지고 있었다.

열흘간의 빙상 여행이 끝났다. 그들은 얼어붙은 북해의 바닷가에 서 있었다. 모든 것이 멈춰 선 바다, 물결조차, 별빛조차 고스란히 얼어붙어 있는 그 죽음의 바닷가에 서서 설녀는 하늘 한쪽을 가리켰다.

눈이 부실 정도였다. 북쪽 하늘에는 휘황한 빛의 물결이 주름치마처럼 하늘에 펼쳐져 있었다. 설녀가 그걸 가리키며 말했다.

"저걸 극광(極光)이라 부르죠. 저 극광 바로 아래에 빙궁이 있어요."

극광 아래에 3

　죽음의 바다처럼 보이긴 했지만 실제로 모든 것이 죽어 있는 것은 아니었다. 바닷가의 얼어붙은 암벽에는 거대한 동물들이 우글거리며 기어 다니고 있었는데, 해상(海象), 즉 바다코끼리라고 부르는 동물이었다. 거대한 이빨이 아래로 뻗어 나와 있고, 앞발은 물고기의 지느러미 같지만 땅을 받치고, 그것으로 기어 다녔다. 뒷발은 아예 넓적한 부채 같은 지느러미였다.
　해안에는 사람들이 모여 사는 부락도 있었는데, 겨울에는 해상이나 해표(海豹)를 사냥하고, 바다가 녹는 여름철에는 배를 띄워 물고기를 잡으며 살아가는 돌간족의 부락이었다.
　설녀는 이미 낯을 익혀두었는지 돌간족 부락의 족장을 바로 찾아가서 개 먹이를 보충하고 바다로 나갔다. 무영 또한 그 틈에 개 먹이를 얻어서 설녀의 뒤를 따랐다. 바다가 모두 얼어붙은 것은 아니었다. 먼

곳에는 검푸른 파도가 출렁이는 곳도 있었고, 얼음 자체가 조금씩 움직이고 부서져 가라앉는 곳도 있었다. 그 위를 달려가야 하는 것이다.

다행히 설녀는 얼음이 굳게 얼어 있는 길을 아는 듯했다. 나중에 보니 그것은 해안에서 출발해서 바다에, 지금은 얼음 위에 점점이 떠 있는 섬들을 잇는 선이었다. 그렇게 섬들을 거쳐서 중간의 큰 섬에 도착하자 이곳에도 부락이 형성되어 있는 것을 볼 수 있었다. 거기서 다시 약간의 보충을 하고 일행은 북쪽으로 길을 떠났다.

며칠 후 빙궁에 가기 전에 마지막으로 들른 섬에도 사람은 살고 있었다. 얼음으로 집을 만들고 사냥을 해서 살아가는 부족이었다. 설녀는 여기에 썰매와 개들을 맡기고 간단한 짐을 들고는 걸어갈 모양이었다.

갈맹덕이 파랗게 질려서 그녀에게 물었다.

"걸어간다고?"

설녀가 차갑게 대답했다.

"썰매로는 더 이상 못 가요."

"왜?"

"시비르 평원보다 여기가 더 따듯한 걸 모르나요? 앞으로는 얼음이 자주 깨지고, 얼음 모양도 날카롭게 튀어나와 있기 때문에 지나가려면 썰매를 사람이 짊어지고 가야 할 판이에요. 차라리 혼자 걷는 게 빠르죠."

그녀의 말대로 시비르 평원, 특히 야쿠트 족이 살던 그곳보단 바다 위가 따듯했다. 하지만 갈맹덕에게 있어서는 거기나 여기나 얼어 죽을 지경인 건 마찬가지였다. 썰매와 화로, 이불을 포기하고는 어디로도 가고 싶지 않았다.

그는 항변했다.

"예전엔 분명 썰매로 갔어! 지금 왜 그게 안 된다는 거냐!"

설녀가 대꾸했다.

"그렇게 모시려면 사람이 많이 필요했겠죠. 가마처럼 메고 갔을 테니까. 하지만 지금은 안 돼요. 난 혼자고, 당신을 그렇게 모실 이유도 없죠. 따라오려면 오고 말려면 마세요."

그녀는 그렇게 말하고는 먼저 출발해 버렸다.

무영은 썰매를 뒤져 예물 상자와 간단한 식량, 자기 몫의 노루 주머니를 밧줄로 묶어서 들고 설녀를 따랐다. 갈맹덕이 소리쳤다.

"난 어떻게 하라고!"

무영은 뒤돌아보지 않았다. 갈맹덕은 이를 갈며 썰매에서 내려 초피 이불을 뒤집어썼다. 무영의 뒤를 따라가는 그의 입에서는 끊임없는 저주가 흘러나오고 있었다. 제강산과 무영에 대한 저주였다.

여기까지 오는 길이 다 그랬지만 바다 위를 걸어가는 것도 쉽지 않았다. 얼음으로 이루어진 바위는 날카로운 각으로 솟아 있었고, 어떤 것은 밟으면 그대로 기울어 물에 잠기곤 했다. 부빙(浮氷)으로 이루어진 길인 것이다.

그들은 물론 경신술을 익힌 무림인들이었지만 얼음 위에서 균형을 잡는다는 것 자체가 그리 쉬운 일이 아니었고, 특히 짐을 짊어진 무영에게는 더했다. 갈맹덕은 짐을 지진 않았지만 추워서 동작이 굼떴고, 한사코 초피 이불을 뒤집어쓰고 가는 것을 고집했기 때문에 여러 번 위험에 빠졌다. 무영이 손을 내밀어 구해주고, 나중에는 밧줄로 서로의 허리를 묶어 끌어주지 않았으면 바다에 빠져도 여러 번 빠졌을 것이었다.

오로지 빙궁 사자, 제칠설녀만이 가뿐한 몸으로 가볍게 빙산을 넘어가며 산보하듯 전진했다. 날은 여전히 밝아오지 않았고 극광은 그들의 앞에서 빛나고 있었다. 별빛에 비친 얼음은 연한 녹색으로 보였는데, 그건 여름이 되어 해가 떠도 그렇게 보인다고 했다.

그녀는 거의 쉬지 않았다. 어쩌다가 쉬게 되면 들고 온 짐을 바닥에 깔고 그 위에 가부좌를 틀고 앉아 조용히 조식을 했다. 식사는 여전히 약으로 해결하고, 용변도 여전히 보지 않았다. 빙궁에서 조제한 이른바 벽곡단(辟穀丹)을 사용해서 허기와 배설을 억제하고 있는 것이었다.

무영은 그녀를 그 벽곡단 때문에 부러워하고 있었다. 그들은 얼음 같은 건포를 씹으며, 딱딱하게 굳어 모래알 같은 건량을 씹으며 걸어야 했다. 그것도 음식이라고 며칠에 한 번은 용변을 봐야 했는데, 이 추위 속에서 엉덩이를 까는 것은 무영에겐 별일 아니었지만 갈맹덕에게는 죽을 노릇이었을 것이다.

그러나 무영이 벽곡단이 있으면 좋겠다고 생각하는 것은 그게 여행을 더없이 간편하게 해주고 속도를 붙여줄 거라는 이유 때문이었다. 설녀의 엄청난 이동 속도에 벽곡단이 기여하는 바가 적지 않다고 생각했던 것이다. 만약 그러한 벽곡단을 이화태양종에서도 만들 수 있다면 신속한 이동과 은밀한 행동을 필요로 할 때 큰 도움이 될지도 모른다. 무영은 빙궁을 떠나올 땐 어떻게든 벽곡단을 몇 알 구해서 가져가리라 생각했다.

극광이 점점 더 그들의 머리 위로 다가왔다. 밤낮의 구별이 없으니 며칠이나 지났는지 알 수가 없었다. 그러나 설녀는 대강 시간의 흐름을 느끼고 있었던 것인지 무영에게 경고했다.

"빙궁에 도착하면 사흘 정도밖에 시간이 없을 거예요. 그 안에 비무를 끝내고 바로 출발하지 않으면 중간쯤부터는 헤엄쳐서 돌아가야 할 걸요."

그녀는 갈맹덕이 피로와 추위에 곯아떨어져 버리고 난 후에는 무영과 제법 이야기를 나누게 되었다. 천성적으로 말이 없는지, 아니면 빙궁 무공의 영향 때문인지, 그도 아니면 무영을 경계하는 것인지 극도로 말을 아끼긴 했지만 어쨌든 간혹 한두 마디는 하곤 했다. 무영 역시 대화를 즐기는 성격이 아니라 두 사람의 대화는 한마디가 던져지면 다음 날 저녁에야 문득 대답이 돌아오곤 하는 그런 것이었다.

그 짧은 대화를 통해서 무영은 이제 가서 겨루어야 할 제삼설녀가 제칠설녀의 사저(師姐)라는 것, 제일과 제이설녀는 해남도에 있고 빙궁에는 제삼설녀를 우두머리로 하는 다섯 명의 설녀만이 살고 있는데 제칠설녀 자신이 제일 막내라는 것을 알게 되었다. 그녀가 중원에 있는 마교 총단을 오가는 것은 이번이 세 번째라고 했다. 막내인 주제에 그렇게 중요하고 위험한, 한편으로는 가장 생기는 게 많은 임무를 맡은 것이 의아해서 이유를 물어보았더니 그녀는 대답하지 않고 묘한 눈빛으로 극광을 바라볼 뿐이었다.

다음날 그들은 이 얼음 평원에 살고 있는 동물을 보았다. 얼음덩어리가 걸어오는 듯한 느낌의 하얀색 곰이었다. 대흥안령에도 곰은 있었고 무영이 본 일도 있었지만 이렇게 거대한 곰은 처음이었다. 대흥안령에 사는 곰의 두 배는 될 듯한 체격을 뒤뚱거리며 다가오다가 그들을 보자 놈은 경중거리며 뛰기 시작했다. 조금의 경계심도 없이, 그저 맛있는 사냥감을 보고 달려오는 듯한 모습이었다.

갈맹덕이 귀찮다는 듯 말했다.

"저건 또 웬 놈이래. 별게 다 귀찮게 구는군."

그의 주름진 얼굴에는 얼음이 얼어붙어 있었다. 얼굴을 가린 천에도, 눈을 가린 가죽 띠에도 얼음이 붙고 그 틈새로 빠져나온 성긴 수염에는 얼음이 고드름처럼 대롱대롱 달려 있었다. 가공할 추위는 눈조차 제대로 뜨지 못하게 만들었다. 그러나 마교 서열 백위 안에 드는 천하의 고수 갈맹덕이 어찌 곰 새끼 하나를 두려워할 것인가. 그들은 피하지도, 도망가지도 않고 달려오는 곰을 멍하니 쳐다보고 있었다.

무영은 묵염혼의 손잡이를 만지고 있었다. 자신에게 덤벼들면 때려죽여 버릴 생각이었다. 설녀는 소매에 손을 넣고 가만히 서 있었다. 무방비에 가까운 모습이지만 나름대로 자신이 있어서 그러는 것일 터였다. 갈맹덕은 말할 기운이 있으니 곰에게 당하지야 않을 것이다. 그게 무영의 생각이었는데, 적어도 갈맹덕에 대해서는 오판을 했다.

곰은 이불을 뒤집어쓰고 있는 갈맹덕이 가장 만만해 보였는지 바로 갈맹덕에게 덤벼들었다. 갈맹덕이 이불을 젖히고 장법으로 곰을 상대하려고 했다. 그러나 그건 생각뿐이었다. 추위에 얼고 굳어버린 그의 손발이 제대로 말을 들어주지 않았다. 그의 동작은 자신이 생각한 것보다 열 배는 느렸다. 그는 이불을 반쯤 젖히다가 곰의 습격을 받아 뒤로 넘어지고 말았다. 그때 무영이 곰에게 덤벼들었다.

무영은 갈맹덕이 쓰러지는 것을 보고 그대로 달려들어 곰의 옆구리를 어깨로 받았다. 이 일격에 곰이 나뒹굴었다. 무영의 손이 묵염혼을 뽑았다. 곰이 다시 달려들고 있었다. 묵염혼이 번개처럼 날아가 곰의 가슴을 파고들었다. 곰의 무게가 무영을 덮쳤다. 발밑에서 빠지직 소리가 났다. 설녀가 외쳤다.

"조심! 얼음이!"

엄청난 곰의 무게와 무영의 무게, 파천황과 묵염혼의 무게까지 합쳐져서 얼음이 깨어졌다. 그들이 발을 딛고 있던 부빙을 다른 부빙과 연결해 주던 엷은 얼음이 깨어지면서 부빙은 옆으로 밀려갔다. 그 틈으로 무영과 곰이 빠져들어 갔다.

갈맹덕은 허리를 묶은 밧줄을 움켜쥐었다. 무영과 연결된 생명줄이었다. 곰의 무게는 엄청났고 발밑은 미끄러웠다. 갈맹덕이 순간적으로 미끄러지며 딸려갔다. 그때 그에게는 다행히, 무영에게는 불행하게도 날카로운 얼음 모서리에 쓸린 밧줄이 끊어져 버렸다. 갈맹덕은 물가에 얼굴을 내밀고 부들부들 떨었다. 밧줄을 잡은 손은 이미 얼음 물속에 들어가 있었다. 그는 천천히 손을 들었다. 끊어진 밧줄이 끌려 나왔다.

물은 차가웠다. 그러나 무영이 자란 그 동굴의 물처럼 차지는 않았다. 무영이 지금이라도 곰에게서 떨어져 물 밖으로 나오려 했다면 충분히 그럴 수 있었을 것이다. 그러나 무영은 그렇게 하지 않았다. 곰의 가슴을 관통하고 박혀 있는 묵염흔을 뽑아내야 했다. 물속에서 그러기란 쉽지 않았다. 깊은 물속으로 가라앉고 있는 지금은 더욱 그랬다.

무영은 곰에게 발을 대고 힘껏 밀었다. 묵염흔이 겨우 뽑혀 나왔다. 무영은 곰의 몸 아래에서 벗어나며 묵염흔을 검집에 꽂았다. 곰은 어두운 바다 깊숙이 가라앉고 있었다.

무영은 하늘을, 수면 위를 보려고 애를 썼다. 얼음장을 통과한 극광의 잔영이 희미하게 비치고 있었다. 그러나 아까 그가 빠져든 그 구멍은 확인할 수가 없었다.

무영은 물속에 뿌리를 박은 듯한 빙산의 한 귀퉁이를 잡고 기어올라갔다. 어딘가 얇은 곳을 찾으면 검으로 뚫고 올라갈 수 있을지도 모른다. 숨이 막혀 죽기 전에 해야 할 일이었다. 그때 그는 소리를 들었다.

뿔 고동을 부는 듯 넓고 편안한 울림이 귀에, 전신에 전달되고 있었다. 무영은 고개를 돌려 암흑의 바다를 바라보았다. 그 암흑 속으로부터 암흑보다 더욱 진한 무언가가, 엄청난 크기의 무언가가 고개를 내밀었다. 거대한 물짐승이 유유히 물을 가르고 무영에게 다가왔다. 엄청나게 큰 입과 지느러미가 무영을 압도했다. 그러나 그 위압적인 모습과는 달리 유순한 눈이 무영의 눈과 마주쳤다. 깊이를 알 수 없는 심원한 눈빛이 무영의 가슴속까지 파고들어 왔다가 멀어져 갔다.

고래는 무영의 바로 위를 헤엄쳐 지나가서 다시 암흑 속으로 사라졌다.

"죽었을까?"

설녀가 대답했다.

"아마도."

갈맹덕이 허탈하게 중얼거렸다.

"도대체 여기까지 왜 온 거야. 젠장, 죽으려면 진작 죽어버릴 것이지. 여기까지 버티고 와서 사람을 고생시키나 그래!"

설녀는 싸늘하게 그를 쳐다보고는 걷기 시작했다. 갈맹덕이 소리쳤다.

"어디 가나?"

설녀는 대답하지 않았다. 갈맹덕은 무영이 빠진 얼음 틈을 뒤돌아보며 설녀의 뒤를 따랐다. 그때 설녀가 멈추었다. 그들의 앞쪽 저만치에서 무언가 가냘픈 소리가 들려오고 있었다. 설녀는 그게 해표가 구멍을 뚫는 소리라고 생각했다. 그런데 아니었다. 얼음이 터져 나가듯 솟구치고, 그렇게 만들어진 틈으로 검은 그림자가 솟아올라 왔다.

무영은 옷에 듬뿍 적셔진 물기를 손으로 털어내며 설녀를 향해 말했다.

"이상한 걸 봤다."

무영이 본 게 고래라는 건 중요하지 않았다. 물 밖에 나오자마자 얼어붙어 거의 얼음인간이 된 채로 그냥 걸어가는 무영을 설녀는 괴물 보듯이 쳐다보았다. 그녀의 눈빛이 호기심 다음으로 두 번째의 감정을 보였다. 경탄이었다.

극광이 새털처럼 휘어져서 하늘 끝까지 뻗어 있었다. 그 중심부 바로 아래에 벽록색의 극광을 받아 벽록색으로 빛나는 얼음 궁전이 서 있었다. 여태까지 지나온 부빙과는 달리 굳건히 얼어붙은 거대한 얼음판이 하늘을 찌를 듯 솟은 궁전을 받치고 있었다.

설녀가 말했다.

"도착했어요."

그들의 눈앞에서 빙궁의 문이 열렸다.

『천마군림』 4권으로 이어집니다

청 어 람 게 임 판 타 지 소 설

인터넷 인기 짱! 게임 소설계를 긴장시키다!

현실과는 다른 또 하나의 세상,
New World에 당신을 초대합니다!

마존전설 / 목형 지음

소년이여, 지존이 되어라!

울트라 미라클 극악 마녀 누나들로 인해 나날이 피골이 상접하던 어느날,
현실의 독립을 쟁취하기 위해 현실과도 같은 또 하나의 세상
New World에 뛰어들고만 어벙한 미소년, 수한!

GM(Game Master)과의 눈알 튀고 사지가 후들거리는 피 튀기는 대립!
몹과 유저 사이를 넘나들며, 게임 세상을 어지럽히고 황폐화시키느라
온갖 고초와 고난, 역경이 닥쳐와도, 그는 꺾이지도 좌절하지도 않는다!
오로지 지존을 향한 필살 광랩과 초 레어 득템의 기연(奇緣)만 호시탐탐 노릴뿐!

유행이 아닌 자유추구 -

청어람 판타지 장편소설

이계 진입 깽판물에서 느낄 수 없었던
새로운 재미와 감동!

"주인님, 맡겨만 주십시오!"

BUTLE GRACE
집사 그레이스

집사 그레이스 / 박안나 지음

잊혀질 자들이 꿈꾸는 반란

그는 집사가 되고 싶다고 했다.
왜 하고 많은 직업 중에서 하필 집사냐고 묻자
그게 자기가 아는 최고의 직업이기 때문이란다.
그 말에 나는 웃어버렸다. 어찌나 웃었던지 배가 아프고 눈물이 날 정도였다.

지독한 결벽증 환자에, 웃는 법을 잊어버린 멍청이. 눈물샘이 메말라 울고 싶어도
울 수 없던 불쌍한 사람. 짙은 회색구름을 닮았고 불투명한 물속 같던 바보.

결국 자신의 말이 맞았음을 내게 입증해 보였다.
그 앞에서 어이없어 하며 웃었던 나를 비웃듯이.
그가 말했던 것처럼 집사가 최고의 직업임을······.

 유행이 아닌 자유추구 -
WWW.chungeoram.com

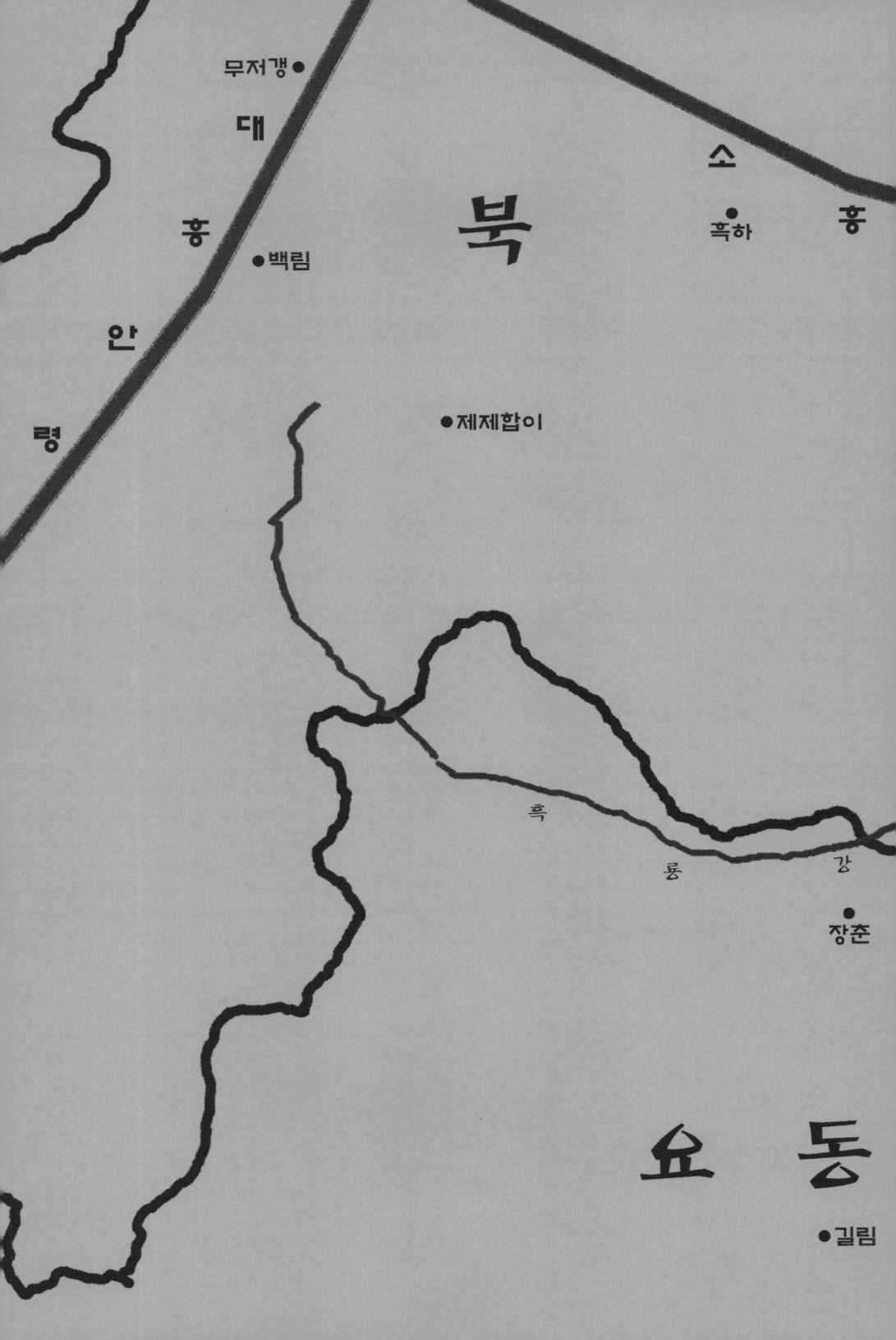

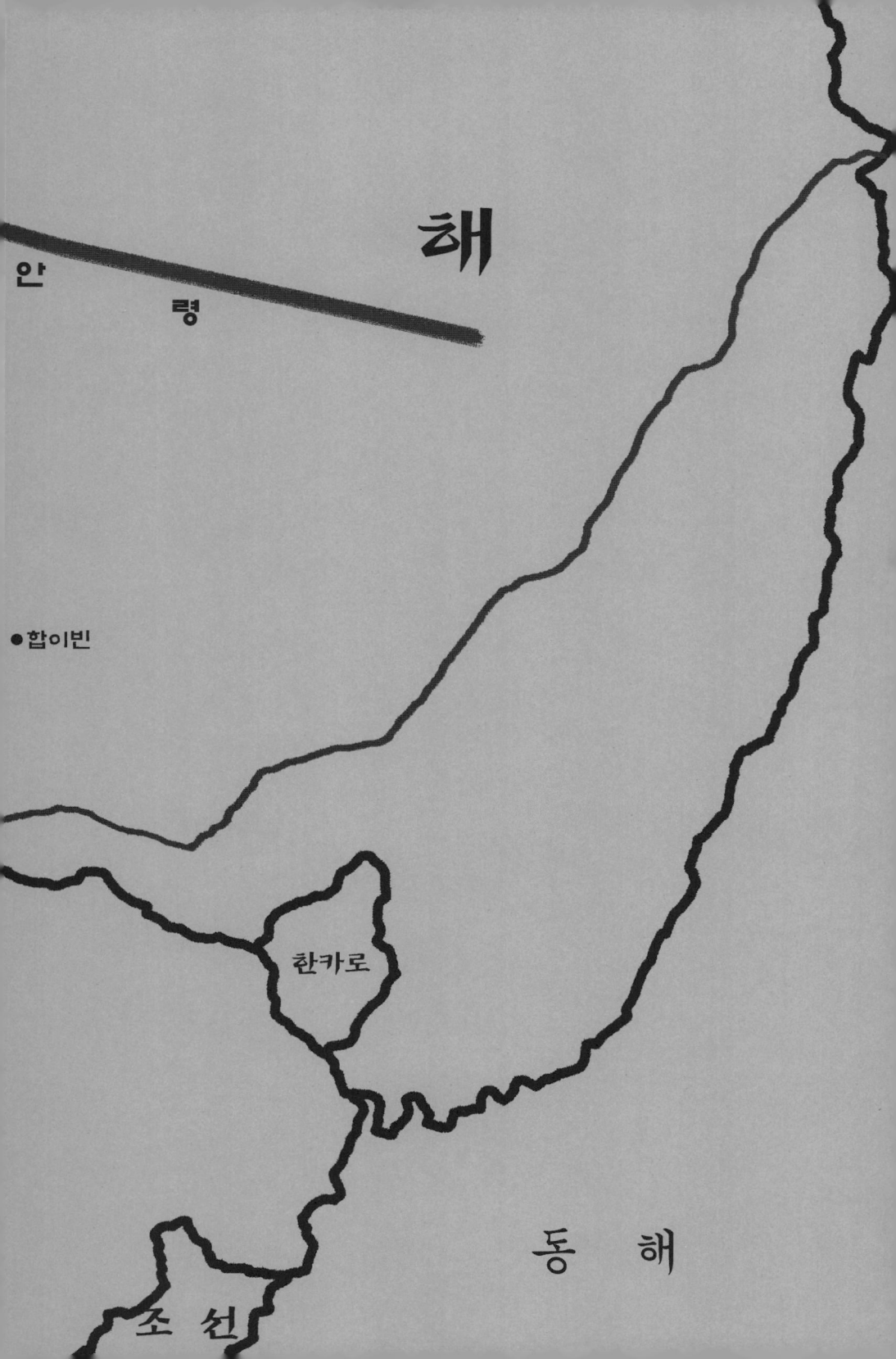